エイジ

重松　清

朝日文庫

単行本は一九九九年二月、朝日新聞社から刊行された。

エイジ

I

I

十票入った。黒板に「正」の字が二つ、縦に並ぶ。

「決まりだな」

隣の席からツカちゃんが小声で言った。ガキの頃ブリッジ矯正がうまくいかなかったという乱杭の前歯を覗かせて、にやにや笑う。

「そんなことないって」とぼくはしかめつらで返した。まだ開票はつづいている。逆転の可能性がないわけじゃない。

「人気者じゃん、エイジ」

「うっさいなあ」

「あきらめろって、決まりだよ、もうぜったい」

ツカちゃんは腰を浮かせ、「だよな、五位以内に入ってるよな」とつぶやきながら、黒板に記された開票の途中経過を目と指で確認していった。クラスの人数は男女合わせて三十五人。一人につき男女二名ずつの、たしか連記投票っていうんだっけ、その方式でぼくは十票……いま、十一票になった。

「やった、エイジ、おまえ四位」

「いいじゃんよ、うっさいよマジ」

「おっ、照れてます照れてます。ダルマねえのか？　早く出せよ」

「いいから座れっつーの」

教室の後ろにいたクラス担任の土谷先生が「こら、塚本、おまえなにやってんだ」と言った。ほらみろ。ぼくは正面を向いて座り直し、背中を少し縮めた。でも、ツカちゃんは中腰のまま先生を振り返り、ムースで固めて立てた前髪を手で流しながら言った。

「いやあ、オレ何票入ったかなっつーて数えてたんすよ。したら、一瞬で終わっちゃったけど」

教室がどっと湧いた。ツカちゃんの名前は黒板の端にあった。名前の下には、横棒一本きり。「自分で自分に入れてどーするんだよ」とぼくが言うと、教室はさらに湧いた。土谷先生も、しょうがねえなあ、というふうに笑った。クラスでいちばんの不良顔のツカちゃんは、クラスでいちばんのお調子者でもある。そして、それを支えるのが、ぼくのツッコミなのだ。

みんなにウケたので満足して席についたツカちゃんは、じつはちょっとだけプライドが傷ついていたのか、「言っとくけど、オレ、マジ自分で入れてねえからな」と軽くぼくをにらんだ。

わかってる、それくらい。ツカちゃんに投票したのは、ぼくだ。男子二名のうち、一人はクラスでいちばんの秀才のタモツくん、もう一人はいちばんのお調子者のツカちゃんを書いた。クラス委員なんて、そんなふうにして決めちゃえばいいんだと思う。

でも、現実は違う。ツカちゃんに気を取られているうちに、黒板の真ん中あたりに記されたぼくの名前――高橋の下には、三つめの「正」が完成していた。十九人いる男子のなかで、いま、三位。あと何人ぶんの票が残っているか知らないけど、上位五人に入るのは間違いないだろう。

机に突っ伏して顎を腕に載せ、ぼんやりと窓の外を見た。いい天気だ。ゆうべの雨が埃を洗い流してくれたのか、空も街も、色や輪郭がくっきりとしている。八月に入っても梅雨が明けなかった今年の夏は、終わるのも早かった。試合の途中にピンチヒッターで出てきて凡退し、次のイニングには守備固めの選手と交代する、そんな感じのあっけなさだった。

あくびをひとつ。眠くて、だるい。二学期が始まって三日めだけど、まだ体は夏休みモードのままだ。

中学二年生の二学期――中学生活の、ちょうど真ん中。始業式の日のホームルームで、土谷先生は「中だるみの時期ですから、各自しっかり目標を立ててがんばるように」と言い、

「まあ、紐でもなんでも、たるんでるうちはキレないんですけど」と付け加えた。本気なのかシャレなのかよくわからなかったけど、それを聞いたとき、だよな、と思った。

「おっ、エイジ、二位になったぜ」とツカちゃんが言う。しつこい。選挙とか運動会とか台風とか地震とか、そういうのがやたらと好きな性格なのだ。委員になりたがってる奴なんて一人もいない選挙も、ツカちゃんに盛り上げてもらって本望だろう。

「ツカちゃんはどうよ」とぼくは空を眺めたまま訊く。

「オレ？　まだ一票だよ、オンリー・ワンだよ、文句あんのかよ」

「ねえよ」

黒板をちらりと見て、女子の票をチェックした。相沢志穂は現在九票。当落のボーダーラインだ。たしか一学期は六位で落選したはずだ。

視線を横に滑らせる。相沢はぼくの席から三つ右の列の、いちばん前に座っている。月に一度の席替えで、今月は、このポジション。かなり遠い。来月の席替えに期待をつないでいる。

ぼくは相沢が好きだ。

好きになりたての、ホヤホヤだ。

二学期の始業式の朝、それまで肩まで伸ばしていた髪を思いきりショートカットにした相沢を見た、その瞬間から、だから今日で三日めの片思いということになる。

相沢は小柄で、ちょっとだけ太めで、よくダイエットの話をしている。でも、テニス部で最強のボレーのパワーはその体つきから生まれるんだし、ぼくはアイドルでもアニメのキャラでも丸顔のショートヘアのコが大好きなのだ。

選挙を仕切った日直のタカやんが、上位五人の名前を読み上げた。ぼくは一学期と同じく、タモツくんに次いで二位。得票数は二十一だった。四つの「正」と横棒が一本。相沢志穂も五位で当選していたけど、「エイジ、バンザイ三唱してやろうか」と笑うツカちゃんは、けっきょく一票のままだった。

教壇に戻った土谷先生は黒板をあらためて眺め渡し、「まあ、順当な結果かな」とうなずいた。黒板には、「正」の字や「正」の字のできそこないがぎっしり並んでいる。なんだか、みんなして「正しい」「正しい」「正しい」……と繰り返しているみたいだ。

土谷先生はファイルを開いて明日の連絡事項を簡単に伝え、「それから」と口調を少し強めた。「警察のほうから各中学宛てに連絡がありました。例の通り魔事件のこともあるんで、学校や、特に塾や部活の帰りは、なるべく誰かといっしょに、明るい道を通って帰ること。あと、不審な人を見かけたらすぐに近くのオトナに連絡すること。いいですね」

返事の代わりに、ざわめきが教室をめぐる。

土谷先生もそれは覚悟していたんだろう、私語を注意することもなく、「わかりましたね」

と形だけ念を押して教室を出ていった。

通り魔――。七月の初め頃はみんな、その言葉を習ったばかりの英単語のようにぎこちなく発音していた。でも、二カ月たったいまでは耳にも口にもなじんで、まるで「通り魔」という苗字の人の話をしているみたいに、ぼくたちは帰りじたくも忘れて夏休み中に仕入れた噂話を交換していく。

最初の事件が起きたのは七月二日の夜だった。帰宅途中のＯＬが、後ろから自転車で近づいてきた男に背中を棒のようなもので殴られて、全治一週間のケガを負った。三日の朝刊に載った。地方版の片隅の、ほんの十行ほどの短い記事だった。七月三日は期末試験の初日で、一コマめに数学をぶつけられていたこともあって、いや、そんなのなくたって新聞の地方版なんて誰も読んでないんだけど、とにかくぼくたちは数学の試験のことで頭がいっぱいで、通り魔のことはギャグのネタにもならなかった。

でも、事件は、それからたてつづけに起きた。七月に八件、八月には十三件。犯行の手口はどれも最初の事件と同じで、被害者はいつも女性。ケガの具合は、肩や背中や腕の打撲程度がほとんどだったけど、肩の骨を折った人や、とっさに身をかわしたのがあだになって棒が口元にあたり、鼻の骨と前歯を折った人もいた。

七月の終わりに新聞の社会面で事件のことがわりと大きくとりあげられ、八月の半ば頃にはテレビの夕方のニュースにも出たせいで、「東京・桜ヶ丘ニュータウン」の名前はすっかり有名になってしまった。

夏休み中は街のあちこちに警官の姿を見かけ、自治会でパトロールをする地区もあった。でも、犯人はまだ捕まっていない。似顔絵も出ていない。「男」としかわからない。八月頃には「東南アジア系の外国人」という噂が流れ、「三浪中の予備校生」という噂も聞いたことがあるし、たったいま後ろの席の伊藤由香梨が教えてくれた、伊藤の通う塾では「会社をリストラされたオヤジ」説も有力なのだという。

「エイジ」

おしゃべりをさえぎるとがった声を、横からぶつけられた。

タモツくんがムッとした顔で立っていた。

「なにやってんだよ、早く決めちゃおうぜ」

教壇には、選挙の当選者が集まっていた。相沢もいる。カットしたばかりの髪が気になるのか、しきりに頭のてっぺんに手をあてながら女子どうしでおしゃべりしている。

「悪い悪い、すぐ行く」とぼくは腰を浮かせた。

「ソッコーで決めるから。オレ、時間ないし」

「塾？」

「違う、今日は稽古の日」

学年でもダントツの成績を誇るタモツくんは、中学受験をインフルエンザで棒に振ってしまった悲運の秀才だ。高校受験に一発逆転をかけて、一年生の頃から電車を乗り継いで都心の塾に通い、万が一高校受験のときにインフルエンザが流行っても「気」で追い払えるよう、合気道の道場にも通っている。

先にたって教壇に向かうタモツくんの背中に、声をかけた。

「タモっちゃん、こないだ通り魔が出たのってタモっちゃんちの近所だろ。どんな感じだった?」

タモツくんは立ち止まりも振り向きもせず、そっけない声で「べつに」と返す。

「警察の聞き込みとか、そういうのってなかった?」

「あったけど、オレ、知らない。興味ないもん」

「……あ、そう」

タモツくんはクールな性格だ。プライドも高い。ぼくとは一年生の頃からの付き合いだけど、最近ますますそれに磨きがかかってきたような気がする。夏休み中に三年生の女のコから告白され、英語でデートできるんなら付き合ってやると答えて彼女を泣かせたという噂だ。でも、自分が主役になった噂話ですら、タモツくんにとってはどうでもいいことなんだろう。

クラス委員の割り振りは、話し合いが建前だけど、どこのクラスもジャンケンかアミダクジで決めるのがふつうだ。女子の五人はアミダクジを選んだらしく、教卓のまわりに集まってノートを広げている。女子がアミダクジなら、男子はジャンケン。べつに対抗するわけじゃないけど、暗黙の了解というやつで、なんとなくそんな雰囲気になっていた。

ところが、タモツくんは男子の四人を手招いて、「オレ、総務委員でいいから」と言った。一学期もそうだった。去年も同じ。雑用がいちばん多くてみんながやりたがらない総務委員を、タモツくんはいつも自分から引き受ける。

「タモっちゃん、マジ？」と大谷が意外そうに言い、「ジャンケンすればいいじゃん、悪いよ、そんなの」と橋本がつづけた。二人とも、今回の選挙で初めてクラス委員になった。「正しい」をたくさんもらって張り切っているのか、ふだんはセコいくせに、やけにお人好しなことを言う。

タモツくんはそんな二人を無視して、黒板にさっさと『総務　藤田保』と書き、「じゃあな」と教壇を降りた。ぼくはうつむきかげんに、クスッと笑う。いつだったっけ、タモツくんはぼくにだけこっそり教えてくれていた。ジャンケンやアミダクジなんかでツキを無駄づかいしたくない。クールでプライドの高い悲運の秀才は、意外とツキや縁起を気にする性格でもあるのだ。

教壇に残されたぼくたちは、ちょっとしらけた苦笑いを交わして、ジャンケンを始めた。腰をかがめて床に手の指先をこすりつけて、汚れのつき方でグー、チョキ、パーの作戦を立てる。小学生みたいだ。タモツくんと話したあとは、いつも自分がガキっぽく感じられてしまう。でも、このジャンケン、負けるわけにはいかない。

女子は、きゃあきゃあ声をあげながらアミダクジをやっている。ぼくは、目はジャンケンに、耳は女子の話し声に集中させる。

ジャンケンは狙いどおりトップになった。総務委員を除く四つのポスト——美化委員、福祉委員、学習委員、保健体育委員の中から好きなものを選べる。仕事の量からいけば掃除を仕切るだけの美化委員が楽だけど、そんなのは二の次だ。

「なににする？」と訊いてくる大谷を「ちょっと待てよ、考え中」とかわして、女子の様子を背中で探る。「エイジ、早くしろよ」と橋本が言う。ぼくは腕組みをして迷い顔をつくり、時間を稼いだ。

「やだあ」聞こえた、相沢志穂の声だ。「あたし、福祉委員？」

よし。組んだ腕をほどいて、どうでもいい顔、つまらなそうな声で、ぼくは言った。

「福祉委員っての、やってみようかな」

2

八月に放送したのとは別のテレビ局が、九月七日の夕方のニュースで通り魔のことをとりあげた。この夏の事件をまとめた特集コーナーだった。

「エイジ、ちょっとおいで、桜ヶ丘出てるわよ」とぼくの部屋まで来て呼んだ母は、特集が終わって画面がコマーシャルになると、テレビのボリュームを少し絞って、観たことを悔やむみたいにため息をついた。

「なんかもう、いやな世の中になっちゃったねえ……」

「まあね」とぼくはリビングのソファーに寝ころんだまま笑った。

「なに笑ってるのよ。ひとごとじゃないのよ」

母はソファーから立ち上がってキッチンに入り、夕食のしたくのつづきにとりかかる。

ぼくは体を起こし、テレビのボリュームをさらに絞った。どうしてコマーシャルの音はこんなに大きいんだろう、といつも思う。

「エイジ、あんたね、ニュース観て笑うのって悪い癖よ。直しなさいよ」

鍋に水を汲む音といっしょに、母の声が届く。ぼくは黙ってプレステのコードをテレビにつないだ。いつも言われている。自分でもよくないことだと思うし、べつにおかしいわけじゃないのに、なぜかテレビのニュースを観ると笑ってしまう。

リモコンでテレビの入力モードを切り替えて、ゲームを始めた。夏休み中から『XI《サイ》』にハマっている。サイコロを転がして、まわりのサイコロと目の数字を合わせて消していくだけの単純なゲームだけど、やってみると意外と奥が深い。

「ちょっと、ニュースにしといてよ。天気予報観るんだから」

キッチンから母が言うのを無視して、コントローラーを操作する。

「宿題すんだの？」

「すんだ」

「夕刊取ってきた？」

「まだ」

「……もう」

「あとで取りにいくから」

ガスコンロの火を止める音が聞こえ、母が濡れた手をエプロンで拭きながら出てきた。ぼくをにらんでいたけど、本気じゃない。

「ねえ、エイジ、ちょっと『ぷよぷよ』やらせてよ」

ほら、やっぱり。笑ったら、コントローラーのボタンを押し間違えてしまった。

母はついこの前までゲームを毛嫌いしていたくせに、「食わず嫌いじゃアレだから」と一度やってみたら、みごとにハマった。母にウケそうなゲームを考えて『ぷよぷよ』をやらせたのが正解だった。最初はてんで話にならない腕前だったけど、連鎖のコツをようやく覚えたらしく、いまでは「むずい」モードでもたまに勝てるようになった。でも、もちろん、ぼくには遠く及ばない。父も『電車でＧＯ！』が好きだけど、ぼくから見ればまだまだへたくそだ。

「じゃあいいよ、交代」

ぼくはゲームを途中でやめて、夕刊を取りにいった。

西に向いた玄関のドアを開けると、外廊下の向こうに桜ヶ丘ニュータウンの街並みが広がる。空は、きれいな夕焼けだ。

桜ヶ丘という名前どおり全体としてはなだらかな丘陵地だけど、その中で細かくアップダウンがある、そんな地形のでこぼこに、一戸建て中心の区域とマンションの建ち並ぶ区域がつくるでこぼこが組み合わさって、夕陽を浴びる部分と日陰の部分とが複雑に分かれている。

ぼくの家は、丘の上の団地。同じ形の建物がA棟からD棟まで並ぶうちの、D。最上階――九階の、角部屋だ。日没ぎりぎりまで夕陽のまぶしさの中にある。夜が来るのがいっとう遅い。そして、廊下とは逆向きのベランダに出れば、この街でいちばん早い朝を迎えることができる。

廊下をエレベータホールに向かって歩きながら、さっきのニュースのことを思った。

テレビで観る桜ヶ丘の街並みは、とてもきれいだった。カメラは事件現場を順にめぐっていたけど、路上には事件の名残はなにもなく、ナレーションとテロップを消せばレーザーカラオケの映像にも使えそうなほどだった。

卑劣な犯罪だとナレーターは言っていた。住民は不安を隠しきれない様子だ、とも。

「住民」にぼくも含まれているんだろうか。ピンと来ない。母は通り魔の話をするたびに不安そうな顔になるし、高校二年生の姉の帰りが遅い夜は、父が車で駅まで迎えに行くようになった。団地の掲示板には自治会の防犯ポスターが貼られ、ふだんはのんきな姉も新学期から防犯ブザーを持ち歩いている。でも、ぼくは、どうなんだろう、よくわからない。

　こんなことを言ったら母はぜったいに怒ると思うけど、ぼくはニュースや新聞記事に通り魔のことが出るたびに、嘘くさいなあと感じてしまう。詳しく報じられれば報じられるほど、そうなる。じつはこの街はひそかにサスペンスドラマのロケ地に選ばれていて、ぼくたちは知らないうちにエキストラ出演しているんじゃないか、なんて。

　特集コーナーで紹介されたその他の事件も、ぜんぶ同じだ。深夜の国道を我が物顔で走り回る暴走族も、パチンコに夢中になった母親が子供を車の中に置き去りにして死なせてしまった事件も、産業廃棄物を不法投棄するヤクザのような業者も、女子高生のいじめ自殺も、淫行条例違反で捕まった小学校の教師も、アジアのどこかの国を怒らせた政治家の問題発言も……テレビに映し出される事件や人はすべて、あらかじめ用意された文章の中の空欄を埋めているだけのような気がする。

　エレベータを待ちながら、通り魔みたいに、右手に持った棒を振りおろす真似をしてみた。棒が背中にあたる感触はなんとなく想像がつくけど、それだけだ。楽しくもないし、怖くもないし、気持ちよくもないし、ぞっとするわけでもない。

「やっぱ、ひとごとだよなあ……」

つぶやいて、ニュースを観るときと同じように笑った。

その夜、通り魔はまた通行人を襲った。九月に入って初めて、七月から通算すると二十二件めの犯行だった。

右腕の骨を折られた被害者のＯＬは、犯人の特徴をいままでの被害者より少しだけ詳しく証言した。

十代後半から二十代前半の若い男――。

翌朝、父はダイニングテーブルに朝刊を広げたまま、しばらく考え込んでいた。父の職業は都立高校の国語の教師だ。父が出勤したあと「ウチのクラスだったら三人ぐらいいるね、可能性のある奴」と軽口をたたいた姉は、母に真顔で叱られた。そんな姉だって、家を出るときには玄関の靴入れの上に置いてある防犯ブザーをちゃんと制服のポケットに入れていた。

ぼくはいつもと変わらずトーストを頬ばる。ベランダに面した窓から注ぎ込む朝の陽射しが、まぶしい。

「あ、そうだ、エイジ」母が、ふと思いだしたように言った。「ゆうべお父さんとも話したんだけど、プレゼント、ほんとにギターでいいのね？」

ぼくは口の中のトーストを牛乳で喉に流し込んで、「買ってくるからお金ちょうだい」と言った。

「だってあんた、お店行ってもわかんないでしょ、ギターのことなんて。お父さんが土曜日に買ってくるって」

「そんなのいいよ、自分で買うから」

「ダメだって。同じ値段でもピンからキリまであるんだし、初心者には初心者に向いたギターがあるのよ。お父さんが、ちゃんといいのを選んでくれるから。ね？」

最後の「ね？」は、小学生をなだめすかすような言い方だった。ぼくは少しムッとして、でも、まあ、たしかに自分で楽器店に行ってもどんなギターがいいのかわからないんだから、と思い直した。

次の日曜日――九月十三日は、ぼくの誕生日だ。プレゼントにギターが欲しいと言ったとき、父は「おう、青春だなあ」と嬉しそうに笑っていた。なにが青春だかよくわからないけど、とにかくぼくは来週、満十四歳になる。

「お父さん、張り切ってたわよ。楽器屋さんに行くのなんてひさしぶりだから」

「ふうん」

「土曜日、あんたもお父さんについていけば？　そのほうがいいんじゃない？　自分の好みだってあるだろうし」

冗談じゃない。バースディプレゼントを親に貰うのだってほんとうは恥ずかしいのに、いっしょに買いにいくなんて、想像しただけで背中がむずがゆくなってしまう。

「お父さん、忙しいんじゃないの？」とぼくは言った。

「だいじょうぶよ、今度の土曜日は学校休みだから」

「でもさ」これは冗談の口調で。「通り魔がお父さんの学校の生徒だったら、ヤバいんじゃないの？」

「なにバカなこと言ってんの」

「だって、夏休みもすげえたくさん事件起こしてたじゃん」

父の勤める南多摩商業高校は、偏差値も生徒の素行も、ついでに制服のデザインも、この地域で最低だ。毎年定員割れで新入生を迎え、卒業までに一割近い生徒が中退してしまう。夏休み中も、父は何度となく警察から呼び出され、生徒を引き取りに出向いていた。

「いいから、早く食べちゃいなさい。あんたには関係ないんだから」

昨日は「ひとごとじゃない」と言ったのに。

ボタンダウンシャツについたパンくずを払って椅子をひいたら、母はおかずの皿を覗き込んで顔をしかめた。

「ほら、またレタス残して」

「いい、もう腹いっぱい」

「なに言ってんの、葉っぱ一枚じゃない、ほら食べて」

朝食のおかずには、いつもプチトマトとレタスが添えてある。キレない子供は朝の生野菜から――と、なにかの雑誌に書いてあったらしい。いや、みのもんたの番組だったっけ？　情報の仕入れ先はよく知らないけど、母はそれを信じて、毎朝、毎朝、毎朝、プチトマトの小さなヘタを取り、レタスをちぎって皿に載せる。マヨネーズをつけたレタスを、フォークの先で何度も折りたたんでかさを減らして、口の中に放り込んだ。味はわからない。いつも、青くさいにおいが鼻に抜けるだけだ。

「飽きちゃったよ、もう、マジ」

その日の昼休み、ツカちゃんはうんざりした顔で言った。まわりにいた男子にはウケたけど、女子からは「ひっどーい」と声があがる。

「だってさ、なんつーの？　ぬるいよ、あいつ。たかだか骨折だもん、やった回数多いから盛り上がってるだけで、中身はぜんぜんつまんねえじゃん」

通り魔のことだ。

「どうせやるんなら、もっと派手にやれっつーの。セコいと思わねえ？　骨折とか打撲とか、おまえ体育の時間でもそれくらいのケガするぜ。通り魔やるんなら、もっと気合い入れてさ、殺す覚悟でやんなきゃ、つって」

女子のブーイングはますます激しくなり、男子も、ノッていいのか悪いのかよくわからず、そばにいる奴どうしで苦笑いを交わす。そんな反応を見て、ツカちゃんはへヘッと笑う。

偽悪——という言葉があるのかどうか知らないけど、ツカちゃんはいつもワルぶった態度をとる。ヒンシュクを買うのを楽しむみたいに、ヤバいことばかり言う。深刻な話であればあるほど、舌はなめらかになり、頰がゆるんでいく。

「だいたいよ、通り魔の『魔』って悪魔の『魔』だろ？　悪魔にやられて全治一週間とかじゃ、デビルマンも泣くぜ。あいつなんて、通り魔じゃないね、はっきり言って。通りグソ、通りっ屁、通りチンポってか？」

「やだぁ」と女子のブーイングは別のニュアンスになり、男子の苦笑いも、肩から力が抜けてしまう。調子に乗るとすぐに小学生レベルの下ネタに走ってしまうのが、悪い癖だ。

ツカちゃんはさらに、シャドーボクシングをしながらつづけた。

「オレなら、相手は一人だけでいいから、そいつ思いっきり殴ったほうがいいけどなあ。どうでもいい奴を後ろから一発殴って逃げるんじゃなくて、むかつく奴をきっちりシメてやりてえよ。そうしねえと、なんか、気がおさまんねえだろ」

パンチが、まわりの連中に向く。中山、大谷、コウジ、途中からはキックのジェスチャーも交じえて、海老沢、イシくん、シュンちゃん、タカやん、永田、大沢、そして、ぼく。

あたるはずのない距離とスピードだけど、なにしろすべてがウケ狙いのツカちゃんだ、タイミングを見計らって「あ、悪い悪い」と一発ぶつけてくる可能性は大いにある。それを察した大沢やタカやんはおおげさに身をすくめ、仲間うちでいちばん臆病なコウジはジャンプまでしてあとずさった。ツカちゃんと付き合うのは、こんなふうに、けっこう面倒くさい。ぼくも二年生に進級して初めて同じクラスになったときは、うざったい奴といっしょになったなあ、と舌打ちしたものだった。

「まあ、とにかくさ、通り魔やるんなら気合い入れろっつーことよ。このままじゃ、もうみんな飽きちゃってさ、新聞にも載んなくなるぜ。次は、殺し、これっきゃないっ」

さすがに、これはウケなかった。

ツカちゃんは一瞬、ヤベえ、という顔になり、ぼくに目配せした。言いたい放題しゃべっているように見えて、じつは周囲の反応に敏感で、話が空回りしてしまうのが怖いのだ。

しかたなく言ってやった。

「じゃあさ、ツカちゃん、女装して歩けよ。で、通り魔が襲ってきたら、逆にシメてやるの」

「いやーん、襲っちゃ怖ーいっ」

ツカちゃんはしわがれた裏声を出して、オカマっぽく腰をくねらせた。今度は、なんとかウケた。ツカちゃんはまたぼくに目配せして、サンキュー、と伝える。ぼくも、おまえ調子に乗りすぎ、と目で返す。

仲良くなった一学期の半ば頃から、このパターンを繰り返している。よく付き合うよなあオレも、と自分にあきれることもある。

でも、年がら年中ふざけているツカちゃんだけど、ボケた部分を取り除いてみると、言っていることは、すごく、よくわかる。

通り魔は、どうして見ず知らずの通行人を殴るんだろう。むかつく奴を殴ればいいのに。それとも、むかつく奴がいないから、通り魔になってしまったんだろうか。

むかつかないのに殴る。なに？　それ。見ず知らずってことは、自分とはぜんぜん無関係ってことで、好きとか嫌いとかもなくて、そんな人をいきなり殴る？

頭おかしいんじゃねーの？　あんた。

もし通り魔に会えたら、そう言ってやろう。

3

聞き覚えのある掛け声が駅前に響き渡った。

高架になった遊歩道を自転車で走っていたぼくは、自転車を端に寄せて停め、下の道路をフェンス越しに覗き込んだ。

バスケットボール部の連中が列になって走っていた。ああそうか、今日は金曜日だ、と気づいた。毎週金曜日は、体育館の練習のあと、一息つく間もなくロードワークに出る。駅前を起点に８の字の形で桜ヶ丘をめぐるバス通りを半周、約五キロ。一週間のなかでいちばんキツい曜日で、午前中まで降っていた雨が午後にあがったときなどは、みんなで空を見上げて文句ばかり言っていたものだった。

二十人ほどの部員は、ちょうど遊歩道をくぐったところだった。こっちに背中を向けている。少しほっとして、べつに見られたっていいじゃないかよと苦笑いも浮かべて、夏休みまでの仲間たちを見送った。

走りながら、上級生が「ガシチュウ！」と空に向かって吠え、下級生が声を揃えて「ウッス！」と返す。何度か繰り返して気合いが高まると、また上級生の「モクソウ！」の号令でしばらく黙って走り、しだいに空気がゆるんできたら、上級生が「ガシチュウ！」と一声放ち、下級生がすかさず「ウッス！」と応じて、気合いを入れ直す。バスケ部に代々受け継がれてきた伝統だ。「ガシチュウ」とは、ぼくたちの学校——桜ヶ丘東中学の略称で、「モクソウ」を漢字で書くなら「黙走」。『広辞苑』には出ていない、オリジナルの言葉だ。

こんなことになんの意味がある？　一年生の頃からずっと思っていた。通行人の驚いた視線を浴びるのが、恥ずかしくてたまらなかった。

でも、思い出になるほど時間はたっていないのに、離れた場所で聞く「ガシチュウ！」「ウッス！」の連呼は、懐かしさとともに耳に流れ込んでくる。

今日は九月十一日。十一月十四日と十五日の土日に開かれる新人大会まで、あと二カ月と少し。三年生が夏休みで引退したあとの新チームにとって、初めての大会になる。ぼくがつけるはずだった背番号4の後がまは、もう決まったんだろうか。

「みっともねえよなあ、あいつら……」

わざと声に出してつぶやき、自転車のペダルを踏み込んだ。

「よお、エイジ」

ペダルが一回転する前に、後ろから呼び止められた。ツカちゃんの声だ。急ブレーキをかけると、ブレーキレバーの付け根が濁った音をたててきしんだ。

「なにやってんだよ、おまえ、暗い顔しちゃって」

チョッパーハンドルの自転車にまたがったツカちゃんと、その後ろに付き従うように、ママチャリに二人乗りした中山と海老沢がいる。三人ともだぼだぼのTシャツにバギーのハーフパンツ、キャップを逆さにかぶってガムをくちゃくちゃ嚙み、海老沢は似合わないサングラスまでかけて、チーマーのできそこないみたいな格好だ。

ツカちゃんはさっきぼくがいた場所に自転車を寄せ、道路に目をやって、ふうん、と笑った。

「未練？」

勉強の成績は悪いくせに、こういうところは勘が鋭い。

「そんなんじゃねえよ」

「泣いてたんだろ。バスケ部帰りたいよう、って」

「バーカ」

そっぽを向くと、今度は中山が「でもさ、なんでバスケ部やめちゃったわけ？」と訊いてくる。海老沢も「レギュラー確実だったんだろ？」とつづけ、中山と二人で「もったいねえよなあ」とうなずき合う。

「やめたんじゃねーよ」

小さくなったバスケ部の連中の背中をぼんやり見つめ、ひらべったい声で返す。

「休部っつーんだよな、うん」とツカちゃんが言った。正解。でも、「ピンポーン」と言ってやるサービス精神は、いまは、ない。

中山と海老沢は、もっと詳しい話を知りたくてうずうずしているみたいだった。こいつら、うっとうしい。べつに悪い奴らだとは思わないし、それなりに仲良く付き合っているけど、二人としゃべっていると無駄な言葉をたくさんつかわなきゃいけない。「オレの勝手だろ」や「おまえには関係ねえだろ」で終わる話を、好奇心なのかおせっかいなのか、しつこく「なんで？　なんで？」と訊いてくるからだ。

「エイジ、岡野とケンカしちゃったたって、マジ？」

中山が言った。岡野はバスケ部の新チームのキャプテンだ。クラスは違うけど、部活の仲間ではぼくといちばん仲がよかった。過去形だ。いまは廊下で会ってもなにも話さない。目も合わせない。夏休みの終わりに絶交した。

「誰がそんなこと言ってんだよ」

声をすごませると、中山は気まずそうに目をそらして「みんな言ってたもんな？」と話を海老沢に振り、海老沢はあわてて「いや、オレ、おまえから聞いたんだもん」と逃げを打って、そんな二人に向かってツカちゃんは「どうでもいいじゃんよ、おめえら、うざってえなあ」と口の中のガムを吐きつけた。

ツカちゃんは、中山や海老沢たちとは違う。女子やまじめな男子から見れば、みんなまとめて「悪い男子」グループになるのかもしれないけど、ぼくに言わせればぜんぜん違う。ツカちゃんはバスケ部のことをネタにしょっちゅうからかってくるけど、休部した理由は一度も訊かない。岡野とのケンカの話も、ずっと知らん顔をしてくれている。たとえぼくが自分から休部の理由やケンカのいきさつを話す気になったとしても、賭けてもいい、ツカちゃんは「どうでもいいよ、そんなの。理屈並べたって、とにかくやめたんだろ？　それでいいじゃんよ」と面倒くさそうに言うだけだろう。ツカちゃんと付き合うときは無駄な言葉がいらない。そこが、いい。

「それよりさ、エイジ、いまからゲーセン行くの？」とツカちゃんが訊いた。

「いや、帰るところ。制服取りに来たんだよ」

ぼくは自転車の前カゴに入れた制服のケースを指さした。十月の衣替えに備えて、冬服のブレザーを新調した。五月まで着ていた服に夏休みの終わりに袖を通してみたら、袖も胴回りも小さくて着られなかった。中学に入学して一年半で、身長が十センチ伸びた。あと五センチで、父の背丈を抜く。

「そっか、だったらいいけど」

ツカちゃんは新しいガムを口に入れ、ぼくにも一枚くれた。キシリトール入りのミントガムだった。

「どうかした？」と聞き返すと、中山が「いま逃げてきたんだよ、オレら」と言った。

「補導員とか？」

「違う違う、だってまだ五時半だからぜんぜんオッケーだもん」

海老沢が言う。中学生は午後六時以降はゲームセンターに入れない。夏休みまではそんなの誰も気にしていなかったけど、通り魔事件で警察がうるさくなったせいか、最近は六時になると店員に追い出されてしまうのだ。

「じゃあ、なんなんだよ」

「あのさ……」

中山が言いかけるのをさえぎって、ツカちゃんの口から、またガムが飛ぶ。

「おめーらがえらそーにしゃべんじゃねーよ。いいからちょっとジュース買ってこいよ、てめえバーカ」

粘っこい口調になるときのツカちゃんは、機嫌が悪い。顔つきからひょうきんさが消え、怒ると三年生も手出しできない乱暴者のツカちゃんになる。一学期の頃から何度も蹴りをくらっていた中山と海老沢は、自転車から飛び降りて、改札脇のマクドナルドへダッシュした。

「エイジのぶんも忘れんなよ！」

二人の背中に怒鳴ったツカちゃんは、ぼくに向き直ると、ちょっと照れたように笑った。ぼくもガムを噛みながら「いじめてやるなよ」と笑い返す。

「そういうキャラなんだから、しょうがねえだろ、あいつら」

「生まれながらのパシリ体質って？」

「そうそう。ジュース代なんておまえ、消費税みたいなもんなんだから」

「なにわけのわかんねえこと言ってんだよ」

「だってよ、あいつらオレと付き合えて九十五パーセント得してるんだぜ？　エビも中山も二人じゃゲーセンにも行けねえんだから、五パーセントぐらいは苦労させなきゃ世の中ナメちゃうもんな」

一理ないわけじゃない。海老沢がサングラスなんて、ツカちゃんといっしょにいるとき以外には考えられない。逆に言えば、ツカちゃんが二人の前でゲームセンターから逃げ出すなんて、よっぽどのことなのだ。

「ゲーセンで、なにかあったわけ？」

「逃げたんじゃねえぞ」

「わかってるよ。で、どうしたって？」

「『愚蓮』がたむろってたんだよ、ゲーセンの奥に。ちょっとヤバい雰囲気だったから、まあ、帰ったほうが無難かなって」

そういうのを「逃げた」って言うんだよ、とツッコミを入れようとしたけど、やめた。『愚蓮』の名前が出たら、なにを言ってもシャレにならない。ぼくがいっしょにいても、ツカちゃんの袖をひっぱって「帰ろうぜ」と言っただろう。

『愚蓮』は、桜ヶ丘ニュータウンのガキ社会でいっとう幅を利かせているチームだ。二年ほど前に桜ヶ丘南中学——ナンチュウのOBが中心になって結成し、恐喝やひったくりやオヤジ狩りやシンナーやレイプや、噂話をどこまで信じればいいかはわからないけど、とにかく桜ヶ丘でいちばんの不良揃いなのだ。

「最近さ、早い時間からよく来るんだよ、あいつら。まいっちゃうよなあ。夜行性の不良が昼間からうろつくのって、マジ迷惑。六時までは中坊タイムなんだから、そこんとこ気ィつかってくんなきゃ」

冗談めかした口調だったけど、暇と小づかいさえあればゲームセンターに入りびたっているツカちゃんにとっては楽園を追われたようなものだ。

「いま、通り魔のこともあるから、夜になると警官がうじゃうじゃ増えるじゃん。そういうのも関係あるのかな」とぼくは言った。

「知らねーよ、そんな理屈言われたってよ」

ツカちゃんはそっけなく返し、「ジュースまだかよ」と舌打ち交じりに駅のほうを振り向いて、おう、と手を挙げた。

タモツくんがいた。改札の向かい側の本屋から出てきたところだった。ツカちゃんとぼくに気づくと、暇な奴らはいいよな、というように薄く笑い、本屋の前に停めてあった自転車を押して近づいてきた。

タモツくんは秀才だけど、付き合いは悪くない。勉強以外のことはすべて捨てているようなハンパな優等生とは違って、運動神経もいいし、手先も器用だ。ゲームや音楽、スポーツ、なにをやらせてもうまい。ツカちゃんたち「悪い男子」とも平気で付き合う。クールな性格なので自分から話を盛り上げることはめったにないけど、タモツくんを見ていると、ああいうのがほんとうのエリートなんだろうな、といつも思う。

「タモツ、今日は塾ねえのかよ」

ツカちゃんが言うと、タモツくんは自転車のスタンドを立てながら「休んだ」と言った。

「なんだよ、サボったのか？」

「どうせ、今日やるところは完璧にわかってるから、わざわざ行ってもしょうがないだろ」あっさりと答える。ゴーマンさはこれっぽっちも感じられない。「なんで横断歩道渡らないんだよ」と訊かれて「だって赤信号だもん」と答えるようなものだ。すぐに頭の良さを自慢したがるハンパな優等生とは、レベルが違う。

そして、ハンパな優等生相手だったら言いたい放題のツカちゃんは、クラスで唯一、タモツくんとしゃべるときには苦労する。

「おまえ、塾の生徒より先生やったほうがいいんじゃねえか？」

「だろうな」

「だろうな、つってよ、おまえ照れろよ、ちょっとは」

「照れたってしょうがないじゃん」

「そりゃそうかもしんねえけどよ……」

「で、ツカちゃんもエイジも、なにしてんの？　こんなところで」

「いや、べつに、なにっつーて……息してんだよ息、悪いかよ」

「ううん、べつに」

「息してんだよな？　な？　エイジ。オレら、生きてるんだもんな、息するよな、しなきゃ死んじゃうんだもんな？　な？」

「知らねえよ、そんなの」とぼくはツカちゃんを見捨て、タモツくんと苦笑いを交わす。

相性が悪いというのか意識過剰なのか、ツカちゃんはタモツくんが苦手だ。おしゃべりを自分のペースに持ち込めず、妙にあせったりムキになったり、ツッコミを入れるにも価しないガキっぽいことを言いだしたりする。

だったら最初から話さなければよさそうなものだけど、ぼくはなんとなく、ツカちゃんはタモツくんのことが好きなんだろうな、とにらんでいる。マゾとかホモとか、そういうのとは違う意味で。

中山と海老沢がジュースを持って戻ってきた。タイミングの悪い二人だ。

ツカちゃんは二人を見てほっとしたように頬をゆるめかけ、それをグッと引き締めて、すごみを利かせた声で言った。

「なにやってんだよ。一本たりねえじゃんよ、タモツのぶん」

中山は察しよく再びダッシュの体勢に入ったけど、海老沢は「だってしょうがねえじゃん、タモっちゃん、さっきいなかったんだもん」と言い訳して、ツカちゃんの自転車に轢かれそうになった。

「三十秒以内に買ってこいよ、あとポテトも」

二人はあたふたとマクドナルドに駆け戻り、いかにもビビった背中を見送って、ツカちゃんはやっと余裕を取り戻した。

「タモツ、ジュースおごってやるからな。特別だぞ」

タモツくんは本屋で買った文庫本をぱらぱらめくりながら、「サンキュー」と気のない声で言った。

ツカちゃんたちはコンビニに行くというので、帰り道の途中からはタモツくんと二人きりになった。

タモツくんは無口だ。ぼくもツカちゃんとは違って沈黙のプレッシャーをそれほど感じるタイプじゃないので、二人して黙りこくり、つかず離れずの距離を保って、アップダウンの急な道を自転車のギアをこまめに入れ替えながら走っていく。

午後六時を回って、あたりはだいぶ暗くなっていた。「緑あふれる街」をコンセプトに開発された桜ヶ丘は、ほとんどすべての通りに街路樹が植えられ、団地の植え込みや一戸建ての庭、公園などを合わせると、住民一人あたりの樹木数は全国のニュータウンでもトップクラスだという。そのぶん、昼間でも薄暗い一角があちこちにあり、街灯や窓の明かりが梢にさえぎられるせいで夜の闇も深い。数えたわけじゃないけど、住民一人あたりの『ちかんに注意』の立て看板の数も、そうとう多いんじゃないかと思う。

急な坂を上りきって一息ついたとき、ぼくは『愚蓮』の話を切りだした。ツカちゃんは、タモツくんの前ではテレビやゲームの話をするだけだった。自分でもやっぱり「逃げた」と思っていて、それをタモツくんには知られたくなかったのかもしれない。

タモツくんはいつものように「ふうん」と興味なさそうな相槌を打つだけで、警官のパトロールと関連づけたぼくの推理も「かもな」の一言で終わった。

「タモっちゃん、『愚蓮』とか怖くねえの?」

「最初から相手にしてないもん、あんな奴ら」

「通り魔は？」

「べつに。だって女しか狙わないんだろ、オレら関係ないじゃん」

「うん……」

「エイジはビビってんの？」

「通り魔はそうでもないけど、『愚蓮』は、やっぱ怖えよ」

「どこが？」

「だって、殴られたりとか、カツアゲされたりとか」

「やられたことあんの？」

「いや、それは……」

「やられる前から怖がっててもしょうがないじゃん」

意地悪な口調じゃない。強がっているふうでもない。タモツくんは本音でそう思っていて、だからぼくは、どんな答えを返せばいいかわからない。

道はまた上り坂にさしかかり、ぼくはペダルを踏む足に力を込めた。長い坂道だ。ここを上りきると、ぼくの家がある団地までは、あと少し。

「エイジ、ひとつ訊いていい？」

珍しく、タモツくんのほうから話を振ってきた。ぼくはギアをひとつ落として、「なに？」

と返す。

「オレずっと思ってたんだけど、エイジって、なんでビーキュウの奴らと付き合ってんの？」

「ビーキュウって、A、B、Cの、B？」

「そう。人間的にB級の奴っているじゃん、頭とか、性格とか、運動神経とか、いろんなこと。そんなのとツルんでもしょうがないと思うけど」

ぼくは自転車のスピードを少しゆるめてタモツくんを先に行かせ、斜め後ろから「中山とか？」と訊いた。

「誰っていうんじゃないんだよ、とにかくB級の奴っているじゃん。わかるだろ、エイジなら」

タモツくんは怒ったように言った。

ぼくは、うん、まあ、とうなずく。

「さっきの『愚蓮』の話もそうだけどさ、ああいうのってB級の発想だよ。オレ、エイジは違うと思ってたけどなあ」

半分褒められ、半分けなされて、これもどう答えていいかわからない。

一年生の頃から、「エイジにだけ言うけどさ」とか「こんなの、ほかの奴に言ってもしょうがないんだけど」とか、タモツくんはぼくをクラスの中で特別扱いしてくれていた。一年生の二学期にぼくが実力テストで学年ベスト3に入ったときには、「公立にはもったいないよな、おまえ、中学受験すればよかったのに」とも言われた。買いかぶりだと思うけど、嬉しくないことは、なかった。

でも、最近、タモツくんはぼくに少しいらだっているみたいだ。一学期の期末テストで学年二十位からこぼれ落ちてしまったのがよくなかったんだろうか。バスケ部を休部したことを話したときも「エイジって、暇になると人間ダメになりそうなタイプだからなあ」と、ジョークの口調ではあったけど、グサッとくることを言われた。

「B級の奴らとツルんでると、発想も行動もB級になっちゃうぜ、これマジ」

タモツくんはそう言ってサドルから尻を浮かせ、一気に坂を上りきった。

「ツカちゃんとか、B級だと思う？」とぼくは訊いた。答えしだいではちょっとむかつくところだけど、タモツくんは坂のてっぺんでぼくが追いつくのを待って、笑いながら言った。

「あいつ、C級」

タモツくんもツカちゃんのことが嫌いじゃないんだろうな、たぶん。

坂を上りきって最初の交差点でタモツくんと別れ、カーブのつづく道を、歩道から車道に出たり入ったりしながら走った。もう空は夜の色に染まっていた。木立の隙間から街の灯が見える。

今日も夕食までの時間をつぶすことに苦労した。ツカちゃんたちと会わなかったら、退屈で退屈でしょうがなかっただろう。バスケ部をやめてから放課後が長くなった。バスケ部の奴らと付き合わなくなった代わりに、タモツくんの言うB級の連中とよくしゃべるようになった。暇はできたのに、あまり勉強する気になれない。二学期に入ってから、もともと苦手だった数学の授業が急に難しくなり、得意科目の国語の授業がつまらなくなってきた。学年ベスト3は、なんとなく、もう無理かもな、という気がする。

赤色灯を消したパトカーに追い越された。今夜も警察は、いつどこに出てくるかわからない通り魔のためにパトロールをつづける。そのとばっちりで、ぼくたちはとうぶんの間ゲームセンターでは遊べない。早く逮捕しろよなあ、と遠ざかるテールランプをにらみつけてやった。

4

ウイスキーで顔を赤くした父が、腕時計を見ながらカウントダウンを始めた。「十、九、八……」のあたりでは「コドモじゃないんだから」とあきれて笑っていた母も、「五」から先は父と声を合わせ、指揮者みたいに手を振りながら数えていった。

午後八時二十三分ジャスト。

父は「ゼロ」の代わりに「エイジ、おめでとう！」と言った。

十四歳になったぼくは、まいっちゃうなあ、とアイスティーをストローで啜る。

「ほら、紅茶なんていいから、早くロウソク消せよ」

父にうながされ、ケーキのロウソクに掌を振って風を送ったら、今度は母が「ダメよ、ちゃんと吹いて消さなきゃ」と言った。

部屋の明かりを落とした薄暗さのなか、十四本のロウソクの火が、ダイニングテーブルのまわりをぼうっと照らし出す。向かい側の席に父、左に母、右に姉。ケーキにチョコレートで書いた文字は、ロウソクの影に紛れて読みとれない。それでいい。『えいじくん　おたんじょうび　おめでとう』――早くケーキを切り分けて、ぐちゃぐちゃにしてしまいたい。

「エイジ、唾飛ばさないでよ」と姉が言う。さっきから機嫌が悪い。昼間は高校の友だちと遊びに出かけたけど、「今日はエイジの誕生会だからね」と夕食までの門限を一方的に母に決められ、観ていたテレビもカウントダウンの前に父に消されてしまった。でも、それはお互いさまだ。六月の姉の誕生日には、ぼくは『ハッピーバースディ』の歌まで歌わされた。

息を大きく吸い込んで唇をすぼめ、体を思いきり前に乗り出してロウソクに吹きつけた。いっぺんには消しきれず、二度めでも火が残り、三度めでやっと部屋が真っ暗になった。父が拍手をする。母が「おめでとう」と言って部屋の明かりを点けると、すぐさま姉はリモコンでテレビのスイッチを入れて、父にいやな顔をされた。

ホームドラマみたいだ、といつも思う。

「こういうのも、いつまでできるのかなあ……」

父がケーキからロウソクを抜き取りながら、ぽつりと言う。

「来年からも付き合ってあげなさいよ。お父さん、これがいちばん楽しみなんだから」

食器棚からケーキ皿を取り出して、母がぼくと姉に言う。

「やだよ、もう来年は、ぜーったい友だちと外でパーティーやるからね」と姉が唇をとがらせたけど、父は「だったらウチに呼べばいいだろ、友だち二人だったらテーブルに座れるぞ」とくじけない。

そんなやり取りもすべて、ホームドラマみたいだ。

「もう、ケーキとかやめない？　なんか嘘っぽいじゃん」と三人に言ってやりたい。でも、それもまた、いかにもホームドラマに出てくる中学生の息子が口にしそうな台詞で、だけどすねて黙りこくる息子もドラマでおなじみのような気がするし、といって「わーい、嬉しいなあ」なんてはしゃぐのはただのバカだし、とにかく居心地が悪くてしょうがない。

「はい、エイジ」

母がケーキをぼくの前に置いた。クリームでつくったバラの花を崩さないよう、少し厚めに切ってある。チョコレートの文字は『じょう』と、『び』の左半分。

「ケーキの代わりに、早くこっちでお祝いしたいんだけどな」

父はオンザロックのグラスにウイスキーをたしながら笑った。息子がハタチを過ぎても、誕生日は家族で祝うつもりらしい。

「飲みすぎなんじゃない？」と母が顔をしかめる。

「なに言ってんだ、まだぜんぜん飲んでないよ」

「酔ってる酔ってる、顔真っ赤よ」

「だいじょうぶだって。今夜は、それに、ほら……」

父はリビングのソファーを振り向いて、「歌うぞお」とおどけて言った。

ソファーの上には真新しいアコースティックギターが立てかけてある。昨日の土曜日に父が買ってきた、ぼくのバースディプレゼントだ。片道一時間半かけて、お茶の水の楽器店まで出かけた。バンドを組んでいた学生時代に通い詰めた店だという。

「いいよなあ、ハミングバードだもんな。はっきり言って、エイジにはまだもったいないよ」

父はギターを眺めて、うまそうにオンザロックを啜った。ギターのボディーはグラデーションのついた、オレンジと赤の中間のような色。「チェリーだな」と父はゆうべ言っていた。ピックガードに色付きの鳥が彫ってある。学生時代、欲しくて欲しくてたまらず、でもバイトの給料では手の届かなかった憧れのギターなのだそうだ。

「ハミングバードでもピンからキリまであるんだけど、これはいいよ。値段の割にはよく鳴るし、色もいいし、掘り出し物だ」

衝動買いだった。約束違反でもあった。ぼくが欲しかったのは、ギターはギターでもアコースティックじゃなくて、エレキギターだった。掘り出し物だという値段だって、母の予算をはるかに超えていた。でも、憧れのハミングバードを手に入れた父はすっかり舞い上がってしまい、「いまはアンプラグドの時代だし、アコースティックできっちり音を出せなきゃエレキなんて弾けないぞ」とぼくに言い、母には「冬のボーナス、オレの小づかい減らしていいから」と言って、ゆうべは遅くまでリビングでギターを弾いていた。

父はときどき、三カ月に一度くらいの割合で、家でギターを弾く。学生時代から使っていたというステッカーを何枚も貼った古いエレキギターを納戸から出して、弦が錆びてるとか指が動かないとかギターが重いとか言いながら、アンプを通さずに弾く。たいがい酔っている。酔っぱらう理由は、たいがい学校のことだ。

シャリシャリした音で、なんの曲なのかメロディーはよく聞き取れないけど、明かりを落とした薄暗いリビングでギターを弾く父を見ると、ぼくはいつも、さびしさのような、かなしさのような、ちょっと怖いような、ヘンな気分になってしまう。父とは違うオトナの男の人が、いや、父は父なんだけど、「お父さん」とは呼びづらい父が、いる。仕事をしているときの父や、ぼくがものごころつく前の父や、ぼくが生まれる前の父や、ぼくが寝たあとの父……ぼくの知らない部分だけでできた父がギターを弾いている、そんな気がする。

「どうした？」

ハミングバードから目を動かさずに、父が訊く。

ワンテンポ遅れて、ぼくは「なにが？」と返し、アイスティーを啜った。

父は空になったグラスをテーブルに置いてぼくに向き直り、ちょっと照れたように笑った。

「お父さんが初めてギターにさわったのも、中二の頃だったんだ。一九七〇……七一年だったかな、フォークソングの時代だよ。岡林信康とか六文銭とか、五つの赤い風船なんてのもいたなあ。吉田拓郎や井上陽水が出てきたかこないかの頃だ。スリーフィンガーがなかなかできなくてなあ、レコード擦り切れるぐらい聴いてコピーしたもんだよ」

ウイスキーを、またグラスに注ぐ。横からなにか言いかけた母も、まあいいか、という顔になってケーキを頬ばった。

「ギター、おじいちゃんに買ってもらったの？」と訊くと、父は照れ笑いの顔のまま首を横に振った。

「近所の大学生のお兄ちゃんに、古いのを貰ったんだ。おじいちゃんなんて、とてもとても、そんなのわかってくれるような人じゃなかったからな。家で練習するときも、音が漏れないようにボディーにバスタオルを詰めたり、布団を頭からかぶったり、押し入れの中で弾いたり、いろいろ大変だったよ」

「怒られるわけ？」

「ああ。厳しいオヤジだったからな、ギターを弾くだけで不良扱いだし、大学生のお兄ちゃんの家に遊びに行くのも、ぶつくさ言ってた。エイジにはわからないかもしれないけど、学生運動とか、いろいろあったからな、あの頃は」

ぼくの知っている祖父は、いつもにこにこ笑っていた。ぜんぶで六人いる孫のなかで、末っ子にあたるぼくを、いっとうかわいがってくれた。五年前に祖父が亡くなったときも、孫のなかでぼくがいちばん泣いた。父はどうだったっけ。精進落としのときにすごく酔っぱらっていたことしか覚えていない。

ケーキを食べ終えた姉が、「友だちに電話するの忘れてた」と席を立った。父は「明日でいいだろう」と言い、母も「ケーキ、もうちょっと食べる？」と引き留めたけど、姉はかまわずコードレスの受話器を取って、自分の部屋に入ってしまった。

「なんだよ、恵子は。せっかくエイジの誕生日なのに」

父は鼻白んだ様子でウイスキーを一口啜った。

「すぐすむわよ」ととりなすように言う母も、本音では長電話を覚悟しているんだろう、姉のケーキの皿をさっさと片付けた。

ぼくは黙って、ケーキの生クリームをフォークですくう。また逃げ遅れちゃったよ、とクリームの甘みを口の中に行き渡らせて、苦笑いを紛らせた。三つ年上の姉は、歳の差のぶん、ぼくより逃げ足が速い。女子高生の扱いは仕事で慣れているはずの父も、姉としゃべるときにはぎくしゃくしてしまう。逆に母のほうが、父と姉のやり取りを余裕をもって眺めているようだ。

父は、ふう、と息を継いで言った。

「しかしなあ、うん、エイジも十四歳か。早いよなあ、あと四年で十八だよ、オレが東京に出てきた歳だ」

自分のことを「お父さん」じゃなく「オレ」と呼ぶようになったら、だいぶ酔いがまわってきた証拠だ。

「ウチは東京だからエイジが大学に入ってもべつに変わらないけど、これが地方だったら、あと四年で親と別れるんだぞ。なんか、嘘みたいだよなあ」

すぐ、そうやって勝手に人の進路を決める。

父はグラスを手にソファーに移り、リモコンでテレビを切ってから、ハミングバードを抱いた。フィンガーピッキングで何度かスケールをなぞり──という言葉も、ゆうべ父に教わったばかりだから正しいのかどうかわからないけど、リビングダイニングにギターの音が流れた。アンプなしのエレキギターとはぜんぜん違う、音になんともいえない深みがあった。

「エイジに買ってあげたんじゃないの？」と母はからかうように声をかけて、でもここが特等席だというように、L字形に置いたソファーの父の斜め前に腰をおろした。

ギターの音は、やがて聞き覚えのあるメロディーになった。父の大好きなサザンオールスターズの古い曲だ。歌も入った。「懐かしいだろ」と父は間奏を弾きながら母に言った。母はそっけなく「まあね」と言うだけだったけど、組んだ膝に頰づえをついて目をつぶった。

両親は大学の同級生だ。二十四歳で結婚して、翌年に姉が生まれ、その三年後にぼくが生まれた。熱烈な恋愛結婚だったらしい。アルバムに貼った学生時代の写真に比べると父の髪の毛はずいぶん薄くなり、母の体つきも一回り太くなったけど、お互い四十二歳になったいまでも、二人はときどきこんなふうに、恋人どうしみたいな雰囲気でおしゃべりする。

ぼくはケーキのスポンジを口いっぱいに頰ばった。ろくに味わいもせず、アイスティーで喉に流し込む。自分の部屋に戻るきっかけが見つからない。「お二人さん、ごゆっくり」なんて両親をからかうのも照れくさい。ため息をついて、逃げ足の速い姉をあらためて恨んだ。

曲が終わると、母が「今度はユーミンね、なんでもいいから」とリクエストした。父がサザンオールスターズなら、母はユーミン。カラオケボックスに入っているユーミンの曲をぜんぶ歌えるのが自慢だ。

「あいつの曲って、ときどきヘンなコードが出てくるんだよなあ」

「いいじゃない、覚えてる曲も少しはあるんでしょ？」

「今度、歌の本買ってこいよ、コードと歌詞の載ってるやつ」

「ほらあ、またそんなこと言って。いい？　このギター、エイジのなんだからね？」

母はぼくを振り向いて「ねえ、まいっちゃうよね、お父さんって」と笑った。ぼくは聞こえないふりをしてチョコレートの『じょう』の文字を頬ばり、スッと目をそらした。

　ぼくが生まれたときは、ひどい難産だったらしい。予定日より一週間遅れて陣痛が始まったのは、朝六時過ぎ。そこから夜八時二十三分まで半日以上もかかった。陣痛促進剤もほとんど効かず、しかも逆子で、おまけにヘソの緒が体に巻き付いた状態だった。なにかとおおげさな父の言うことだから話半分にしか聞いていないけど、一時は母子ともに命の危険もあったのだという。

　けっきょく、自然分娩は無理だということで、帝王切開になった。自分の力でこの世界に生まれ出ることができなかったわけだ。

　母のおなかの中でもっと眠っていたかった？　母のおなかの居心地が、そんなによかった？

　去年、妊娠と出産を扱ったNHKのドキュメンタリー番組を観たことがある。胎児は、母親の子宮から産道を通って外に出るときに、ものすごい苦しみを味わうのだという。メスで母親のおなかを切り開かれて生まれたぼくは、それを体験していない。人生のスタートの時点で、人間としてなにかとてもたいせつなものをはしょってしまった、そんな気がしないでもない。

父はサザンオールスターズとユーミンを数曲ずつギターで弾き、母にお尻を押されるようにして、やっと風呂に入った。

ぼくもそれをしおに自分の部屋にひきあげようとしたら、母に呼び止められた。

「ギター、部屋に持っていきなさいよ。リビングに置いといたら、ほんとにお父さんにとられちゃうわよ」

「さっきのおじいちゃんの話、ほんとなの？」とぼくはドアの前に立ったまま訊いた。

「そうよ。お母さんも詳しくは知らないけど、厳しい人だったんだって。子供と遊ぶなんて、めったになかったって。そういうのがあるから、お父さん、家庭をだいじにしてるのかもね」

「うん……」

「まあ、あんたもお姉ちゃんも、そろそろ親がうっとうしくなってるかもしれないけど、親孝行と思って付き合ってよ、ね？」

ぼくはなにも答えず、ギターを放っておいてリビングを出た。

母は、おしゃべりだ。ホームドラマをなぞるみたいな一家団欒をお父さんもお母さんも無自覚にやってるわけじゃないから、これはクサいことなんだとちゃんとわかってるんだからね、とわざわざ口にする。確信犯だ。それも、探偵が推理を始めようとした矢先に犯行を自供するおしゃべりな犯人。

自分の部屋に入り、後ろ手でドアを閉める。壁際に置いたベッドにごろんと寝ころがると、バニラエッセンスのにおいの溶けたゲップが出た。

昨日、父は都心に向かう電車を途中下車して、二学期に入ってから一日も登校していない生徒の家を訪ねた。その生徒の問題で、先週は毎日帰りが遅かった。父はクラス担任として、とにかく中退だけはさせまいと粘っているけど、本人がもうやる気をなくしているのでどうしようもない。昨日の家庭訪問もけっきょく無駄足に終わってしまったらしい。

それでも、父は昨日も今日も、ぼくの前では落ち込んだ様子はいっさい見せなかった。いつもだ。父は悩んだり困ったりしている顔をぜったいにぼくには見せない。愚痴ややつあたりも、ぶつけられたことがない。「お父さんってね、そういう人なのよ」と母は半分あきれながら、半分誇らしげに言う。そして、父の上機嫌な笑顔の陰に隠れた苦労を、こっそり、小出しに、ぼくに話す。よけいなお世話だとは思う。でも、母が教えてくれなかったら、ぼくは父のことをなにも知らないまま毎日を過ごすだろう。母がおしゃべりになるのは、この探偵にまかせておくとすべての事件が迷宮入りしてしまうんじゃないか、と心配しているせいなのかもしれない。

ドアがノックされた。

寝ころんだまま返事をすると、父がギターを手にドアを開けた。ランニングシャツ一枚で、まだ肩から湯気がたちのぼっている。

「忘れ物だぞ」

「あ……ごめん」

起き上がって、ギターを受け取った。

「しっかり練習しろよ。最初は思い通りに音が出ないかもしれないけど、ぜったいに弾けるようになるから。お父さんも時間のあるときには教えてやるよ」

「いいよ、自分でやるから」

すねたような言い方になってしまった。

でも、父は「そうだな、うん、自分でやるのがおもしろいんだもんな」と笑顔でうなずいた。

ぼくは目を伏せる。なにかを言いたい。でも、なにを言えばいいかわからない。考えているうちに、なにかを言いたかったのかどうかも、わからなくなってしまう。

父は「さあ、マッサージやって寝るか」と濡れた髪を両手で軽く掻いて部屋を出ていった。風呂上がりの育毛マッサージが去年から日課になっている。母のダンベル・ダイエットとどっちが長くつづくか競争しているらしい。

ぼくはベッドの上にあぐらをかいて、ギターをかまえた。誰も見ていないのに、早くさわりたくてうずうずしていたんだ、というふうに右手の親指で弦を軽く弾きおろす。和音になっていない音の重なりが耳に流れ込むと同時に、掌で弦の震えを止めた。

ギターを壁に立てかけて、また寝ころがる。

ギターが欲しくて欲しくてたまらなかったわけじゃなかったんだと、いま、気づいた。

5

その週の木曜日――九月十七日、しばらく鳴りをひそめていた通り魔が、また通行人を襲った。犯行時間は午後九時前。ちょうどその時刻、ぼくは塾から帰る途中だった。団地につづく坂道を自転車で上っていたら遠くでパトカーか救急車のサイレンが聞こえ、いっしょにいた佐伯と「通り魔かな」なんて話していたら、それがほんとうになってしまったのだ。

今度もまた被害者は女性。携帯電話で話しながら歩いているところを後ろから殴られた。ケガじたいは、いつもどおりたいしたことはなかったけど、被害者は妊娠していた。殴られて転んだはずみにおなかを強く打って、流産した。生まれてくる赤ちゃんを緑豊かな環境で育てようと、先週、桜ヶ丘ニュータウンに引っ越してきたばかりだったという。

金曜日の桜ヶ丘は朝から騒然としていた。ヘリコプターが何機も街の上空を飛び交い、朝刊も社会面のトップ記事で通り魔の事件を扱った。遅刻ぎりぎりで教室に駆け込んできた山野が、ワイドショーのスタッフが駅前の遊歩道でロケをしていた、と興奮した口調で言った。

七月に初めての事件が起きてから約二カ月半、通算二十三件めの犯行で、ついに通り魔は全国版のニュースの主役になった。前の事件のときには「こんなのじゃみんなに飽きられちゃうぜ」と笑いとばしていたツカちゃんも、さすがに今度はどうボケていいのかわからないみたいで、だけど黙っていてはコケンにかかわると思ったのか、苦しまぎれに「隠れキャラ殺してどーするんだよ、あのバカ」と言って、やっぱりみんなからヒンシュクを買った。ぼくもツッコミやフォローは入れなかった。ツカちゃんの言葉にいっとう怒っていたのは相沢志穂だったからだ。

昼休み、ツカちゃんは中山と海老沢とコウジを連れて、花札が流行っている二年A組の教室に遊びに出かけた。タモツくんも給食が終わるとすぐにどこかに行ってしまい、遊ぶ相手のいなくなったぼくは、しかたなく教室の外のベランダに出て、ふだんはそれほど親しくない永田やタカやんやワタルっちとおしゃべりをした。タモツくんに言わせれば、この三人もB級になるんだろうか。A、B、Cの等級で見るより、派手なメジャーと地味なマイナーに分けて、マイナー系と呼んだほうがしっくりきそうだ。

八月が誕生日だったタカやんは、バースディプレゼントに買ってもらったRPGの話をしていた。宮殿のどこかの鍵が見つからないので先に進めなくて困っているという。そんなのどうだっていいじゃん、とぼくは生返事をするだけだったけど、永田とワタルっちはノートとシャーペンまで持ってきて、ここを探せとか先にあっちに回ったほうが得だとか、熱心に作戦を授ける。マイナー系は、話題の幅が狭いぶん奥深いのだ。

ぼくは三人の話に付き合うのを途中であきらめ、ベランダの手すりに頬づえをついて、グラウンドをぼんやり眺めた。

制服のままミニサッカーや鉄棒バレーで遊んでいる奴らの中に、べつに捜したわけじゃないけど、岡野を見つけた。グラウンドの隅に半ば捨てたように置いてある古い木製のゴールを使い、一年生の部員にディフェンスをやらせて、セットシュートの練習をしている。

夏休みまでは、そこにぼくもいた。ひょろりと背の高い岡野がスリーポイントラインの外からシュートを狙い、しくじったらぼくがリバウンドを拾って再び岡野へパス。バスケ部の中では小柄なぼくは、そのぶんポイントガードとしてのパス回しとゴール下での俊敏な動きには自信があった。外から岡野、内に切り込んでぼく、二人のコンビは、三年生のレギュラーチームを相手にした紅白戦でも無敵だった。十一月の新人大会は、隣り合った三つの市の中学が集まる。目標は創部以来初のベスト4で、それはじゅうぶん射程圏内にあるはずだった。ぼくと岡野のコンビさえ、健在なら。

いつもは成功率八割は堅い岡野のシュートが、今日は半分以下しか入っていない。リングにはじかれ、バックボードに跳ね返るボールの軌跡を、ぼくは目で追いかける。ボールをキャッチして、すぐさまディフェンスをかわしてシュート。身のこなし、ボールの感触、シューズのゴム底と床が擦れ合う音、いまでもくっきりと覚えている。頭の中に蘇ってくるんじゃなくて、体に染み込んでいる。でも、それも、いつか忘れてしまうだろう。

「流産ってさ、赤ん坊が出てくるわけ？」

ワタルっちの声が不意に耳に飛び込んできて、肩がビクッと揺れた。いつのまにかゲームの話は終わっていたらしい。

タカやんが「んなわけねーだろ」と返す。「血だよ、血がダラーって流れるんだよ、あそこから」

「ゲーッ、気持ち悪いよお」

ゲロを吐く真似をした永田は、振り向いたぼくと目が合うと、へヘッと笑う。いまのおもしろかった？　と訊いているみたいだったので、ぜんぜんおもしろくねえよ、とそっぽを向いた。

「ああいうのって、殺人になるのかなあ」とタカやんが言った。

「なんねえだろ？　だって、まだ人間じゃないんだもん」と永田が答え、ワタルっちが「目とか口とか、もうできてたのかな。そういうのも血といっしょに出ちゃったのかなあ」と気色悪いことを言いだした。

話に加わる気の失せたぼくは、またグラウンドを眺める。岡野の練習は、助走なしのセットシュートから、ドリブルでゴール下までボールを運んでのレイアップシュートに移っていた。あいかわらず腰高で甘いドリブルだ。一年生は遠慮してカットしないけど、まともにディフェンスされたら一発でつぶされるだろう。岡野は意外と不器用で、細かなプレイが苦手だ。チーム一の長身なのにポストプレイヤーになれないのも、そのあたりが原因だった。密集の中でのプレイは得意だけどスリーポイントシュートがてんでダメなぼくとは正反対で、だからこそ、ぼくたちは名コンビだったのだ。

「へたくそ……」

つぶやいて、まなざしをグラウンドから空へ移した。今日もいい天気だ。雨の多かった夏をいまになって挽回するみたいに、九月に入ってから晴天がつづいている。八月と九月が入れ替わっていたらよかったのに。そうすれば、ぼくはいまも、岡野と友だちでいられたかもしれない。

「エイジ」ワタルっちに背中をつつかれた。「タモっちゃん、呼んでるぞ」

振り向くと、タモツくんが教室からベランダに出るドアの戸口に立って手招いていた。

ぼくはワタルっちに「サンキュー」と短く言って、タモツくんのいる場所まで歩いていった。用があるなら自分で来ればいいのに、と言わせないところが、タモツくんのタモツくんらしさだ。

「土谷ちゃんがいますぐ職員室に来いってさ」

「オレに？」

「そう。生徒会の選挙あるじゃん、そのこと」

タモツくんはそう言って、きょとんとするぼくの察しの悪さにいらだったように、「立候補しろっていう話だよ」とつづけた。

「なに？　それ」

「人数がたりないんだってさ。オレもいま、ずーっと説得されてたんだ。しつこいんだよ、土谷ちゃん」

「タモっちゃん、立候補すんの？」

「するわけないじゃん、バカらしい。クラス委員だけでも、もうじゅうぶん義理は果たしてるんだからさ」

いつものように冷ややかに笑い、ぼくの肩越しにマイナー系三人組を見て、もう一度、ふうん、というように笑う。ぼくはちょっとムッとして、でもなにも言えない。

「土谷ちゃんがエイジ狙うのってよくわかるけどさ。部活やめて暇だし、バカじゃないし」

「バカじゃないし」のところで、タモツくんはまた三人組をちらっと見た。三人組は、トゲのある視線に気づいているのかいないのか、サッカーの話で盛り上がっている。

「とにかく、エイジ、早く職員室行ってこいよ」

「うん」

「おまえ立候補するんだったら、演説の原稿書いてやるよ」

「ないない、そんなの」

顔の前で手を振って笑うと、タモツくんは意外そうな顔になって言った。

「じゃあ、おまえ、なんのためにバスケやめたの？」

胸がドキッとして、言葉に詰まった。

「……って、土谷ちゃんなら言うかもな」とタモツくんはポーカーフェイスでオチをつけた。

土谷先生の机の上には、父もたまに家で読んでいる教育雑誌の今月号が置いてあった。表紙に大きく『特集　時代の弱者としての子供』と書いてある。ぼくは、その『時代』という字をぼんやり眺めながら先生の話を聞き、立候補する気はないと答えた。

「そうか、だったらしょうがないか」

先生はあっさりと選挙の話を切り上げて、「それはそうとして」と、ここからが本題だというように口調をあらためた。「部活のことなんだけどな、ちょっと事情を訊きたいんだよ」

ぼくは黙ってうなずき、視線を『弱者』に据えた。

「膝、どうなんだ、まだ痛むのか」

「はあ……ちょっと」

「バスケ部の吉田先生も言ってたけど、レギュラー確実だったんだろ？　新人戦には間に合わないかもしれないけど、春の都大会はなんとかなるんじゃないのか？」

『弱者』から目を離さずに、首を小さく、縦とも横ともつかず動かした。

桜ヶ丘クリニックの畑山先生が夏休みに言っていた。ぼくの膝の痛みに治療法はない。自然に痛みが消えるのを待つしかなく、それがいつなのかも、はっきりとはわからない。

「なんて言うんだっけ、その病気。こないだ吉田先生に聞いたんだけどな……」

「オスグッド・シュラッター病、です」

「ああ、そうそう、それだ。おっかない名前だなあ、なんか」

先生はちょっとのけぞる芝居をして、笑った。椅子の座面と背が、ギシギシときしむ。

たしかにおおげさな病名だけど、なんのことはない、最初にその病気を研究した二人の医師――オスグッドさんとシュラッターさんの名前をくっつけた手抜きのネーミングだ。病気の中身も、名前のいかめしさとはぜんぜん釣り合わない。膝小僧のすぐ下にある、骨がぷくんと盛り上がった箇所――脛骨結節というところが痛む、ただそれだけのこと。命にかかわるわけでもないし、人にうつるわけでもない。日常生活も、ときたま痛みに顔をしかめることはあるけど、ほぼ支障なし。ひょっとしたら、虫歯よりずっと楽な病気かもしれない。

でも、バスケットボールは、できない。畑山先生もぼくがバスケ部の選手だと知ると急にしかめつらになり、レントゲン写真をにらみつけて、「膝にいちばん負担がかかるんだよなあ」と言った。たとえ言われなくても、プレイのできるような状態じゃなかった。ディフェンスをかわすピボットや、リバウンドを拾うジャンプからの着地、攻守切り替えのダッシュ・アンド・バック……なにをやっても膝がうずくように痛む。骨の奥が痛む。膝小僧にカナヅチで釘を打ちたくなるぐらい、痛む。畑山先生は「痛みがひどくなって階段の上り下りもできなくなったら、脛骨結節にキリで穴を開ける手もあるんだけどね」と言っていた。

「成長期で、スポーツをバリバリやってる奴がなっちゃうんだってな。皮肉なものだよなあ。吉田先生言ってたぞ、高橋のこと、ほっとけばぶっ倒れるまでボール追っかける奴だって」

椅子がまたきしむ。油くらいさせばいいのにとぼくは思い、そうだよな膝に油をさせれば楽になるのかもな、とも思った。

オスグッド・シュラッター病は、中学生の、それもなぜか男子に多い病気だ。畑山先生は「ようするに、体の成長に膝の骨が追いついていかないんだよ」としか説明してくれなかったけど、家にあった『家庭の医学』にはもう少し詳しく書いてあった。中学生の時期の脛骨はまだオトナの骨になっていないので、もろくやわらかい。激しい運動をすると、その脛骨が、膝を伸ばす大腿四頭筋の腱に強く引っ張られて痛むのだ。だから、脛骨がオトナの骨になれば痛みは消える。目安としては成長期の終わる頃、つまり身長の伸びが止まるあたり。そんなの、何月何日だなんて、誰にもわかりっこない。

「吉田先生は、見学でもかまわないから練習に参加したほうがいいって言ってるんだけどな、どうなんだ、そのへんは」

いやです。口に出して答える代わりに、先生をちらりと見て、すぐにまた目を伏せた。退部届けを勝手に休部届けに変えたのは吉田先生だ。バスケのルールもろくに知らない形だけの顧問なのに、おせっかいなことをする。こういうの、私文書偽造って言わないのかな。

「でも、治る可能性はあるわけだろ？　たとえ春は間に合わなくても、夏の大会だってあるんだし、ぎりぎりまであきらめずに、自分を信じてがんばってみたらどうだ？　試合に出られなくてもいいじゃないか。もったいないよ、せっかくいままでがんばってきたのに」

岡野と同じことを言う。

「それに、高橋、副キャプテンだったんだろ？　チームをまとめるのも大きな仕事だと思うけどなあ。部活って、そういうおもしろさもあるんだぞ」

これも、岡野と同じ。

五時限めの予鈴が鳴った。

先生はまだ話したりないみたいだったけど、最後にあと一言だけ、というように椅子に座り直して言った。

「まあ、部活は課外活動だから、途中でやめるのも自由なんだけど……ひょっとして、いじめなんかがあったわけじゃないよな？」

出た。思わず笑ってしまった。

「まさか、そんなのぜんぜん違いますよ」

笑顔のまま答えると、先生は見るからにほっとして「そうかそうか、だったらいいんだ」

とうなずいた。ぼくを呼び出した本題中の本題はそこだったようだ。

先生はいつもぼくたちに言っている。好きな言葉は「信頼」、敏感な言葉は「いじめ」と「不登校」と「自殺」。

先生は三十歳になったばかりだ。母は「ちょっと若すぎるかもね」と言うけど、生徒の人気は学年のクラス担任の中でダントツだ。数学の教え方は塾の先生のほうがうまいけど、意地悪な質問をしたり試験に引っかけ問題を交ぜたりしないところがいい。生活指導も厳しくないし、「なんでも相談しろよ」という口癖どおり生徒の話もよく聞いてくれる。

「土谷ちゃんって、いい先生だよな」とクラスの誰もが言う。ツカちゃんは先生の前でボケて「こら、塚本、いいかげんにしろ」と叱られるのが趣味みたいだし、タモツくんが「ちゃん」付けする教師は土谷先生しかいない。

でも、ぼくはときどき思う。先生は、いつか、死ぬほどかなしい目にあっちゃうんじゃないだろうか。生徒にナイフで刺されるとは思わないけど、そういうのとは別の種類のかなしさを味わうはめになっちゃうんじゃないか。

理由なんて説明できないし、予感よりももっと淡くぼんやりしたものだけど、ぼくはたしかにそう思っている。

だから、ちょっとだけ意地悪に言ってみた。

「なんか、バスケ、もう飽きちゃったんですよ」

「ですよ」を「だよ」に変えれば、夏休み最後の日に岡野に言った言葉になる。岡野はそれを聞いた瞬間、血相を変えてぼくにつかみかかってきた。

でも、先生は、一瞬わかったようなわからなかったようなあいまいな顔になり、それをスッと「わかった」の方向に傾けて、「まあ、そういうものなのかなあ……」とうなずいただけだった。

6

一日一日はいやになるぐらいだらだらしているのに、それが連なった毎日は、滑るように過ぎていった。学校の時間割は完全に覚え込んでいる。塾は、火曜日と木曜日と土曜日。全校朝礼は火曜日の朝で、学年朝礼は金曜日の朝。第二・第四土曜日は学校が休み。そのリズムに慣れたぶん、同じところをいつまでもまわっているような気がする。英語の授業でお手本のカセットテープを聴かされるとき、なめらかな発音に耳がごまかされて、いまどこを読んでいるのかわからなくなってしまう、そんな感じだ。

塾から帰ったらリビングにブレザーの制服が掛かっていて、「あ、そっか、もうすぐ十月なんだ」とつぶやくと、「なにボケたこと言ってんの」と母に笑われた。それが、九月二十九日の夜。ボタンダウンシャツの上に、ブレザーを着てみた。新調したブレザーは、八月にサイズを採ったときには少し大きめだったけど、実際に着て歩いてみるとちょうどよかった。むしろ肩が少し窮屈なくらいだ。母は「これじゃ来年も買わなきゃいけないかもね」と笑った。成長期はまだつづくんだろうか。だとすれば、膝の痛みは、まだ消えない。

三十日は、生徒会選挙の投票日だった。去年と同じく立候補者の数がぎりぎりで、会長をはじめすべての委員長が信任投票の形になった。

ぼくは全員に信任の○印をつけるつもりだった。こんなもの、やりたい奴がやればいい。でも、一人だけ、不信任の×印をつけようかどうか迷った立候補者がいる。福祉委員長候補の小松だ。去年同じクラスだった。掃除の班がいっしょだったり隣どうしの席になったこともあったけど、ぜんぜん気が合わなかった。頭に「くそ」をつけてもいいほどの、まじめな奴だった。二年E組でもまわりから浮きまくっている、とバスケ部の市川から聞いたことがある。

小松は去年の選挙でも一年生でただ一人立候補して、福祉委員長になった。中学入学前の春休みに福井県まで出かけ、重油で汚れた海岸の清掃作業のボランティアをしたというスジガネ入りだ。アミダクジやジャンケンで福祉委員になった連中とは気合いが違う。今年の一学期も、クラス対抗空き缶拾いコンクールなんて企画を考えついて、ぼくたちはずいぶん迷惑したものだった。

ツカちゃんは「イイ子ぶってんじゃねーよ、バーカ」と吐き捨てて投票用紙の枠からはみ出る大きな×をつけた。タモツくんは「内申書の点数稼ぐには、ボランティアと生徒会がいちばん手っ取り早いんだよな」と冷ややかに笑って、小松だけじゃない、候補者全員に×をつけた。

ぼくは——けっきょく小松にも○をつけた。小松の欄の○がいちばん小さく、痩せた。ぼくだって、小松のことは好きじゃない。でも、あいつを好きじゃないと思うときの自分も、じつはあまり好きじゃない。

十月一日、塾に行く前に、サンドイッチを食べながら夕刊をざっと流し読みした。桜ヶ丘からそれほど遠くない街で、ゆうべ遅く連続放火があったらしい。都心ではコンビニ強盗。犯人はどちらも捕まっていない。新聞を閉じると、それを待っていたように母が「放火なんて怖いよねえ」と言った。

「バイク燃やしただけじゃん」

「ほらあ、また、そんなふうに笑わないでって言ってるじゃない」

「笑ったっけ?」

「笑ってるわよ、なに言ってんの。ほんとに気をつけなさいよ」

だって、ひとごとだもん——と言いたかったけど、やめた。

サンドイッチを頬ばったまま席を立ち、デイパックを背負った。十月は中間試験の月だ。目標は学年ベスト3復帰。そうとう難しいことはわかっているから、口では二十位以内復帰にしておいたら、「ココロザシ低くない？」とタモツくんに笑われた。

黙って玄関に向かい、靴を履いていたら、「もう、こそこそ行かないでよ」と母が廊下を小走りに追いかけてきた。いつものことだ。家族が外出するときは玄関まで見送りに出る、帰ってきたら玄関で出迎える、それが専業主婦としてのポリシーなのだそうだ。

「帰り、九時でいいの？」

「うん、いい」

「寄り道しないで帰りなさいよ。あと、自転車のライト点けなきゃダメよ」

「わかってる」

「それと、帰りに駅前通るときは気をつけなさいよ。ヘンなコいっぱい集まってるでしょ。今日も昼間から何人もいたわよ。地べたに座り込んじゃって、煙草吸ったりお菓子食べちらかしたりして。ああいうの、もう、お母さん見てるだけでいやになっちゃう」

『愚蓮』だろう。最近は南中学のOBだけでなく現役の二年生や三年生もいっしょに遊んでいる、と同じ塾に通う南中学の奴に聞いた。

「ほら、同級生のあのコ、塚本くんだっけ、あのコなんかだいじょうぶなの？　暴走族とか、そういう先輩に誘われそうになったら、エイジが止めてあげなさいよ」

ツカちゃんなんかと付き合うな——とは母は言わない。ぜったいに言わない。そこがすごく嬉しくて、でも、いつもどおり、なんかホームドラマの「ケナゲな母親」みたいだな、とも思う。

自転車で塾に行く途中、隣の団地の自治会が立てた看板が目に入った。『通り魔注意』という、ペンキの垂れた手書きの文字と、その下には、獲物をつけまわして舌なめずりするオオカミのシルエット。手足の角度や背中の丸めぐあいが、ディズニーのアニメみたいだ。

妊婦を襲った事件以来、通り魔の動きはない。

「自首するかどうか悩んでるんじゃないのかしらね、あんなことになっちゃったんだから」と言う母は、「人間の心を持ってるんならね」とため息交じりに付け加える。姉は逆に「反省するような奴なら、最初から通り魔なんてやんないんじゃない？」と言い、父は教師歴二十年のキャリアに裏打ちされた重々しい口調で「いちばん怖いのは、これがきっかけになって犯行がエスカレートすることだよ」と、自分の言葉に自分でうなずく。

ぼくは、なにも言わない。そういう会話を家族で交わすというのが、ちょっと嘘くさい平和っぽくて、いやだ。

それに、通り魔がどんな奴なのか、いまなにを考えているのか、ぼくには想像のとっかかりも見つからない。父や母や姉だって、通り魔のことをオリジナルの人間として想像してるんじゃなくて、昔の通り魔事件の犯人や、ひょっとしたらサスペンスドラマの犯人のパターンに、そいつをあてはめているだけなのかもしれない。

塾の休憩時間に、夏期講習で知り合って仲良くなった北中学の片桐くんと通り魔の話をしているらしい。学区内に造成前の雑木林や空き地の多い北中学では、部活のあとの集団下校が検討された。

「二学期が始まってすぐ襲われた人いるじゃん、あれ、ガシチュウの生徒の姉ちゃんだって、マジ？」と片桐くんに訊かれた。

「ガセだよ、そんなの」とぼくは笑った。

「しょうがねえなあ、ガシチュウ。くだんねえガセ出すなよなあ」

「キタチュウに言われる筋合いないっつーの」

通り魔についてはは塾やコンビニやゲームセンターやファミコンショップのネットワークで、いろいろな、そしてめちゃくちゃな噂が飛び交っている。なかでもいちばん笑えるやつ——このあいだの事件の現場を自転車で夜中に通りがかると、被害者が流産した赤ん坊が「落とさないで、落とさないで」と耳元でささやくという噂は、たしか片桐くんから聞いたのだ。

「あとさ、エイジ、知ってる？　これマジだけど、通り魔の自転車、マウンテンバイクだったんだって」

「知ってる知ってる、そんなのジョーシキっすよ」

「いま警察がさ、桜ヶ丘じゅうの家一軒一軒回って、マウンテンバイク持ってる奴チェックしてるって」

「あ、それ知らなかった」

「捕まんなよ、エイジ」

片桐くんはヘヘッと、ガラの悪いオトナみたいに笑う。

「バーカ」とぼくも笑い返す。ぼくの自転車は、前カゴ付きのふつうのタウンサイクルだ。

「でも、ダチとかにいるんじゃねえの？　チャリ、マウンテンバイクの奴」

「そりゃあいるけどさ……」

すぐには思いだせず、あいまいに口をつぐむと、片桐くんはさっきと同じように笑って、いいこと教えてやるよ、という顔で言った。

「オレのチャリ、マウンテンバイクなの。まいっちゃうよ」

「自首しろ、自首」

「あ、でもね、オレ十三歳だもん、まだ。誕生日二月だから、ぜんぜんオッケー」

「なに？　それ」

「知らないの？　エイジ。十四歳未満って、犯罪やっても犯罪になんねえの。オヤジ言ってたもん、十三歳だと、責任能力ってのがないから、殺人しても刑務所にも少年院にも入んなくていいんだって」

「マジ？」

「マジマジ、激マジ。だからさ、殺したい奴いたら、いまのうちにやっちゃえばいいの」

知らなかった。

「なんだ、そうだったんだ」とぼくは言った。

自分の声を自分で聞いて、ちょっといやな気がした。「なんだ、そうだったんだ」のあとに、「損しちゃったなあ」とくっつきそうな口調になったからだ。

授業が始まっても、片桐くんの言葉はしばらく耳に残っていた。片桐くんは、塾のときだけの付き合いだから性格を完全に知ってるわけじゃないけど、ウケ狙いの嘘をつくような奴じゃない。だから、十三歳ならなにをやっても犯罪にならないというのはほんとうなんだろう。

ぼくは十四歳になってから、数えたら十八日めだった。

夏期講習の頃に片桐くんがそのことを教えてくれていたら。

万引きぐらい、やったかな。

よくわからないけど。

7

放課後のホームルームが終わっても、ぼくはしばらく席を立たなかった。わざとゆっくり帰りじたくをしながら、相沢志穂の席に目をやった。
十月二日——金曜日。十五分後に福祉委員会が始まる。生徒会選挙をうけて、これが二学期の委員の初顔合わせということになる。

小松に仕切られるのはうんざりだけど、やっと相沢とコンビを組める。

昨日の席替えでも相沢とは離ればなれの席になった。ツカちゃんとも遠くなった。前の席はタカやん、右隣は中山、左隣は女子の後藤祥子、後ろも女子の淵田さやか。マイナー系とB級と、見ても楽しくない女子に囲まれた、最悪のポジションで十月を過ごさなくてはいけない。唯一の望みは、今月から本格的に始まる福祉委員の仕事で、一気に相沢との距離を詰めることなのだ。

「いっしょに行こうぜ」と声をかけようか、いや、待っていれば向こうから声をかけてくるかもしれない、なんて考えながら相沢を見る。相沢はブレザーを椅子の背に掛けたまま、カバンに教科書やノートを詰めている。カットしたばかりの頃は頭のてっぺんの髪をしきりに気にしていたけど、いまはそれも落ち着いて、ムースを使っているんだろうか、髪はいつも濡れたようにつやつやしている。横を向いて、隣の席の小野愛美となにか話して、おかしそうに笑った。ブラウスの背中にブラジャーの線がうっすら透けるのが見えて、ぼくは思わず目を伏せる。

顔を上げたとき、相沢はもう席にいなかった。ブレザーを羽織りながら教室の前のドアから出ていくところだった。ぼくに声をかけることも、ぼくが声をかけるのを待つことも、はなから考えていなかったようだ。

そりゃそうだよな、と気を取り直して、ぼくも席を立った。廊下に出て、先を歩く相沢に追いつかないよう、でも見失わないよう、歩調を微妙に調整しながら、福祉委員会に割り当てられた一年D組の教室に向かう。

階段の踊り場で、三階から降りてきたバスケ部の三年生と出くわした。副キャプテンだった富山さんだ。

肩をすぼめて会釈をすると、「おい、高橋」と呼び止められた。わざとざらつかせたようなしわがれ声だった。

「おまえ、部活やめたって、マジ？」

「はい……」声が震えた。「マジです」

「なんでだよバーカ、おまえなに考えてんだよ。こら高橋、おまえバスケ部なめてるだろ？違うか？」

うつむいて、首を横に振った。

「引退したっつーてもよ、おまえオレらにケツまくること挨拶したか？してねえじゃんよ、どういうことだよ、こら」

富山さんは足を軽く振って蹴りを入れる真似をした。

「返事ぐらいしろよ、てめえ」

現役の頃から怖い先輩だった。機嫌の悪いときには、よく顔面にボールをぶつけられた。

でも、バスケは、ぼくよりもへただ。

三階からの三年生と廊下から来る二年生で、踊り場はごちゃごちゃしている。立ち止まって話す富山さんとぼくを、みんなけげんそうに見ながら、階段を下りる。クラスの女子もいた。死ぬほど恥ずかしいし、バスケ部の他の先輩や岡野たちが来たら、話はもっと面倒になるだろう。

ぼくは黙ったままもう一度会釈して、階段を駆け下りた。「おい、ちょっと待てよ、こら」と富山さんの濁った声が降ってきた。勢いをつけすぎて、足を踏み出すたびに膝がズキッと痛んだけど、立ち止まらず、振り向かなかった。

あとでシメられるかもしれない。べつに、いい。部活のときには後輩にいばっていても、今年の三年生はまじめな優等生ぞろいだし、一対一で逆ギレすれば、富山さんみたいな奴に負けるもんか……。

なーんちゃって。

一年生の教室が並ぶ一階の廊下を歩きながら、笑った。逆ギレなんか、できるわけない。ぼくはキレない。なんとなく、そこには自信がある。たるんでいる紐はキレないんだと土谷先生も言っていたし、ぼくは毎朝、レタスとプチトマトを食べている。

「何年何組ですか？」

一年D組の教室に入るなり、教壇に立った小松に訊かれた。

顔見りゃわかるだろ、と返したいのをこらえて「二のC」と答えると、小松は手に持った名簿に印をつけて、教卓をシャーペンで指し示した。

「じゃあ、資料、持っていってください」

教卓にはコピー用紙を綴じて冊子にした資料が置いてあった。表紙に記された『福祉委員会活動報告並びに計画案』のワープロ文字を見ると、つい笑ってしまった。

「どうかしましたか？」と小松がムッとした顔で言う。

「べつに」

「早く席についてください」

学年とクラス順に並んだ席の、相沢志穂の隣に座る。相沢がこっちを見たら「よお」ぐらい言おうと思っていたけど、相沢は資料をぱらぱらめくっていて顔を上げず、ぼくが椅子を引くときにちょっと姿勢を正して座り直しただけだった。

小松の司会進行で、全体会議が始まった。

三分もたたないうちに最初のあくびが出て、全八ページの資料の説明が三ページめに入ったあたりから腰が痛くなってきた。一年生の、しかも教室の前のほうの机はサイズが小さい。三月までこのサイズで平気だったというのが、ちょっと信じられないほどだ。

資料の後半は、アフリカの子供たちにポリオの予防ワクチンを送る運動のパンフレットを縮小コピーしたページと、阪神大震災でのボランティア活動を紹介する新聞記事を切り貼りしたページと、ダイオキシン問題にかんする円グラフや棒グラフや折れ線グラフを並べたページ。こういうところも、いかにも小松らしい。いまどきの中学生にもこんな生徒がいるのかと泣いて喜ぶ人もいるだろうし、こいつバカじゃねえのかと頭の横で人差し指を回して笑う人もいるだろう。

ぼくはどっちでもない。ただ、背中がむずむずする。コーラを一気飲みしてゲップが出る前のような、順番待ちの奴に背後にぴったりくっつかれてションベンをするときのような、汚いたとえ話しか出てこないのが情けないけど、とにかくそんな落ち着かない気分になってしまう。

「いままでのところで、なにか質問ありませんか？」

小松の言葉に反応はない。一学年につきAからEまで五クラス、男女二名、合計三十名マイナス小松で二十九名ぶんの、だらんとした沈黙が教室によどむ。

相沢は両手で頰づえをついて資料を見つめていた。横顔はほとんど手の甲に隠れていたけど、退屈しきって眠気をこらえているのはまばたきの様子だけでもわかる。相沢は優等生の女の子じゃない。たまに宿題を忘れるし、苦手な国語の授業で先生にあてられたときには、びっくりするような間抜けな答えを言うこともある。そこがいい。ぜったいに、いい。

「質問がないようですので、先に進めます」

小松は黒板に『二学期の活動』と書いた。立派な行動には不似合いなへたくそな字だ。

「十一月の文化祭は、福祉委員会として参加します。去年の不用品バザーが好評でしたので、今年もそれをやりたいと思います」

さっきの資料によれば、去年は三万二千八百七十三円集まったらしい。五月の運動会のときは、これも小松の発案で本部テントの脇に募金箱を置いた。父母の募金に加え、来賓の市会議員が見栄を張って五千円も入れてくれたのだという。あいつ、意外と金儲けの才能があるのかもしれないな、なんて。

募金でもバザーでも、よけいなことしなくていいじゃん、という気持ちはある。でも、去年のバザーの収益金でアフリカのどこかの国の子供が何人も飢え死にせずにすんだのだと言われると、やっぱり、よかったな、と思う。だけど、いまポケットに百円玉が入っていたら、募金するよりゲームセンターで一回ゲームをするほうを選ぶだろう。

ぼくは友だちからよく「いい奴」だと言われる。小松も、「いい」と「悪い」から選ぶなら、もちろん「いい奴」だろう。じゃあ、ぼくと小松はどちらも「いい奴」なのか。そこが、わからない。同じ「シュート」でもバスケットボールのシュートとサッカーのシュートはまるっきり違うように、ぼくたちは別のルールのもとで、それぞれ「いい奴」なんだろうか……。

よくわかんねえなあ、と肩をすくめたら、そのはずみで頬がゆるみ、あくびが漏れた。

隣からも、ふわっと、やわらかい気配が伝わった。ふと見ると、相沢があくびをかみころしていた。

ぼくのあくびがうつった？

もう一回、半分つくりもののあくびをしてみたら、今度は相沢の横顔は動かなかった。

代わりに、小松がしかめつらで言った。

「ちょっとさあ、そこ、二年C組？　まじめに聞いてくれない？」

おおげさに開いた口をあわててつぐむ。

相沢が、両手で頰づえをついたまま、ぼくを見た。

まいっちゃうね、と笑った――ような気がする。

なにやってんのよお、あんたのせいでこっちまで恥かいちゃったじゃない、とにらんだ――ような気もするけど。

委員会が終わって教室の外に出ると、岡野がいた。ドアの前、廊下の傘立てに腰かけて、考えなくてもわかる、ぼくを待っていた。

目が合うと、岡野は、よお、と口の動きだけで言った。

無視してやろうかと思う前に、つい反射的に、おう、と返してしまった。背中の後ろを、相沢志穂が一年生の福祉委員の女子とおしゃべりしながらすり抜ける。

「ちょっと、いい？」と岡野が言った。

「べつにいいけど」

ぼくは軽く返す。語尾を少し持ち上げて、余裕の口調になった、はずだ。

岡野は「じゃあ……」と迷い顔であたりを見回した。一年生の男子が廊下で鬼ごっこかなにかをして遊んでいる。一年生で部活に入っていない奴らは、みんなガキっぽくて、声変わりのすんでいない甲高い声がうるさい。

「オレの教室でもいいけど」とぼくは言った。

「いい？」

「いいよ、べつに」

「すぐだから」

「うん……」

「なんか、悪いけど」

「かまわないって言ってんじゃん」

ひとりごとを交互にしゃべっているみたいだ。視線も、かするようにしか触れあわない。絶交してから一カ月とちょっと。ブランクはやっぱり長い。

ぼくは先にたって廊下を進み、階段を上った。岡野がついてきているかどうかは気にしなかった。途中で逃げられても、べつにいい。岡野はぼくに話したいことがあるのかもしれないけど、こっちにはなにもない。

「エイジ」階段を上りきったところで、岡野が言った。「さっき、富山さんと会ったって?」

「会ったよ」ぼくは振り向かずに廊下を進む。「文句言われた」

「聞いた。すげえ怒ってたぞ」

「関係ねーよ」

「富山さん、ときどき練習見にくるんだよ。本人はコーチのつもりなんだけどさ」

「べつにいいじゃん」

二年C組の教室に入り、たいしたメンツが教室に居残っていないのをたしかめて、まっすぐベランダに向かった。

ベランダにはタカやんがいた。一人で、手すりに頬づえをついて、グラウンドのほうを眺めていた。ぼくと岡野に気づくと、意味もなく薄く笑って、教室に戻った。マイナー系の連中は誰だって、いつだって、そうだ。ツカちゃんのようなおちゃらけた笑い方でも、タモツくんのような冷ややかな笑い方でもなく、中山や海老沢みたいに媚びて笑うのとも違う、照れくさそうな困ったような、でも本心ではちっともそんなこと思っていないような、とにかく微妙な笑い方をする。

岡野はタカやんと「バーイ」と軽く挨拶を交わしていた。

「なんだよ、あいつ、知ってんの?」と訊くと、岡野はぼくのほうから話を振ってきたのでほっとしたのか、さっきまでよりは余裕のある顔と声で「去年、同じクラスだったんだ」と言った。

「A組だっけ、去年」

「そう、A組」

A組だったら、ツカちゃんや、あと、相沢とも同じだ——と頭の中で確認した。一学期の頃から相沢を好きになっていたら岡野からいろいろ情報を仕入れることができたんだな、と少し後悔、なんて。

グラウンドでは野球部やサッカー部の練習が始まっていた。いっとう奥まった位置にあるテニスコートに、相沢の姿はまだない。部室で服を着替えているのかもしれない。

バスケ部だって体育館で練習を始めているはずだし、今日は金曜日だからロードワークも待っているのに、岡野はなかなか話を切りださない。がんらい、無口な奴だ。体格とはうらはらに気の弱いところもあって、お人好しで、優しい。そんな岡野が誰かの胸倉をつかんで怒鳴ったのはたった一度——ぼくがバスケ部をやめることを打ち明けたときだけだった。

しかたなく、ぼくが話をひっぱることにした。

「で、話って、なに？」

タモツくんみたいに言ったつもりだ。うまく言えたと思う。

岡野はひょろりとした背丈を少し縮めるように頭の後ろを搔いて、少し考え、それからなにか思いきったのか、ふう、と息を吐いて、言った。

「エイジ、おまえさ、キャプテンやってみない？」

「はあ？」

「膝が痛いのはわかってるんだけどさ、精神的っていうか、試合に出なくてもいいからチームまとめてほしいんだよ」

「どういう意味？」

「どういうって、だから、オレ、エイジに……」

「キャプテンはおまえだろ？」

ぼくは岡野の言葉をさえぎるように言った。冗談やめろよ、と笑いながら。

でも、岡野は笑い返さなかった。

「代わってほしいんだよ」

フェイントからのパスみたいに、言葉が不意に来た。

「やだよ、そんなの」しぼみかけた頰を、またゆるめて。「雑用押しつけんなよ、バーカ」

岡野は黙っていた。ぼくをただ、じっと見つめていた。ぼくとの背丈の差は十センチほどあって、そのぶん岡野は伏し目がちになって、よく「女みたいじゃん」とからかっていた長い睫毛が、まばたくたびにチリチリと動く。

沈黙にじれたのは、また、ぼくだった。

「岡野、おまえ、オレのことなめてんの？　バスケできなくなったから、せめてキャプテンやらせてやろうかっつって、同情？」

違う違う、と岡野は首を横に振る。そんなの考えてもみなかったというふうだったから、よけいぼくは、なぜそうしなくちゃいけないのかわからないけど、意地悪なほうへ意地悪なほうへと考えをめぐらせてしまう。

「ざけんなっつーの。なんでオレがおまえに同情されなくちゃいけねーんだよ。おまえキャプテンじゃん、逃げんなよ。逃げんなよバーカ」

返事はなかった。「逃げんなよ」の言葉に怒るだろうかと思っていたのに、岡野の眉は泣きだす寸前みたいに動いた。

「なに、おまえ、逃げたいわけ？　プレッシャー、重くて？」

せっかくジョークの口調で言ってやったのに、岡野は黙ったまま、ほんとうに泣きだしそうな顔になってしまった。

岡野は背が高いくせに、すぐに泣く。一年生の夏休み、三年生にグラウンド二十周のランニングを命じられ、途中で足をくじいてしまい、でもそれをどうしても言いだせず、顔を涙と鼻水でグジャグジャにして泣きながら走った奴だ。小学校の頃は女子とケンカしてもよく泣かされていたと、いつか誰かに聞いたこともある。

「なんなんだよ、岡野、なにがあったわけ？」

「べつに、なにもないけどさ……」

顔より先に声が泣きだした。

「オレ、どっちにしても、いやだからな。ぜってー、やんねえから。だいたいさ、休部っつーても、オレ的には退部だから、もう完璧、ってなことで」

目を合わせずに教室に戻った。自分の机から取ったカバンを肩にかつぎ、足は止めなかったけど顔だけ岡野のほうを振り向いて言った。

「がんばれよ。これ、マジ」

言ったあと、急に照れた。

照れたあと、なんだかすごくさびしくなって、まだなにか言いたそうな顔だった岡野から逃げるように教室を出た。

廊下を小走りに、階段は二段飛ばしで駆け下りた。

今夜は風呂上がりに膝に湿布しなくちゃな、と思った。

8

土曜、日曜と、二日つづきの雨になった。冷たい雨だ。この秋初めてかもしれない、部屋のガラス窓が曇った。

日曜日は朝から家にいた。友だちから「遊ぼうぜ」という電話もかかってこなかったし、誘われても出かける気にはならなかっただろう。

膝が痛い。うずくように痛い。湿気がよくないのか気温が下がるせいなのか、桜ヶ丘クリニックの畑山先生は「天気は関係ないはずなんだけどなあ」と首をひねるけど、雨の日はいつも膝が痛む。土曜日の夜はベッドに入ってからも痛みがおさまらず、膝の下を掌で揉みほぐしたり、脚を曲げたり伸ばしたり、丸めたマンガ雑誌で膝を叩いたりして、明け方近くまで寝付かれなかった。

「エイジ、お昼、肉まんでいい?」

廊下から母が訊いてくる。

「なんでもいい」とぼくはベッドに寝ころんだまま答える。

「いくつ食べる?」

「二つ」

ほんとうはなにも欲しくない。体を動かさないと、おなかが空かない。

「ねえ、ごはんのあとでお母さんと『ぷよぷよ』しない?」

聞こえなかったふりをした。でも、母は「十回勝負よ、ね」と一方的に決めて、キッチンに戻った。どうせ全敗するのはわかっているのに。

いま、家には母とぼくの二人きりだ。父は例の退学寸前の生徒の家に出かけたし、姉も高校の友だちと遊びにいった。母は遅く起きたぼくの朝食をつくりながら「もう家族みんなで遊園地に行くなんてこと、ないのかもね」とさびしそうに言っていた。

それにしてもなあ、とぼくは苦笑いを浮かべる。友だちの家ではどこも、プレステでもファミコンでも64でもセガサターンでも、親といっしょにゲームをするなんて考えられないらしい。ぼくだって、父や母がコントローラーを握りしめてゲームをしているのを見ると、どう言えばいいんだろう、なんか違うんじゃない？　という気分になる。ウチの話をすると、友だちはみんな「いいよなあ、エイジんち。親公認じゃん」と言う。でも、言葉ほどにはうらやましいとは思っていないみたいだ。ぼくも、自慢の口調でそれを話したことは一度もない。

寝返りを打つ。苦笑いがひしゃげる。汗のにおいが、シーツにうっすらと染みている。夏の頃の汗とは微妙に違う。あの頃、汗はもっとサラッとしていた。革やゴムのにおいも交じっていた。雨の日の体育館には、そんなにおいがたちこめていて、昔はあまり好きじゃなかったけど、いまはそれがすごく懐かしい。

膝がおかしいと気づいたのは六月の終わり頃だった。最初はむずがゆさのような感覚で、練習がキツかった日の夜などに「あれ？」と感じる程度だった。七月に入り、都大会ブロック予選に向けた実戦練習が始まっても、まだだいじょうぶ。そろそろむずがゆさから痛みに変わってきてはいたけど、プレイに支障が出るほどじゃなかった。その頃、ぼくと岡野のコンビネーションは絶好調だった。紅白戦でもレギュラーチームに入ることが増えた。再来年に定年を迎える顧問の吉田先生は、生徒を信頼しているのか、たんにやる気がないだけなのか、部活のことは三年生にまかせきりで、キャプテンの山内さんはぼくと岡野を後半の勝負どころで投入する作戦を立てていた。

ぼくたちは部活の練習以外にも二人で特訓を積んだ。三年生のなかには「二年生なんか使うなよ」と山内さんに文句を言う人も何人かいて、その中心が、岡野と交代してコートからひっこむことになる富山さんだった。でも、ぼくは思う、うまい奴が試合に出る、そんなのあたりまえじゃないか。ぼくは「もっとうまくなれば試合の頭から使ってもらえるぜ」と岡野に言い、岡野はぼくに「ミスったら富山さんにシメられるよなあ」と心配顔で言っていた。

そのあたりが性格の違いなんだろう。

けっきょく、三年生は予選の二回戦で負けて部活を引退した。山内さんの作戦は間違っていなかった。逆転勝ちをおさめた一回戦の決勝のスリーポイントシュートは、自陣からドリブルで攻め上がったぼくのパスをベストポジションで受けた岡野が決めた。二回戦だって、前半で大量リードされていたのを、ぼくと岡野のコンビが後半残り十分で二点差にまで追い上げたのだ。

オレたちをスタメンで使っていれば二回戦も勝っていた、とぼくは思い、タイムアップ寸前のスリーポイントシュートをはずした岡野は、目に涙を浮かべて先輩一人一人に謝っていた。でも、岡野にはわかっていたはずだ。最後のシュートミスはぼくのパス出しのタイミングがワンテンポ遅れたせいだ。ディフェンスをかわしてターンするとき、右膝がズキッと痛んでバランスを崩し、それでパスが遅れたのだ。

岡野はぼくを責めなかったし、ぼくも謝ったりはしなかった。いまでもべつに謝るつもりはない。ただ、あれが公式戦最後のプレイになるんだったら、もっとうまくやりたかったな、といまになって悔しさがつのる。

新チームは八月から始動した。山内さんが指名したキャプテンは岡野、副キャプテンはぼく。山内さんはぼくにこっそり言った。「岡野をサポートしてやれよ、あいつおとなしいけど、バスケのことになるとまわり見えなくなるタイプだから」。オレだってそうですよ――と、なぜだろう、そのとき少し悔しくて、山内さんに言い返したかった。

でも、山内さんの言っていたことは正しかった。岡野は急に性格がキツくなった。いままでは自分一人で黙々と練習をしていたのが、ぼくらがちょっとサボっただけで、「なにやってんだよ！」と文句を言うようになった。部室のロッカーの使い方や一年生の言葉づかいにもうるさくなり、高校生の使うような複雑なフォーメーションを練習に組み入れて、覚えの悪い奴は二年生でも怒鳴りつけた。

「おまえ、権力握ると人間変わるタイプなのな」とぼくは言った。冗談ぽく、でも半分本音で。

「なにが権力だよ」岡野はつまらなそうに笑い、「試合に勝たなきゃしょうがないだろ」と言った。ちょっと無理してるんじゃないかとぼくは思ったけど、そのときは黙ってうなずいた。

負い目があった。ぼくはいっとうたいせつなことを岡野に話していなかった。膝の痛みは、その頃はもうがまんできないぐらいになっていた。最初にやられたのは利き足の右。踏ん張ると膝の下がえぐられるように痛む。右をかばっているうちに、左の膝も同じように痛みだした。サポーターで締めつけていると痛みが内にこもって膝の裏側にまで伝わり、サポーターをはずすと膝に体重をかけるたびに関節がきしみ、ときどき、臑《すね》の骨が膝を突き破ってしまうんじゃないかという気にもなった。

八月は雨がつづき、膝の痛みは日を追ってひどくなった。桜ヶ丘クリニックを訪ねたのはお盆休みの前。レントゲンを何枚か撮られ、その日のうちにオスグッド・シュラッター病という診断が出て、激しい運動を禁じられた。

岡野にそのことを告げると、真っ先に言われた。

「新人戦には間に合うんだろ？」

心配した顔と声だった。もちろん驚いてもいたし、ぼくへの同情もないわけじゃなかった。

でも、その言葉を聞いた瞬間、胸の奥が急に冷え冷えとした。いままでたしかにそこにあったなにかがすうっと消えうせてしまう、そんな感じだ。キャプテンとして当然の言葉だ、と岡野は言うだろう。でも、ぼくは、もっと違う言葉を、違うふうに聞きたかったのだ。じゃあ、なんて言えばよかったんだよ――と訊かれても、わからないけど。

何日か、練習を見学した。ストップウォッチでタイムをとったり、コートの外に転がったボールを拾いにいったりと、ケナゲな雑用係もやってみた。おもしろくもなんともなかった。

天気はあいかわらずぐずついていた。学校は自転車通学禁止だけど、部活のときは暗黙の了解みたいに、みんな自転車で通っていた。でも、雨が降ると自転車が使えない。徒歩二十分。友だちとおしゃべりをしながら歩くといつでも話は途中で終わってしまう距離だけど、一人で考えごとをしながら歩くには、じゅうぶん長い。

八月二十五日の朝、ぼくは右手に傘を差し、左手は制服のズボンのポケットに入れて、団地から学校までの起伏の多い道を歩いていた。左手にスポーツバッグを提げることは、もう、ない。歩きながら、前の日の練習中のことを思いだした。日直のついでにひさしぶりに練習に顔を出した吉田先生は、ぼくのそばに来て「チームのために尽くすことは試合で活躍するよりもたいせつだからな」と言い、「おまえはえらいぞ」と褒めてくれた。顔が赤くなったのが自分でもわかった。照れくささとは違う、恥ずかしさというのでもない、うまく言えない、ただ、すごく、いやだった。幼稚園の頃、ぼくは白いタイツが嫌いだったのに、母は「エイジには白が似合うのよ」と言って、しょっちゅう穿《は》かせた。「ほら、似合う似合う」と拍手もした。そのときの気分と似ているような、そうでもないような。

赤信号の交差点で立ち止まった。まっすぐに横断歩道を渡れば、学校まではあと数分だった。砂利を積んだダンプが目の前を横切った。太いタイヤが、道路にたまった水を跳ね上げる。一歩下がって水をよけたとき、おまえはえらいぞ——と、吉田先生の声が耳の奥でよみがえった。

頬がカアッと熱くなる。

信号はまだ赤だったけど、ぼくは歩きだした。

交差点を右——駅のほうへ。

その日、ゲームセンターで二千円つかった。膝につける新しいサポーターを買うために、母にもらったお金だった。


『ぷよぷよ』は十戦連続でぼくが勝った。

「なんでエイジのだけ、あんなに連鎖するわけ?」と母は悔しそうに言った。

「考えながらやってるもん、オレ」

「ほらあ、また『オレ』なんて言っちゃって」

言葉づかいにはそれほど神経質じゃない母だけど、「ぼく」と「オレ」についてはうるさい。ぼくがまだコドモの頃、舌足らずな声で「ぼくねえ、ぼくねえ」とおしゃべりするのが、かわいくてしかたなかったらしい。

「ねえ、エイジ、あと五回やらない？」

「何回やっても同じだと思うよ」

「そんなことないわよ、だいじょうぶ、今度はがんばるから」

「レベル変えればいいじゃん、お母さんのやつ『激甘』にしてあげるから。そうしたら、けっこういい勝負かもしんない」

「なに言ってんの。息子にハンディつけてもらうほど落ちぶれてないわよ」

「……ま、いいけど」

母は負けず嫌いで、ヘンなところで意地っ張りになる。父に言わせると、ぼくは母に性格が似ているらしい。どうなんだろう。自分ではよくわからない。ただ、ぼくがバスケ部をやめたとき、父は吉田先生や土谷先生と同じようなことを言ったけど、母は「練習もできないんじゃ、つまんないもんね」と、あっさり納得してくれた。そういうところが、ようするに性格が似ているということなのかもしれない。

ゲームをリセットしていたら、母がふと思いだしたように言った。

「最近、ギターの練習してる？」

ぼくはテレビの画面に目をやったまま「うん、まあ」と答えた。

「どう？　少しはうまくなった？」

「毎日ちょっとずつでも練習したほうがいいみたいよ」

「ぜんぜん」

無視して、ゲームをスタート画面にした。

母は、ときどきこういう意地悪をする。答えを知っていることをわざと訊いて、ぼくにへたくそな嘘をつかせる。問い詰めたり嘘のしっぽをつかんだりはしないけど、しっぽはいつでもつかめるのよ、というふうに笑う。母はぼくを、正直者にではなく、じょうずな嘘つきに育てたいんだろうか。

それぞれキャラクターを選んで、ゲーム開始。

母はコントローラーを操作しながら「あ、ダメ、失敗」とか「この赤、邪魔なのよ」とか「エイジ、いま連鎖しないでよ」とか、やたらとうるさい。ぼくは必殺の六連鎖の準備を着々と進めながら、窓の外に目をやった。ガラスが白く曇っているのではっきりとはわからないけど、雨はまだ降りつづいているようだ。退屈な、つまらない日曜日だ。友だちはみんな、なにしてるんだろう。オフクロといっしょにプレステをやってるような奴、いるんだろうか。

母が三連鎖をキメた。「やった、すごい、見て」というはしゃぎようからすると、まぐれで連鎖したらしい。ぼくは母の三連鎖で落ちてきた『おじゃまぷよ』を消し、連鎖の段取りをもう一度整えてから、ふう、と息をついた。落下する赤と黄色の『ぷよ』の向きを途中で変えて、積み上げておいた赤のかたまりとつなげる。六連鎖、完成。

「ちょっとお、やだぁ」

母の声と同時に、ゲームオーバー。

十五連敗した母は、「目がチカチカしちゃった。やっぱりテレビゲームって、目には最悪よね」と言いながら、十五連勝のぼくよりずっと満足げにコントローラーを手から離した。

ぼくはゲーム機を片付けて、自分の部屋に戻る。

昼食前と同じようにベッドに寝ころがって、壁に立てかけたギターをちらりと見た。光沢と深みのある赤い色が狭い部屋の中でひときわ目立ち、なんとなく居心地悪そうだ。

もう何日もギターにさわっていない。覚えたコードはCとGとAmとEmの四つだけ。Fの音がなかなか出せず、指も痛くて、もういいや、とあきらめた。練習をしてうまくなろうという気持ちも、最初からあったのかどうか、わからない。

去年の誕生日に買ってもらったエアジョーダンの白×黒のシューズは、先輩や高校生の、生意気じゃん、という視線にビビりながらも、ぼろぼろになるまで履きつぶした。

今年のバースディプレゼントも、八月まではシューズをリクエストしていた。エアフォースの白×メタリックブルー。九月に入ってギターに変えた。母は「シューズでいいじゃない、べつに部活で使わなくたっていいんだし」と言ったけど、そういうものじゃない。ぜったいに違う。母に言っても、たぶんわからない。

来年は、寿司でもステーキでもなんでもいい、ディズニーランドに連れていってもらうのでもいい、とにかくプレゼントは、その日限りで消えてなくなってしまうものをリクエストするつもりだ。

9

理科室を出て、陽当たりの悪い廊下をクラス全員ぞろぞろ歩いて二年C組の教室に戻っていたら、入れ替わりに理科の授業を受ける二年A組の連中とすれ違った。

バスケ部の島田とテツの姿を見つけて、「よお、ちょっといい?」と呼び止めた。二人は一瞬顔を見合わせ、島田は決まり悪そうにへヘッと笑い、テツは逆に開き直ったみたいに目をとがらせてぼくを見た。

一年生の頃からずっとテツとはソリが合わなかった。バスケットボールはそこそこうまいけど、ずるいところがある。コートの掃除とかボールの手入れとかの雑用は島田みたいなおとなしい奴に押しつけるくせに、先輩にはおべっかばかり使う。岡野もテツのことは嫌っていた。そして、テツも、岡野やぼくを――。

「エイジ、おまえ、こないだから、なんかちょろちょろしてるんだって?」

先手をとったのは、テツのほうだった。ガムを嚙んでいるみたいに、粘っこい声で言う。

「おまえ、もうバスケ部と関係ねえんだからな、そこ、忘れんなよ」

「わかってるよ」とぼくは喉を絞って声を低くした。

「で、なんなんだよ、話って」

「岡野のことだよ、わかってんだろ」

テツはそっぽを向き、口笛を吹くように唇をすぼめた。

ふざけやがって。

ぼくは視線を島田に移し、島田がおどおどと目を伏せるのをたしかめて、前置き抜きで言った。

「おまえら、岡野、シカトしてるんだって？」

「いや、シカトっつーかさ……そんなおおげさなもんじゃなくて、ちょっとさ、なんつーの、オレ、べつにそんな気なかったんだけど……」

「してるんだろ？　シカト」

「……だからさ、マジ、オレ、そういうんじゃなくて……」

「おまえには関係ないっつったじゃんよ」とテツが割って入り、「バスケ部やめたんだからよ、口出しすんなよ」と付け加える。

「やめたんじゃねーよ。休部だっつってんだろうがよ、バカ」

テツは聞こえよがしに舌を打ち、ぼくを見る目をさらにとがらせた。二年生になって急にガラが悪くなった。夏休み中は茶髪にしていた。でも、ケンカはからきし弱い、はずだ。

「いいこと教えてやるよ。エイジ、おまえ、近いうち三年にシメられるぜ。富山さんとか、おまえにゲロむかついてっから」

テツの言葉を聞き流し、もう一度、島田に向き直る。

「なんでおまえら岡野のことシカトしてるわけ？」

島田はうつむいて、なにも答えない。どうせ最初からなにも考えていない。付和雷同っていうんだっけ、すぐに他人にくっついて、自分の意見なんて持たない、そういう奴だ。

「ちょっと待てよ、エイジ、おまえなにえらそーにしてんのよ」

テツがまた横から口を出す。

「おまえとしゃべってねーよ、黙ってろよ」とぼくは振り向かずに返した。

「マジ殺されるぜ。ボコられてよ、膝痛いんだべ？　そこ、金属バットでバコーンってよ」

「うっせえんだよ、てめえ」

「んだ？　このクソがよお……」

気色ばんでぼくに詰め寄ったテツは、次の瞬間、後ろから教科書で頭を叩かれた。パーン！　と高い音が廊下に響き渡るほどの勢いだった。

「通り魔っす、よろしくっ」

ツカちゃんだった。

テツは頭を両手で抱え、前かがみになって、二、三歩よろめいた。マンガなら、頭のまわりで星がいくつもまたたくところだろう。

「おう、テッちゃんよお、なーにカッコつけてんのよ、おまえ。ああ？　エイジ、オレの連れだぜ？　わかってんの？　そこんとこ」

ツカちゃんはとぼけた声でしゃべりながら、テツの背中や腰や尻に蹴りを何発も入れる。本気じゃない。いたぶるように軽く蹴る。先生に見つかったら「遊びでーす」と言えるように。

テツにとっては最悪のタイミングだった。ツカちゃんは、理科の授業中、実験用の机に備え付けの水道で遊んでいて山本先生に叱られた。授業後も居残りで濡らした床の拭き掃除を命じられ、やっといま、理科室から出てきたところだったのだ。

「ツカちゃん、もういいよ、やめろよ」

「いーのいーの、これ、べつにエイジのためじゃないから。このバカさ、花札で負けた金、まだ払ってねえんだよ」

「いくら？」

「十五万円」

「マジ？」

テツが「嘘言うなよ、千円じゃんよ」と半べその声で言う。

「四捨五入したら十五万になるんだよーん」

ツカちゃんは上機嫌に笑った。

そういう奴なんだ、ツカちゃんは。ぼくや島田はもちろん、テツまで「なんなんだよ、それ」と思わず笑ってしまうようなオチをつけないと気がすまない。バイオレンスやハードボイルドに徹しきれないところが、ぼくは、好きだ。

でも、ツカちゃんの笑顔は、テツと島田が理科室に逃げ込んだとたん、消えた。

「あいつ、最近『愚蓮』の奴らにくっついてんだって。こないだ花札やったときも、えらそーにフいてたよ。オレ、そういうのマジむかつくんだよなあ」

「どうせパシリだろ？」

「だから、むかつくんだよ」

吐き捨てるように言って、教室に向かう。

渡り廊下を通っているときに、次の授業のチャイムが鳴った。

長く尾を引くチャイムの響きが消えないうちに、ツカちゃんは、これも真顔で言った。

「まだ岡野のこと訊いてまわってるのか」

「うん……」

「もういいじゃんよ、暴力とか言葉のいじめって、やっぱ犯罪みたいなもんだけど、シカトはさ、人間誰だって口ききたくない奴っているんだから。文句言ってもしょうがないじゃん」

「でも、キャプテンだぜ、あいつ」

「キャプテンだから、シカトされてるんだろ？　オレだって、タメの奴に指図とかされたらむかつくもん」

「ツカちゃんは年上の奴にでも、そうだろ？」

「まあな、うん、そりゃそうだ。だってオレ、えらいんだもーん」

最後はまたジョークになった。廊下の先に国語の渡辺先生の姿が見えて、ぼくたちはダッシュで教室に急ぎ、話はそれきりになってしまった。

ツカちゃんの言いたいことは、ぼくにもわかる。「おまえには関係ないだろ」というテツの言いぶんも、ほんとうは、少し、わかる。

誰に訊いても詳しくは教えてくれないけど、岡野がキャプテンを代わってくれとぼくに言いだした、その理由はだいたい見当がついた。

岡野は最近、部員みんなからシカト――無視されている。誰も岡野に話しかけず、岡野が声をかけても聞こえないふりをして、目も合わせない。そっぽを向くとか顔をそむけるとか、そういう「おまえ、嫌いだから」と意思表示すらしない。岡野が部室にいても、みんな、いないようにふるまう。透明人間みたいに扱うというか、空気と同じにしてしまうというか、ようするに岡野という人間の存在そのものに知らん顔するわけだ。

最初に始めたのは、テツ。富山さんが「やっちゃえやっちゃえ、おもしれえじゃんよ」なんてけしかけたらしい。ぼくにそれを教えてくれた木内は、先回りして言い訳した。「だって、しょうがねえじゃんよ。富山さんノッちゃってるし、それに岡野も悪いんだよ、キャプテンになってえらそーなこと言うようになったじゃん。みんなむかついてたみたいよ」——さりげなく、ひとごとみたいな言い方をして。

おまえらなにやってんだよ、とむかつく。でも、怒鳴り声は、喉の手前でしぼむ。ぶん殴ってやろうと拳を握りしめても、ぼくの手はポケットの中に入ったままだ。「サイテーだな、おまえら」とテツや島田や木内たちの背中に聞こえない声でつぶやく、それがせいいっぱい。

おせっかい、やめろよ。ぼくがぼくに言う。わかってる。ぼくはぼくに答える。岡野とぼくは友だちだから、おせっかいなんか、できない。

岡野はシカトのことはなにも話さなかった。ぼくがあいつでも、ぜったいにそうする。親にも先生にも言わない。友だちにも言わない。オレはいまみんなからシカトされているんだ、と自分自身で認めることすらしないだろう。認めてしまうと、その瞬間、自分を支えているなにかがポキリと折れてしまいそうな、逆にとがったものが刺さって抜けなくなりそうな、よくわからないけど、とにかく「認めると負け」のルールがたしかにあって、そんなの自分の気持ちの中だけのことなのかもしれないけど、他人がどうこうじゃなくて、自分の気持ちの中で自分が被害者になったら、もう、すべてがめちゃくちゃになってしまうだろう。

だから、ぼくはいま、少し後悔している。

岡野に「がんばれよ」なんて言わなければ、よかった。

東中学には、いじめはない――と先生たちは胸を張る。

それは嘘じゃない。暴力をふるったり、言葉で傷つけたり、持ち物を隠したり金をせびったり、そんないじめをする奴は、この学校にはいない。

でも、先生たちは、シカトのいじめには気づいていない。

岡野がやられているような部ぜんたいの大がかりなシカトはさすがにめったにないけど、数人のグループでやるシカトなら、いくらでもある。シカトのレベルも、完璧な無視からおしゃべりに入れてやらない程度まで、さまざまだ。

シカトと他のいじめには、目立つかどうか以外にも、はっきりとした違いがある。暴力や金がからむいじめは暴行とか傷害とか恐喝とかの犯罪にくっつくけど、日本の法律に無視罪という犯罪はない。言葉のいじめに対して「二度とそんなことを言うな」と説教する先生も、シカトを叱るときに「二度と無視するな」とは言えないはずだ。なぜって、誰としゃべろうが誰としゃべるまいが、それは個人の自由なんだから。

頭いいよなあ、とぼくはシカトのいじめを世界で初めて考えついた奴を尊敬する。相手の存在を無視するのは、究極のいじめだ。これに比べれば、殴ったり蹴ったり傷つく言葉をぶつけたりするのなんて、相手と接点を持つぶん甘いんじゃないかとさえ思える。

たいしたものだ。シカトの創始者を尊敬する、ほんとうに。

でも、ぜったいに、ぼくはそいつを好きにはならない。

10

十月八日の朝、教室に入るとすぐ、海老沢たちとベランダに出ていた中山に「エイジ、ちょっと来いよ」と手招かれた。みんな奇妙な顔をしていた。興奮しているような、あせっているような、でもどう興奮してどうあせればいいのかわからずに困っているような。

「どうした？　なんかおもしろい話？」

ベランダに出て、中山に訊いた。

勢い込んで答えたのは、海老沢だった。

「あのさ、ゆうべ通り魔が逮捕されたって、知ってる？」

「マジ？」

「マジマジマジ、激マジ」

他の奴らも、海老沢の話すテンポに合わせるみたいに小刻みにうなずいた。

「ゆうべの七時過ぎだったって。ウチの母ちゃんの友だち、警察の近所の定食屋でパートしてるんだけど、出前を届けに行ったら、もう警察、パニクってたって」と山野が言う。

コウジが「そいでさ、もっとすげえんだよ、犯人、中坊だって」とつづけた。言い方も表情もおおげさで、山野の話のときとは違う、中山たちも、ほんとかよ、といったふうに笑いながら顔を見合わせていた。

「コウジ、それ、スゴすぎ」と、ぼくも苦笑いで聞き流す。

「まあ、あれだよな、もしマジに中坊だったら、けっこう盛り上がるけどな」と中山。

「でも、ガシチュウはないだろ。ナンチュウなら、可能性ないわけじゃないけどさ」と海老沢。

「ガシチュウでそんな根性入った奴なんて、ほら、ツカちゃんぐらいのもんなんじゃねーの？」

調子に乗って言った中山を、海老沢は「あ、いまのツカちゃんに言っちゃおーぜ、ここにいるのみんな証人な、な？　な？」と脅す。でも、実際には海老沢はツカちゃんを前にするとなにも言えないだろう。ツカちゃんは自分の悪口を言う奴も嫌いだけど、それを密告してくる奴はもっと嫌いなのだ。

「おっ、タモっちゃん、来たぜ」

山野は教室に入ってきたタモツくんを見つけ、手振りで呼んだ。これも、ほんとうは調子に乗りすぎ。B級の連中に呼びつけられて素直に来るようなタモツくんじゃない。

でも、タモツくんは机にカバンを置くとすぐに、ちょっと小走りにさえなって、ベランダに出てきた。なにかみんなに言いたいことがあるような顔だった。

「どうしたの、タモっちゃん」とぼくが訊くと、タモツくんはそこにいる全員を見回して、「通り魔のこと、おまえらどこまで知ってる？」と言った。

「どこまでって……だから、ゆうべ逮捕されたんだろ？」と海老沢。

「あとは？」

「中学生かもしんないって」とコウジ。

「あとは？」

「中坊ってのは噂だけどさ」と大谷。

「あとは？」

「ウチの母ちゃんの知り合いが警察に出前に行ったんだよ、それでわかったんだ、もう警察パニックだったって」と山野。

「そんなのべつにいいから、あとは？」

タモツくんの顔と声は、しだいにいらだってきた。こういうときのタモツくんには、ツカちゃんとは別の種類の迫力がある。中山たちはけおされたように「それだけだよなあ」と言い訳めいたささやきを交わした。

「もうないわけね」

タモツくんは念を押して、ちょっと考えてから、「これ、はっきり言ってヤバい話かもしれない」と言った。

「ヤバいって？」とぼく。

「犯人、ガシチュウの生徒の可能性あるから」

「はあ？」と中山が甲高い声をあげ、「マジ？」と海老沢が聞き返した。

口をぽかんと開けたままの二人にタモツくんはなにも答えず、残りの連中も黙りこくった。みんな知っている。タモツくんはこんなときに冗談を言う奴じゃない。

沈黙のなか、タモツくんの説明がつづいた。職員室では、いま、職員会議が開かれているのだという。ドアに『生徒入室禁止』の札が掛けられ、各クラスの日直が始業前に取りに来る学級日誌は、すべて廊下に出してあった。

「ふつうなら放課後だろ、あと昼休みとか。こんな時間に会議やるのって、ちょっとおかしいと思わない？」

たしかに。

「それにさ、ここがひっかかったんだよ、職員室の電話、すげえ鳴ってんの。切ってもすぐ鳴るって感じ。なんか事件っぽいじゃん、そういうの」

ほんとうだ。

「……先生とか、どんなこと話してたわけ？」と山野がうわずった声で訊いた。

「知らない。オレ、職員室の前、通っただけだから」

タモツくんはそっけなく言って、中山たちが一瞬不満そうになったのを見逃さず、「気になるんなら、おまえら行ってくれれば？　まだ会議やってるぜ」と廊下のほうに顎をしゃくった。

立ち聞きに向かうほど度胸のある連中じゃない。さっきと同じようにたじろぎながら、もごもごとなにかささやきあうだけだ。

「ちょっとさ、オレ、いま思ったんだけど」コウジがあせって言った。「だったらさ、犯人は今日学校来てないよな？　そういうことだよな？　ってことはさ、今日休んでる奴が犯人ってわけじゃん。な？　そういうことだもんな？」

その言葉に、中山たちの声が急ににぎやかになった。いますぐにでも欠席者の確認に他のクラスを回りそうな盛り上がりぶりだった。それを見るタモツくんの口元が小さく動いた。半分は、フフッと笑ったせい。残り半分は、そっか、そういうのが気になるわけね、おまえら――と声になるかならないかのつぶやき。

タモツくんの目配せを受けて、ぼくはおしゃべりの輪から離れ、タモツくんのあとを追って教室に戻った。

自分の席につくと、タモツくんはうんざりしたようにため息をついて、「死ぬほどバカ、あいつら」と言った。「もし、マジに犯人がガシチュウの生徒だったら、これから大変なことになるんだぜ。あいつら、なにもわかってないけど」

「うん……」

「大騒ぎになるよ。マスコミとか、すげえ集まってさ、たまんねえぜ」

たしかにそうだろう。ぼくにも、中学生が通り魔事件の犯人だった場合の騒ぎは見当がつく。中学生の犯罪が最近クローズアップされていることも、知っている。近所の小学生を殺したり、学校の先生をナイフで刺したり、いじめで自殺したり、いろんなことが、ある。連続二十何件の通り魔は、中学生の犯罪としてどの程度のレベルなんだろう。軽くはないだろう、たぶん。一発勝負の派手な盛り上がりには欠けるかもしれないけど。

ベランダの話し声がひときわ高くなった。

振り向くと、中山たちが教室を覗き込んでいた。誰かを捜しているようなしぐさだった。なんだろう、と見ていたら、山野と目が合った。

「エイジ、ツカちゃん、まだ来てない？」

「ツカちゃん？」

教室を見回した。いない。そこに、まるでタイミングを計ったみたいに、始業五分前のチャイムが鳴り響く。

タモツくんが、ぽつりと言った。

「……シャレになんないよ、それ」

ざわめきが教室をめぐる。「うそぉ」と女子が声を跳ね上げ、男子の誰かが「そんなことないよ、いくらなんでも」と笑う。ツカちゃんは遅刻の常習犯だし、あれだけ通り魔をネタに冗談ばかり言っていたんだし、なにより、あいつが見ず知らずの通行人を殴る理由なんて、どこにもない。

でも、タモツくんは「犯人が誰でも、理由なんて考えたらダメさ」と言う。「通り魔に動機はないよ、快楽があるだけだから」

「殴るのが気持ちいいわけ？」

ぼくには、よくわからない。

「殴るだけじゃないんだ」タモツくんは冷静な口調でつづけた。「殴る直前がいちばん気持ちいいのかもしれないし、逃げるときに快感があるのかもしれないし、新聞やテレビに出るのが楽しいかもしれないし……なにが気持ちいいのかって、そんなの百人いたら百通りあるんだ」

「そういうものなのかなあ」

「そうだよ」

理屈は、タモツくんのほうが正しい。でも、なにか納得できない。筋道を通す以前のスタート地点で、違うよなあ、と思ってしまう。

「オレ、わかんないや」と苦笑交じりにぼくは言った。

タモツくんも、しょうがないな、というふうに笑う。

「エイジにはわかんないかもな。おまえ、精神優良児だから」

「なに？　それ」

「だから、体の元気な奴って健康優良児だろ？　それと同じ意味で、エイジの頭の中ってマトモなの」

「タモっちゃんだってそうだろ？」

「オレ屈折してるからダメ。精神優良児ってさ、受験で挫折したりとかしちゃダメなの」

ポーカーフェイスで言われると、笑っていいのかどうかわからない。ツカちゃんと付き合うのもいろいろ気をつかうけど、タモツくんとの付き合いもけっこう疲れる。

それにしても、ツカちゃんは遅い。教室のざわめきもしだいに重くなってきて、ツカちゃんの席にちらちらと目をやる奴らも増えてきた。

「あのさ、タモっちゃん」

「うん？」

「もし、ツカちゃんがマジ犯人だったら、どうする？」

「どうするって、そんなの、どうしようもないじゃん」

あっさり言われた。

「でもさ……」

「だいじょうぶだよ、あいつは犯人なんかじゃないって。七月から三カ月だろ？　あんな単純でおしゃべりな奴が、三カ月も黙ってられるわけないだろ」

「万が一ってこともあるじゃん」

「べつにいいよ、あいつの人生だし……」

タモツくんはそこで言葉を切り、クスッと笑って、「精神優良児って、おせっかいなのな」と言った。

返す言葉に詰まった。岡野のことを思いだした。いや、勝手にあいつの顔が浮かんだ。

始業のチャイムが鳴った——と同時に、教室の前のドアが開いた。

「セーフ！」

ツカちゃんが駆け込んできた。

教室の空気が、ふわっとゆるんだ。

「なになに、おまえら、なに見てんのよ、照れるじゃんよ」

ツカちゃんはいつもの調子で席につき、みんなもそれぞれ自分の席に戻っていった。安心した、でもちょっと拍子抜けした、奇妙な感覚だ。

なにも知らないツカちゃんは、中山をつかまえて「いやあ、まいっちゃったよ、寝坊しちゃってよお」と気楽にしゃべっている。中山は見るからにおどおどと受け答えする。どうせあいつのことだ、ツカちゃんが犯人だと完璧に思い込んでいたんだろう。

「よかったな、なんか」

ぼくはタモツくんに言った。

「べつにいいよ、どっちだって」とタモツくんの答えはいつもどおりそっけなかったけど、とにかくよかった、たとえ犯人が東中学の生徒だったとしても、知らない奴だったら、やっぱりひとごとだ。

席に戻ろうとしたら、教室のドアがまた開いた。

入ってきたのは、副担任の大野先生だった。

けげんなぼくたちの視線を振り払うように、大野先生はせかせかした足取りで教壇に立ち、手に持った学級日誌を頭上に掲げて、「今日の日直って誰だ？　職員室に取りに来てなかったぞ」と言った。

みんなの視線が、タモツくんの席の横に立ったままのぼくに向く。

日直は席順で二人一組。今日は、ぼくとタカやんだった。

「なんだ、高橋か。おまえなにやってんだ、二のCだけだったぞ、取りに来てなかったの」

大野先生は体育教師だ。水泳部の顧問をしている。怒ると学校でいちばんおっかない。左右のこめかみを握り拳でグリグリと押すのが、死ぬほど痛い。

でも、ぼくたちは昨日のうちに分担を決めていた。ホームルームの司会はぼくがやる代わりに、学級日誌はタカやんの担当だった。

なにやってんだよ、あいつ。

タカやんを捜した。

教室の真ん中から、ちょっと後ろ——縦に二つ並んで空席がある。

ぼくの席と、タカやん——タカやん？

「なんだよ、タカやん休みなの？」と橋本が言った。

教室がざわめく。

大野先生は教卓に貼った席順表に目を落とし、なかなか顔を上げなかった。

教室のざわめきはしだいに音が低くなり、そのぶん重さが増していく。

「ああそうか、石川貴史は欠席だな、連絡があったから」

うつむいたまま言った大野先生の声は、気のせいじゃない、震えていた。

II

I

通り魔がウチのクラスにいた——と、ぼくたちはまだ決めつけていなかった。決めたくなかった。タカやんが学校を休み、土谷先生の数学の授業は自習になり、ヘリコプターが一機、街の上空を飛んでいる。それもぜんぶ小さな偶然にして片付けたかった。

「ないないないないないっ」

ツカちゃんは、机を掌でバタバタと叩きながら言った。一時限めの始まる前、中山たちから通り魔逮捕の話を聞かされた直後のことだ。

「冗談キツいだろ、それ、おまえ。タカだぜ？　あるわけねえよ、そんなの」

みんなそう思っている。無実を信じているとか、そこまでのレベルにすら達しない、ツカちゃんの言うとおり、いくらなんでも冗談がキツすぎる。

「おまえらはどうか知んないけど、オレ、タカと小学四年生のときからずーっと同じクラスなんだぜ？　わかるよ、あいつのこと。あいつさ、死ぬほど臆病なの。小学校のとき水泳でタイム計るじゃん、そのとき飛び込み台使えねえの、怖いからっつって、一人だけ最初から水ん中入っててさ、よーいドンでパチャパチャ平泳ぎしてんの。もう、みんな爆笑、大爆笑。腹痛くなってよ、オレ、泳げなかったもん」

水泳の話だけじゃない。ツカちゃんは休憩時間のたびに、教室じゅうに響き渡るような大きな声で小学生の頃のタカやんの思い出を話した。社会科見学のバスに酔ってゲロを吐いたことや、習字の墨汁をこぼしてズボンが真っ黒になったことや、授業参観日に母親の見ている前でとんちんかんな答えを言ってみんなに笑われたこと……失敗の話ばかりだった。

「意外なところあるのな、あいつ」

給食の配膳を廊下で待っているとき、ぼくはツカちゃんに言った。「なにが？」と聞き返すツカちゃんの声は、しゃべりすぎてかすれていた。

「タカやんって、失敗とかしない奴だと思ってたんだ。失敗したら目立つじゃん。でも、あいつ、そういうのもないような気がしてたんだよ」

「まあな……」

「だから、マジ、ちょっとびっくりした」

「オレも、びっくり」

ツカちゃんはヘヘッと笑った。

「自分でフいといて、なにボケてんだよ」とぼくが笑い返すと、ツカちゃんは、ちょっと耳貸せよ、と指を動かした。

「あのさ」息のほうが多い声で言う。「オレがしゃべってんの、ぜんぶガセだから」

「はあ?」

「同級生ったって、ガキの頃のことそんなに覚えてるわけないじゃんよ。っていうか、授業中に思いだそうとしてるんだけど、なにも出てこねえの。でもさ、なんか、言いたいんだよ」

「なに、それ」

「わかんねえよ、オレだって」

ツカちゃんはそう言って、また笑った。その気持ち、なんとなくわかるような、ぜんぜんわからないような。タモツくんがいっしょだったらうまく説明してくれるかもしれないけど、あいにく今日は給食当番で教室の中にいる。

ぼくはツカちゃんと隣り合ったまま、でももうなにもしゃべらず、磨りガラス越しに見える給食当番の動きをぼんやりと眺めた。A組からE組まで、給食当番以外の全員が出ているせいで、廊下は騒がしい。いつもと比べて、どうだろう。

タカやんの話は、午前中のうちに他のクラスにも伝わっていた。休憩時間にわざわざ教室まで来る奴もいた。岡野は来なかった。あいつはいま、どんなことを考えているんだろう。

タカやんが岡野と交わした「バーイ」の声を、あんなものとっくに忘れたと思っていたのに、午前中何度も思いだしていた。

ツカちゃんはその場にしゃがみこみ、背中を壁に預けて、あくび交じりに「でもなあ」と言った。「アッタマ来ちゃうよなあ、オレ、完璧に疑われてたわけだろ？　傷つくよ、マジ」

バカ正直に「ツカちゃんが逮捕されたのかと思ってたよ」と言った海老沢と山野とコウジは、三人とも頭をはたかれた。中山は一人だけ助かろうと思って「オレは信じてたぜ」とセコいことを言ったけど、はなからお見通しのツカちゃんに「感謝のしるし」のデコピンを三発くらった。

「エイジも、やっぱりオレだと思ってた？」

少し迷ったけど、立ったぼくとしゃがんだツカちゃんとでは視線が合わない、そこを逃げ道にするつもりで、「ちょっとだけ」と言った。

ツカちゃんは怒らなかった。「まあ、オレでも思うわな」とオヤジっぽい言い方をして、頭の後ろを壁に軽くぶつけた。

「……ごめん」

「いいよ、べつに謝んなくても」

「でも、やっぱり、ごめん、悪かった」

「いいって。オレだってさ、もしエイジが遅刻ぎりぎりになってたら、ぜったいにおまえのこと疑ってたもん」

なんでオレなんだよ、とぼくは笑う。乱暴者のツカちゃんの場合はそうとうハマっていたけど、ぼくが通り魔？　シャレにもならない話だ。

中山と海老沢が、あわてた様子で廊下を駆けてきた。ツカちゃんとぼくを見つけると、「やっぱ、決まりだよ決まり！」と声を裏返らせて叫ぶ。「なんなんだよ、うっせーなあ」とツカちゃんはうっとうしそうに言ったけど、二人はツカちゃんの顔色をうかがう余裕もなく、あえぐ息で交互にまくしたてた。

「いまさ、三年生でピッチ持ってきてる人に頼んで、タカやんちに電話したんだよ」「もし風邪とかで休んでるんだったら家にいるだろ、ふつう」「したら、留守電なの」「母ちゃんもいねえんだよ」「おかしいよな、ぜったい」「で、三年生が、職員室に電話してみるべっつって、教室から電話したのよ」「フジテレビでーす、って」「したらよ、沢田のとっつぁんだと思うんだけど、警察と連絡を取り合ってるとか少年法がどーたらこーたらとか言って、ソッコーで切っちゃったの」「な？　もう、これ、決まりだろ、アウトだよ」……。

他のクラスの連中も交じって、ぼくたちのまわりに人だかりができた。中山と海老沢はすっかりヒーロー気取りで、途中から来て話を聞きそびれた奴らに説明し直している。

いやな気分だった。でも、あいつらの胸倉をつかんで「ぺらぺらしゃべるんじゃねーよ」と言っても、「じゃあ、おまえにだけしゃべればいいのかよ」と返されたら、負ける。ぼくはタカやんのことを知りたくて、関係ない奴には無責任に知ってほしくなくて、だけど、ぼくの「知りたい」と他のクラスの奴らの「知りたい」の違いはどこにあるんだろう。

五時限めの国語の授業が始まった頃、またヘリコプターの音が聞こえた。朝よりも低空飛行で、学校のまわりをしばらく回っていた。渡辺先生は何度もムッとして舌打ち交じりに窓の外に目をやったけど、「うるさいなあ」とつぶやくことはなく、気のせいかふだんの授業より板書の時間が長かった。

机に広げた教科書から視線をちょっと先のほうに投げ出せば、昨日までタカやんが座っていた椅子の背が見える。机の中にプリントが一枚入っている。昨日の放課後のホームルームでぼくと相沢志穂が手分けして配った、文化祭の不用品バザーのお知らせだ。「捨てずに持ち帰って家の人に見せてください」と念を押したのに、あいつ、意外といいかげんな奴だ。それとも、プリントが配られたときにはもうカバンの蓋を閉めていて、開けるのが面倒くさくなって、明日持って帰ればいいやと思ったんだろうか。今日のうちに警察に捕まるなんて思いもせずに、明日やあさってやしあさってのことを、いろいろ考えていたんだろうか。

六時限めは、理科。いつもはすぐに授業を脱線させてジョークばかり言う山本先生が、一度もぼくたちを笑わせなかった。ヘリコプターはどこかに飛び去ったけど、代わりに車が何台も校内に出入りして、ドアを開け閉めする音が理科室にいても聞こえた。

授業が終わって教室に戻ると、朝と同じように大野先生があわただしげに入ってきて、「日直、早くホームルームやって」と言った。

ぼくは教壇に立ち、各委員からの連絡事項がないか訊いてみた。明日の英語の授業にワークブックを持ってくるようにという吉岡先生の指示を学習委員の橋本が伝えただけで、あとはなにもなし。腕組みをして教室を見回していた大野先生も、もういいぞなにもないから、と言うように顎をしゃくった。

じゃあ、これで終わります——の「じゃあ」を言ったとき、ぼくの声を押しのけて、ツカちゃんの声が響いた。

「せんせえ」

語尾をだらしなく伸ばす。先生を呼ぶときは、いつもそうだ。

大野先生はムッとした顔になったけど、ツカちゃんは椅子の前脚を浮かせ、ふんぞり返った姿勢でつづけた。

「石川くんが通り魔だったたって、マジっスかあ？」

みんな、息を呑んだ。不意打ちだ。それも、ボクシングの試合でいきなり飛び蹴りを見舞われたみたいな。

「おい、日直、早く号令かけろ」と大野先生はぼくに言った。

「どうなんスかあ？　教えてくださいよお、せんせえ」

「もういい、ホームルーム終わりだ、帰っていいぞみんな」

「みんな言ってるんスよ、タカやん犯人だって。いいんスか？　そんなこと言わせといて」

ツカちゃんは、にやにや笑っていた。でも、大野先生から目をそらさない。ぼくにツッコミやフォローを求める目配せもない。ぜったいに、マジだ。

大野先生はツカちゃんをにらみ、誰一人として席を立たないぼくたちに「ほら、なにやってんだ、もう終わりだって言ってるだろう」と怒鳴った。

不意に椅子を引く音が聞こえ、こういうのは教壇からじゃないとわからない光景だろう、大野先生に集中していたみんなの視線が、いっせいにばらけた。

立ち上がったのは、タモツくんだった。カバンを肩にかつぎ、近くの奴らに「バーイ」と言って、なにごともなかったかのように教室の後ろのドアに向かう。

「なんだよ、タモツ、帰っちゃうのかよ」とツカちゃんが不服そうに言った。

「うん、だってもうホームルーム終わりだろ？」

「おまえよお、マジ、ジコチューなのな」

ツカちゃんの声から力が抜けた。盛り上がっていたものがしぼんでしまったのか、「じゃ、オレもかーえろっと」と椅子の前脚を床におろす。

いまのうちに、といった様子で大野先生は足早に立ち去りかけた。でも、その背中が教室から出る前に、タモツくんが言った。

「そんなの、黙ってるってことが、もう答えなんじゃないの？」

大野先生にも聞こえたはずだ。後ろ手にドアを閉める音は、そばにいた女子が耳をふさぐほど大きかった。

「ナーイス、タモツ」

ツカちゃんが拍手の手真似をして声をかけたけど、タモツくんはにこりともせずに「じゃあな、バーイ」と教室を出ていった。

こんなときにも、いや、こんなときだからよけいに、かもしれない、タモツくんはとにかくクールだ。

でも、ジコチュー——自己中心なんかじゃない。

みんなが帰ったあと、教室の戸締まりを終えて、学級日誌を書いた。

欠席——石川貴史。『病欠』『課外活動』『忌引き』とある欠席理由のどれにもあてはまらないので、『その他』を丸で囲んだ。

備考欄には、『特になし』と書いた。

学級日誌を持って職員室に行くと、ドアには『生徒入室禁止』の札が掛かっていた。廊下に会議用の机が出ていて、学級日誌はそこに置いておくように、とメモがあった。

職員室の話し声はなにも聞こえない。でも、重苦しさは廊下にも染み出ていた。

土谷先生は担任としての責任を問われるんだろうか。放課後のことだから関係ない、となるんだろうか。

ぼくは、土谷先生はいつか死ぬほどかなしい目にあうんじゃないかと思っていた。どうしてそんなふうに思ったんだろう。いつから思ったんだろう。一学期のいっとう最初、先生の好きな言葉が「信頼」だと知ったとき——だったっけ。もう忘れた。

2

家に帰ると、母は「お帰り」を言う間もなく通り魔が逮捕されたことを切りだした。お昼のニュースで観たという。犯人は「市内の公立中学校に通う生徒」。ぼくが「知ってるよ」と言うと、「先生が話したの？」と訊くので、まあ、そんな感じかな、と気を入れずにうなずいた。

「じゃあ、みんなショックだったんじゃない？」

「そうでもなかったけど」

母をリビングに残してキッチンに入り、冷蔵庫から取り出したオレンジジュースを紙パックから直接飲んだ。

「でも、同じ中学生よ？　信じられないでしょ」

「信じるも信じないもさ」ジュースをもう一口、酸っぱさに顔をしかめて苦笑いを紛らせた。「事実なんだから」

こういう言い方を母はいつも嫌う。わかってて、言った。ときどきオトナをなめたような醒めた態度をとるのが、ぼくのいちばんよくないところなのだそうだ。

「ねえ、エイジ。どこの中学か聞いた？」

ジュースを、さらにまた一口。

「まあ、そういうの、先生が言うわけないよね」

戸棚にクッキーがあったので、三枚いっぺんに口の中に放り込んだ。今日は塾の日だ。夕食は九時過ぎになってしまう。

「いやな世の中になっちゃったね、ほんと」

母はため息交じりに言った。決まり文句が、今日も出た。それで少しホッとした。タカやんのことが、ダイオキシンや汚職や環境破壊や手抜き工事と同じぐらい遠くになる。「世の中」とは「ウチの外」の意味なのかもしれない。便利な言葉だ。これからどんどんつかおう、なんて。

クッキーを頰ばったまま、キッチンから自分の部屋に入った。ベッドの縁に腰かけて、ギターのボディーにうっすら映り込んだぼくと向き合う。まいっちゃったなと笑ったけど、赤く染まったぼくの顔はあまり動かなかった。

小学生の頃なら、「お母さんお母さん、聞いて」と玄関に駆け込んだはずだ。息せききって、朝からのできごとをすべて母にしゃべっただろう。しゃべらずにはいられない。秘密を一人で抱え込んでいると胸が窮屈になって息苦しかったし、母の「こうしなさい」や「それはやめときなさい」の答えに従っていれば、たいがいうまくいった。

でも、いまは違う。黙っていることの息苦しさよりも、しゃべる面倒くささのほうがいやだ。それに、母の「こうしなさい」や「それはやめときなさい」は、ぼくの「こうしたい」や「そんなのやりたくない」といつも食い違ってしまう。

ギターを手に取った。ひさしぶりだ。左手でCのコードを押さえて、右手の親指で弾きおろしてみた。濁った音になった。低音の弦をしっかり押さえていなかったせいだ。もう一度。今度はうまくいった。きれいな和音だ。でも、ほんとうは、もっとシャリシャリした薄い音のほうがいい。深みのある音は、なんだか耳にうっとうしく響くときがある。

通り魔が逮捕されたことは、塾でも話題になっていた。すでに「二年C組の石川」まで知れ渡っていて、ぼくが教室に入ったときには、男子は橋本を中心に、女子も同じ二年C組の柳沢明日美を中心に人だかりができていた。

「オレよりエイジのほうが詳しいと思うぜ」

橋本はぼくの顔を見ると、逃げるように言った。

「なに言ってんだよ、オレだってなにも知らねーよ」と返したけど、人だかりの中心はぼくに移ってしまった。

「マジ、オレ、なにも知らないんだって」

いくら言ってもダメだ。みんな「なんでもいいから教えろよ」とか「口止めされてるわけじゃないんだろ？」とか「エイジ、オレらダチだろ？」とか勝手なことを言って詰め寄ってくる。中山や海老沢なら待ってましたというふうにしゃべりまくるんだろうけど、海老沢は応用クラスのぼくと違って基礎クラスなので今日は授業がないし、中山は塾に通っていない。通うのなら小学生のクラスに入れられるだろう。

「でもさ、これマジだけど、ほんとオレらタカやんのこと知らないんだよなあ」と橋本が言った。

「そうなんだよ、知らないんだ、ぜんぜん目立たない奴だったし」とぼくもうなずく。

「だよな？　なんか印象薄い奴だもんな」「薄い薄い、消えそう」「だからさ、オレとかエイジから見たら遠いっつーか、あんまり眼中にないっつーか」「マイナー系なんだよ」「おまえらの中学にもいるだろ、そういう奴。いない？　いないわけねえよ、なに言ってんだよバーカ」「なんなんだよ、おまえら。いいかげん納得しろっつーの」……。

そんなふうに橋本と二人で、授業が始まるまでひたすら「知らない」を繰り返した。誰も納得はしていなかったけど、無理やりそれで押し通した。

帰り際に橋本がぼくのそばに寄ってきて、「だって、面倒くせえよなあ、いちいちしゃべるのって」と言い訳するみたいに言った。

「うざいよ、マジ」とぼくは言って、な？　と答え合わせをするように首を振った。二人でなにをたしかめていたのか、一人になってから急にいぶかしく思ったけど、まあいいや、と自転車を漕いでいった。『通り魔注意』の立て看板を、七つ数えたところで家に着く。看板を見るたびにタカやんの顔がよぎった。ぼくと正面から向き合った顔はひとつもなかった。たぶん実際に面と向かって話したこともないだろう、という記憶もあやふやだった。

ぼくが塾に行っている間に、母はもうすべてを知っていた。団地の自治会の知り合いから電話が何本も入ったのだという。

怒っていた。いや、その前に、心配していた。ひょっとしたらタカやんの事件にぼくも関係しているんじゃないか、と。

「そんなのあるわけないじゃん」

あきれて笑うと、そこから母は怒りだしたのだ。

「だったら、なんでさっき言わなかったのよ。誰だって心配するわよ、そんなだいじなこと隠してるなんて」

「だって……」

「だってじゃないでしょ。エイジ、あんたね、それ、すごくだいじなことなのよ？　わかってるの？」

「わかってるよ」

「じゃあ、なんで隠してたのよ」

「知らないよ、そんなの」

テレビを観ていた姉が、早く謝っちゃいなよ、と目配せする。

父も読んでいた夕刊を畳んで、「隠したわけじゃないよなあ、エイジ。言いそびれてただけだよな？」と口を挟んだ。

ちょっと違うような気がしたけど、この場はとりあえず助け舟に乗ってうなずいた。

もちろん、母はぜんぜん納得していない。ダイニングテーブルにぼくのための遅い夕食を並べると、そのまま風呂に入ってしまった。姉といっしょに毎週欠かさず観ているドラマもパスしたほどだから、よほど怒っているんだろう。

今夜の夕食はサバの味噌煮、大根とホタテ貝のサラダ、けんちん汁。好きなおかずはなにもない。ゆうべの残り物のカレーが小鉢に入っていたので、それをメインに食べることにした。

ごはんを食べている間、父が、夕刊とニュースが伝えていたことをまとめて説明してくれた。

ゆうべの七時過ぎ、タカやんは自転車に乗っているところをパトロール中の警官に呼び止められた。てきとうに受け答えしていればよかったのに、そわそわした態度をとったために、警官の懐中電灯が全身を上から下まで照らした。背負っていたデイパックのポケットのファスナーが少し開いていて、そこから特殊警棒が覗いていた。すぐに警察署へ連れていかれた。最初のうちはとぼけていたが、連絡を受けて駆けつけた両親の顔を見て、泣きだした。

自供を始めたのは、今朝早くから。最後の犯行になった妊婦を襲った事件、あのときに赤ん坊が流産してしまったのは殺人になるのかどうか、タカやんはそのことを真っ先に取り調べの警官に尋ねたのだという。

ああ、そうか――と、つぶやいたつもりはなかったけど、父はぼくを振り向いて「どうした？」と訊いた。

ぼくは「なんでもない」と答え、食欲のないおなかにごはんを流し込んだ。タカやんのことを、やっとひとつ思いだせた。事件の翌日、昼休みのベランダで、タカやんはワタルっちや永田とそんなことを話していた。

でも、そのときの様子をどんなに細かく思いだしてみても、タカやんの声は教科書を棒読みするみたいにひらべったいままだった。震えてなんかいなかった。不安や恐怖や後悔は、なにも感じられない。だから、記憶がひどく嘘くさい。

「そういうのって殺人になるの？」と姉が父に訊いた。

父は「いや、だいじょうぶだ」と答え、「だいじょうぶってことはないか」と笑った。

「でも、そのコ、少年院に入っちゃうんでしょ?」

「うーん、どうだろうなあ……まだ中学生だし、いままで問題を起こしてないわけだから……」

「無罪?」

「そんなことはないさ。ただ、そうだな、お父さんは高校生の事件しか知らないからアレだけど、ちゃんと反省してれば遅くても卒業までには帰れるんじゃないかな」

「やだ、じゃあ、またふつうどおりに学校に来るわけ? 二十何人も襲ったのに?」

姉が不服そうに言うと、「おい、恵子。そういう言い方ってよくないぞ」と父は声を強めた。

「だって、怖いと思わない? あんなことやるコって、ぜったいビョーキだもん」

「だいじょうぶだ、ビョーキなんかじゃないし、ちゃんと反省するさ」

「なんでわかるわけ? 会ったこともないのに」

「お父さんだって、ダテに二十年も教師をやってないよ。どんなに悪いことをしても、親の顔を見て泣ける生徒は、ぜったいに立ち直る。ほんとだぞ、それ」

父の言葉は、半分はぼくに向いているみたいだった。

ぼくは黙って、カレーをスプーンですくう。ゆうべ、タカやんが警官に呼び止められた頃、ぼくはこのカレーを食べていた。お代わりもした。鍋からよそるときに肉ばかり選んで、母に叱られた。そのとき、タカやんはもうパトカーに乗せられていたんだろうか……。

ごはんを食べ終えた頃、片桐くんから電話がかかってきた。

「ガシチュウってさ、四月にクラス写真とか撮ってない？」と訊かれた。

「撮ったけど」と答えると、やったぜ、とガッツポーズする気配が伝わる。そばに何人かいるみたいだ。

「あのさエイジ、悪いんだけど、今度の塾の日に、それ持ってきてくんない？」

ぼくは黙っていた。

「でさ、もしできれば、ソッコーで返すから、それちょっと貸してくんないかなあ」とつづける片桐くんの声の後ろで、「百円払ってもいいってよ」と誰かがおどけて言って、別の誰かが「バカ、聞こえるよ」と笑った。

「オレ、持ってないから」とぼくは言った。

「え？　だって、いま……」

「写真撮ったけど、買わなかった」

「なんだよ、それ」

「そんなのオレの勝手じゃん」

「そりゃそうだけどさ、あ、そうだよ、だったら他の写真ない？　運動会でも社会科見学でもいいんだけど」

「あるよ」

軽く答えて、向こうの期待がグッと高まったところで「でも、あいつ、写ってないよ」と付け加えた。もう一言、「バーカ」ぐらい言ってやってもよかった。

片桐くんはまだ粘ろうとしていたけど、ぼくは「じゃあね」と言って電話を切った。今度からあいつが話しかけてきてもシカトだな、と決めた。でも、もし通り魔が北中学の生徒だったら、ぼくだっていまと同じ電話を片桐くんにかけたかもしれない。

そんなこと、ぜったいにしないよオレ——なんて言わない。

机の中や本棚をひっかきまわしてようやく見つけたクラス写真は、斜めに大きく折れ目がついていた。「早くアルバムに貼っちゃいなさいよ」と一学期の頃から母に言われていたのを「今度やっとく」ばかりで放っておいたせいだ。母の「こうしなさい」も、たまには当たる。

二年生になって二日めか三日めに撮った写真だ。みんな、まだよそよそしい顔をして、ちょっとガキっぽく見える。

ツカちゃんがいた。隣のコウジの肩に後ろから手をまわしてVサインをつくり、そうだ、写真ができあがったときに「おおーっ、これ、心霊写真じゃん!」と一人で大騒ぎして、みんなのヒンシュクを買ったんだっけ。

タモツくんは、みんなが真正面を向いているなか一人だけ体を斜めにして、ちょっとうつむいて前髪を垂らしている。四月に写真を見たときには感じなかったけど、意外とこういうときにはカッコつける奴なんだなと知って、なんとなく嬉しくなった。

中山と海老沢は、写真でもコンビを組んで並んでいた。せいいっぱい目つきをとがらせた中山の顔は、この頃はまだ不良中学生というより悪ガキ小学生といった感じだ。隣の海老沢は、いかにもあいつらしいタイミングの悪さで、目をつぶってしまっている。

髪の長い相沢志穂は、いまとはだいぶ印象が違う。おとなしそうに見える。そっちのほうがオンナっぽいのかもしれないけど、相沢はショートヘアが似合う。ぜったい、いまのほうがいい。

写真の中のぼくは、いまより丸顔だ。顔だけじゃなくて、体ぜんたいが骨張っていない。粘土でつくった人形と同じで、体の奥まで肉が詰まっているみたいだ。でも、いまは最初にまず骨組みがあって、そこに肉がついているのを、自分でもたしかに感じる。

そして——タカやん。いた。あたりまえだ。ちゃんと、いる。

折れ目が肩から斜めに走っている。折れ目がかかってしまったのは五、六人だったのに、そのうちの一人がタカやんだった。

もっと顔をよく見ようと写真を目に近づけたけど、表面が絹目仕上げされていたので、距離が近すぎると目や鼻や口が細かなでこぼこに紛れて、かえってよくわからなくなってしまった。

3

翌朝、教室に入ってきた中山はカバンからスポーツ新聞を何紙も取り出した。学校に来る前にコンビニに寄って買い込んだのだという。「一人百円ずつな」とセコい商売をもくろんでいたようだけど、「ゴタク言ってんじゃねーぞタコ」とツカちゃんに新聞を奪い取られ、けっきょくみんなで回し読みすることになった。

どの新聞にもタカやんのことが大きく載っていた。

最初はみんな「タカやん、チョー有名人じゃん」なんて盛り上がっていたけど、記事をよく読んでみると、じつはタカやんは主役じゃなかった。

どの新聞も、通り魔が十四歳の少年だったことに驚き、その驚きを読者と分かち合おうとしていた。タカやんは、顔も名前も出ていない。どんな奴だったかについても「公立中学に通うごくふつうの生徒」程度しか書いていない。呼び方は「少年」か「A」。それをすべて「石川貴史」に置き換えてみても、ぜんぜんタカやんにつながらない。犯行の動機も、ストレスとかマンガの影響とかゆがんだ性欲とか、いろんなことを並べ立てていたけど、どれもタカやんがじっさいに話したわけじゃない。

だからなのか、記事を読んだあとも、なにかがわかった、という感じがしない。胸がもやもやする。タカやんが警察に捕まる前、正体のわからない通り魔について話していた頃のほうが、よほどすっきりしていた。

みんなが読み終えた新聞を、自分の席で本を読んでいたタモツくんに持っていった。タモツくんは「べつにいいよ、スポーツ新聞なんて」と気乗りしない様子だったけど、「まあ、ちょっと読んでよ」と頼むようにして渡した。

タモツくんは面倒くさそうに記事をざっと読んで、「ふうん」とうなずいた。

「なんかさ、犯人なんて誰でもよかったって感じしない？」と声をかけると、「そんなのあたりまえじゃん」とあっさり返された。

「未成年だから、やっぱり詳しく書くとヤバいのかなあ」

「それもあるけど、ようするにさ、誰でもいいんだよ。犯人が中学生だったってことが、今回の事件のウリなんだから」

「ウリ、ねえ……」

「流行ってるもん、いま、中学生」

「流行ってる」という言い方がおかしくて、思わず笑った。

でも、たしかに新聞やテレビのニュースには「中学生」という言葉がしょっちゅう出てくる。いじめとか不登校とかナイフとか体罰とか、ろくな話題のときじゃない。「中学生」にくっつく言葉も、「キレる」とか「荒れる」とか「病んだ」とか「疲れた」とか「きしみ」とか「ひずみ」とか「悲鳴」とか「ＳＯＳ」とか「行き詰まり」とか「窒息」とか……イオン式の空気清浄機と同じで、いやな言葉がどんどん「中学生」に引き寄せられているみたいだ。

タモツくんは新聞の別のページにクロスワードパズルを見つけ、「あ、これレベル高そう」とつぶやいて、シャーペンを手に解きはじめた。

「でもさあ、名前が出ないのって、タカやんにとってはそっちのほうがいいに決まってるけど、なんかさびしい気しない？」

「名前が出ても同じだよ」タモツくんはパズルの升目をどんどん埋めていく。「オレ、賭けてもいいぜ、もしタカやんの名前が出てても、すぐにみんな忘れるよ。覚えてるのは、犯人が中学生っていうことだけだって」

「忘れるかなあ」

「オレらは違うさ、本人のこと知ってるんだから。でも、関係ない奴にとっては、『石川貴史』なんてどうでもいいんだよ。でも、『中学生』はみんなに関係あるだろ？」

うまく答えられなかった。ぼくが思い描いた「みんな」は現役の中学生や中学生の子供がいる家族だけだった。

タモツくんはパズルを解く手を休めずに、しょうがないなあ、というふうに笑った。

「ちょっとキザっぽく言うけどさ、人間には三種類しかないんだよ。わかる?」

わかるわけない。

「これから中学生になる奴らと、いま中学生の奴らと、昔中学生だった奴ら。この三種類で人間ぜんぶだろ? だから、『石川貴史』と関係のある奴なんてほんのちょっとしかいないけど、『中学生』は日本中みんなに関係あるんだよ」

なるほど、と半分思い、残り半分で、それ屁理屈じゃないのかな、とも思った。話を聞いているときには納得するけど、あとになって思い返すと「あれ?」と首をひねってしまう——タモツくんには、そういうところがある。イソップ童話のキツネみたいだ。

タモツくんは「これ持ってっていいよ」とタカやんの記事が載ったページを抜き取って、ぼくに渡した。

「もう読まないの?」

「一回読めばじゅうぶんだろ、そんなの」

ぼくはすでに三回読んでいた。

そして、四回め。

「少年」の文字とあらためて向き合っても、やっぱりタカやんの顔にはつながらない。代わりに、『少年マガジン』の表紙が思い浮かんだ。次に、テレビの『電波少年』。『十五少年漂流記』や『少年探偵団』なんていうのも浮かんだ。

ほんとうはけっこうカッコいい言葉なんだな、と思った。

始業間際に教室に駆け込んできた女子のグループが、興奮した口調で「テレビ来てるよ、いま！」と言った。タカやんの話で騒がしかった教室は、それでいっそうにぎやかになった。校門のそばに停めたワゴン車の中から、登校する生徒を撮影していたらしい。「なにそれ、ストーカーみたいじゃん」と女子からはブーイングがあがったけど、ツカちゃんたちは一気に盛り上がって、いまから見にいこうかとまで言いだした。予鈴が鳴るのがもうちょっと遅かったら、ほんとうに教室を飛び出していたかもしれない。

チャイムの余韻が消えないうちに、今度は空からヘリコプターの音が聞こえた。何機も飛んでいた。そろそろ朝のワイドショーが始まる時刻だった。

学級日誌を取りにいった日直の淵田さやかが、職員室には今朝も『生徒入室禁止』の札が掛かっていた、と言った。学級日誌を見せてもらったら、昨日のページの担任印の欄には大野先生のハンコがおしてあった。備考欄は、ぼくの書いた『特になし』のまま。

「よおよお、B組の田中、テレビのインタビュー受けたってよ！」

コウジが、廊下から窓を開けて言った。

教室はさらにうるさくなる。ヘリコプターも、また昨日みたいに低空飛行を始めた。

「タカやんのノートとか、あと暑中見舞いの葉書とか持ってたら、『お宝』になるかもな」

中山の言葉に、ツカちゃんは、「おっ、いいねえ、それ」とうなずいた。珍しくツカちゃんに褒めてもらった中山は「だろ？　だろ？」と得意そうにまわりの連中に言った。

「じゃあよ、中山、ちょっとロッカー開けてみろよ。なんかレアもの入ってるかもしんねえぜ」

ツカちゃんは教室の後ろのロッカーに顎をしゃくった。

「いや、でもさ、それはヤバいんじゃない？」

中山は急にビビって言ったけど、ツカちゃんは「いーのいーの、にぎやかなほうがタカやんも喜ぶって。お通夜と同じでさ」と勝手な、よく考えたらちょっとゾッとする理屈をひねって、「いいから早く行けよ」と中山の尻に蹴りを入れる真似をした。中山は中山で、海老沢の頭をはたいて「なにやってんだよ、エビも来いよバーカ」とやつあたりする。B級にはB級の序列があるということだ。

でも、ロッカーには鍵がかかっていた。男子のほとんどは開け閉めが面倒なので鍵をかけずに使っているし、タカやんがそこまできちょうめんな奴とも思えなかったけど、先生が鍵をかけたのか、とにかく扉は開かなかった。

「なんだよ、つまんねーの……」

ツカちゃんは舌打ち交じりに言った。最初に言いだしたときは、たんに思いつきのシャレみたいだったけど、じつは意外と真剣だったのかもしれない。

始業チャイムが鳴った。教室が少し静かになったぶん、ヘリコプターの音が大きく響き渡る。一機、ちょうど校舎の真上を飛んでいるようだ。

いままでテレビで観た、いろんな映像を思いだす。校名のプレートにぼかしの入った校門や、生徒の後ろ姿や足元だけを映した登校風景、顔をぼかして声も変えたインタビュー。ヘリコプターは事件現場もめぐるだろう。不安をかきたてるようなＢＧＭも見当がつくし、父がいつも「ヤクザ映画じゃないんだぞ」と嫌っている殴り書きの筆文字で記された『衝撃！連続通り魔は中学生！』なんてタイトルも思い浮かぶ。

まいっちゃったな、と机に頬づえをついて笑った。まさか自分の中学校がワイドショーやニュースに登場するとは思わなかった。自分の同級生が通り魔だったなんて、しかもそいつがぼくのすぐ前の席にいた奴だなんて、そんなの、冗談としか思えない。

教室の前のドアが開いた。

土谷先生が入ってきた。一人じゃない。後ろに校長もいた。

先生は見るからに疲れきっていた。髪がバサバサで、目もしょぼついている。教壇を歩く足取りは重く、教卓につくと最前列の席の奴らをちらりと見て、力の抜けた苦笑いを浮かべた。

朝の挨拶を終えても、先生の顔はさえない。ドアを背に立っている校長の視線が気になるのか、体をほんの少しベランダ側に向けて、ぼくたちの誰とも目を合わさずに、ゆっくりと口を開く。

「まあ……もう、だいたいのことわかってるかもしれないけど、うん、ちょっとな、大変なことになっちゃったな」

教室は、しんと静まり返った。

「昨日から、学校のまわり、騒がしくて……いまもうるさいよな、授業になかなか集中できないかもしれないけど、いま勉強のほうも大事な時期だし、部活をやってる人たちは新人戦も近いし、まあ、雑音に惑わされずに……みんな、だいじょうぶだと思うけど、もし、万が一、取材なんかで困ったりしつこくつきまとわれたりしたら、すぐに学校に連絡してください」

先生の声は、低く、くぐもっていた。早口になってしまうのを一所懸命テンポを落としている、そんな感じだ。

でも、先生はぼくたちの知りたいことをなにも話していない。先生も、それをちゃんとわかっているんだろう、話が一区切りついても誰とも目を合わせない。ぼくたちも黙っていた。意味のない咳払いをしたり、机に落書きをしたり、一時限めの英語の教科書をてきとうにめくったりして、ぎごちない沈黙をつづける。

ぼくはタカやんの机をぼんやりと見つめていた。机の中は空っぽだった。不用品バザーのプリントは、先生が持っていってしまったのかもしれない。

「土谷先生、ちょっといいですか」と校長が言って、返事を待たずに教壇に立った。

もともと体育の教師だった校長は、がっしりとした体つきで、顔もいかつい。いまはおとなしいけど、東中学に来る前の学校で教頭だった頃は、朝礼のときに私語を交わす生徒を見つけてはクラスの列から引きずり出して正座させていたらしい、と姉に聞いたことがある。

校長は手を腰の後ろに組んで、ゆっくりと教室をにらみ回した。タカやんの席のところで一瞬眉間に皺が寄った。汚いものを見てしまったときのような、いやな顔のしかめ方だった。

「いま、土谷先生からもお話があったように、とにかく無責任な噂やいいかげんな話に乗って、よけいなことをぺらぺらしゃべらないように。いいですね」

土谷ちゃん、そんなこと言ってねえじゃん――クラスのみんな、たぶんそう思ったはずだ。土谷先生も教卓に手をついて顔を伏せ、ちょっとムッとしたように体を揺する。

校長はかまわずつづけた。

「マスコミっていうのは、なんでも興味本位に、おもしろおかしくおおげさに取り上げようとするものなんだ。そこにみんなが無責任におもしろがって、あることないことしゃべると、ほんとうにひどいことになっちゃうんだ。このクラスにはいないと思うが、別のクラスでは勝手にインタビュー受けたりしてる者もいるらしい。そういうの、友だちを裏切って売り飛ばすようなものなんだぞ。わかってるな。学校の行き帰りや、家に帰ってからも、行動にはじゅうぶん気をつけて、この学校の生徒として責任のある態度をとるように。さっき土谷先生からもあったように、二年生の二学期は、勉強でも部活でも、いちばんがんばらないといけない時期なんだから、こんなことで動揺しないように」

こんなこと——校長は、たしかにそう言った。

「以上、いいですね」

最初は誰も返事をしなかったけど、土谷先生がとりなすように「いいな、みんな、わかったな」と言うと、教室のところどころで「はーい」という低い声があがった。土谷ちゃんの顔も立ててやんなくちゃな、とみんな思ったのだ。

ホームルームが終わり、土谷先生と校長が教室を出ていくと、ツカちゃんが声を張り上げた。

「オレ、思っきし、しゃべっちゃおーうっと!」

みんな笑った。女子は「やだぁ」、男子は「しょーがねえなあ」と口々に言う。でも、ツカちゃんを非難めいた目で見る奴は誰もいなかった。

4

土谷先生は朝のホームルームに来たきりで、数学の授業は自習になった。放課後のホームルームは大野先生が教室に来て、昨日のことで懲りたのか、「特になにもありません」とだけ言って、そそくさと帰ってしまった。

タカやんはどうなってしまうんだろう。

先生は誰も教えてくれない。そもそも、タカやんが通り魔事件の犯人だったことも警察に捕まったことも、一度も説明されていない。それでいて「無責任な噂を流すな」とか「興味本位でおもしろがるな」とか、まだなにもやっていないうちからぼくたちを締めつけようとする。

家に帰ってから、そのことが急に腹立たしくなってきた。

「それはまあ、しょうがないだろうな」

父はぼくの不満を苦笑いで受け流して、「学校としてはな」と付け加えた。

「でも、なんか、ひきょうじゃん」

「ひきょうじゃないさ。お父さんがエイジのクラスの先生でも、やっぱりなにも話さないと思う。エイジたちの気持ちはわかるけど、石川くんだっけ、彼の今後のことを思うと、たとえ同級生にでも話すわけにはいかんだろうな」

「プライバシー？」

「うーん、ちょっと違うかな」

「じゃあ、なんで？」

重ねて訊くと、父は「待ってろ」と言って寝室に入っていった。

キッチンで夕食の後片付けをしていた母が、リビングに顔だけ覗かせて「エイジ、お父さん疲れてるんだから」と小声で言った。わかってる。例の退学寸前だった生徒が、来週早々にも正式に退学届けを出すことになったらしい。ぼくにはなにも言わないけど、今朝、キッチンの流し台に栄養ドリンクの空き瓶が置いてあった。

父は、使い込んで表紙がぼろぼろになったファイルを手に戻ってきた。

「エイジは少年法っていうの、知ってるか？」

「うん、まあ……未成年だと名前出しちゃいけないんでしょ？」

「それだけじゃないんだ。ちょっと、ここ、読んでみろ。第六十一条のところ」

父はファイルから少年法のコピーを取り出して、ぼくに渡した。

『家庭裁判所の審判に付された少年又は少年のとき犯した罪により公訴を提起された者については、氏名、年齢、職業、住居、容貌等によりその者が当該事件の本人であることを推知することができるような記事又は写真を新聞紙その他の出版物に掲載してはならない』

「だいじょうぶか？　難しい言葉があったら言えよ、説明してやるから」

「うん、でも、だいたいわかるから」

「だから、名前だけ仮名にすればいいってもんじゃないんだ。実際にはすごくいいかげんになってるけど、『桜ヶ丘ニュータウン』や『中学二年生』や『十四歳』っていうのも、厳密に言えば少年法に反してるわけだよな」

父は「なんか授業みたいになってきたな」と笑い、その前の第六十条も読むように言った。

『少年のとき犯した罪により刑に処せられてその執行を受け終わり、又は執行の免除を受けた者は、人の資格に関する法令の適用については、将来に向かって刑の言渡を受けなかったものとみなす』

これは意味がよくわからなかった。

「ちゃんと処分を受ければ、あとはもう、なかったことにするっていうのかな、こんなことをしてこんな処分を受けたんだっていうことじたい、正式にはなにも残らなくなるわけだ。なんでだと思う？」

「さあ……」

「間違ったことをしちゃっただけ、っていうことなんだ。立ち直るチャンスはいくらでもあるし、石川くんの場合はまだ中学生だろう？　義務教育を受けてる途中の、ほんとうにコドモなんだ。だから、せっかく反省して立ち直ろうとしてるときに、『あいつは昔あんなことをした』とか『あのときの犯人はあいつだったんだ』なんてずーっと言われちゃったら、困るだろう。マスコミで騒ぐ以上に、身近な友だちや近所の人なんかの評判って、大きな影響があるんだ。そこ、わかるな？」

「うん……」

「学校の先生は、やっぱりなにも言えないよ。エイジたちのこと信じてないわけじゃなくても、まだ処分も決まってないうちにしゃべっちゃったら、それこそ無責任だと思うな、お父さんは」

父の言うことは、よくわかる。

でも、「なかったことにする」なんて、ほんとうにできるんだろうか。ぼくたちは通り魔の事件を知っている。タカやんのことだって知っている。知っていることを二つ合わせて、そこだけ知らん顔をする——って、すごく難しいんじゃないかと思う。

父は、ファイルから別の紙を出してテーブルに置いた。フローチャートのような図が書いてある。ちらりと目をやると、『逮捕』『家庭裁判所』『勾留』なんていう文字が見えた。

「どういう処分になるのかはわからないけど」と前置きして、父は『逮捕』から矢印をなぞりながら説明していった。

「まず、逮捕だ。そこから、四十八時間以内に身柄が検察官に送られる、と」

『逮捕』から『検察官』へと指が動く。『検察官』からは三本の矢印が出ていた。『勾留』か

『勾留に代わる観護措置』か『家庭裁判所』。

「勾留って、なに？」

「家に帰さないってことだ」

指が『勾留』へ動き、さらに『勾留延長』へ。

「勾留は最大十日間だけど、今回は実況検分にも時間がかかるだろうし、延長するだろうな。プラス十日間で、合計二十日だ」

そこから、『家庭裁判所』。二十四時間以内に『観護措置』。

「裁判官が家に帰してもかまわないと判断したら在宅で観護っていうこともあり得るんだけど、犯罪としてけっこう大きな事件だしな、身柄を拘束したまま観護……ようするに、少年鑑別所送りになるんじゃないかな」

「どんなことするの？」

「心理検査とか行動検査とか、その少年がどんな精神状態なのか、どんな環境で育ってきたのか、そういうのを調べるんだ。で、鑑別所に入ってる間に、家庭裁判所の調査官が事件の背景や少年のことを調べて、それから最終的な審判が出るわけだ」

父の指は『審判』の上に来て、そこをトントンと叩いた。

「問題はここからなんだけど……少年院になるか、施設に行くか、保護観察ですむか……わかんないなあ、ちょっと。まだ中学生だし、初犯だし、家庭にも問題がないんだったら、保護観察になりそうな気もするけどなあ」

　仮に少年院に送られても、半年足らずで退院できるのだという。

　保護観察処分なら、鑑別所からすぐに帰ってくる。

「鑑別所にいるのは最大でも四週間なんだけど、お父さんの生徒なんかの例でいけば、まあ、ふつうは三週間ってところだな。エイジ、ちょっと計算してみろよ。十月七日か八日の朝に逮捕されて、保護観察なら、十一月中に帰ってくるんじゃないか？」

「うん……」

「な？　だから、先生も軽々しく事件のことはしゃべれないんだよ。このままもう二度と会わない相手じゃないんだから」

　父はそう言って話をしめくくり、「はい、授業終わり」と紙をファイルに戻した。

　カレンダーを見ながら日にちを数えてみたら、ほんとうだ、十一月二十日過ぎに帰ってくることになる。

　そんなに早いんだ――と、意外そうな顔になったのが、自分でもわかった。

　母がブドウの皿を持ってきた。「水割り、薄いのつくってくれよ」と父が言うと「薄ーいの、ね」と笑いながらうなずき、ぼくに皿を手渡して「土谷先生も大変よねえ」とため息をつく。

それを引き取って、父が言った。

「まあ、こういうこと言うと言い訳みたいになるけど、担任の先生も、運が悪かったんだと思うしかないだろうなあ。他の先生にとってもひとごとじゃないから、みんな神経質になってるんだ。こんな時代に教師をやるっていうのも大変だよ」

「やっぱり、生徒があんなことやったら、お父さん、そいつにむかつく？」

父も母も、なんでそういう発想になるかなあ、というふうに笑った。

「困ったことしてくれたもんだ、とは思っても、むかついたりはしないさ」と父が答え、母は「そうよ、コドモじゃあるまいし」と笑顔をひっこめた。

でも、ぼくは今朝の校長の顔——タカやんの席を見たときにしかめつらを一瞬浮かべたのを忘れていない。あれは、むかついているとしか思えなかった。

父は手に持ったファイルの角で肩を軽く叩きながら「教師なんてのは給料に合わないものを背負わされてるんだよ」と言った。ため息も漏れた。肩がすとんと落ちる、短いけど深いため息だった。

母が急におどけた口調になって「エイジも進路変更したほうがいいんじゃない？」と言った。

ぼくは、またその話だよ、とそっぽを向く。小学五年生のときに『将来の夢』という題で作文を書かされた。学校の先生になる、とぼくは書いた。てきとうだ。なにも思い浮かばなかったので、とりあえず担任の松原先生やウチの両親がいっとう喜びそうなものにしただけだ。狙いは、たぶん当たったんだろう。母があとで教えてくれた。父はその作文を何度も何度も読み返し、うんうん、とうなずいていたのだという。

両親はいまもぼくが教師志望だと思い込んでいる。単純だよなあ、と思う。でも、「違うの？　じゃあ、なに？」と訊かれたら、答えが見つからない。ＮＢＡの選手――なんて言うほど、ぼくはもうガキじゃない。

母は父の水割りをつくると、自分の部屋にいる姉を呼びにいった。

ソファーに二人きりになると、父は両腕を広げて大きなあくびをして、「ギター、練習してるか？」と訊いてきた。

「うん……ぜんぜんうまくならないけど」

「最初はそうさ、なんだって。バスケだって入学したばかりの頃はドリブルもろくにできなかっただろ。それと同じだ、がんばってやれば、うまくなる」

「……だね」

「膝、どうだ？　まだ痛いのか」

「ときどき」

「まあ、あせっちゃダメだ、高校に入ってから思いっきりがんばればいいんだし」

父はソファーに寝そべって、水割りのグラスを口に運んだ。酒に酔うというのは、どんな感じなんだろう。夏休みに一度ビールを飲ませてもらったときは、苦いだけでちっともおいしくなかった。目のまわりがぼうっと熱くなって、「やだ、エイジ、顔真っ赤だよ」と姉に言われたけど、あれが「酔う」ということだったんだろうか。「眠くなる」とよく似た感覚だったけど、違うんだろうな、きっと。

「笑っちゃうんだけどな、お父さん、ギター覚えたての頃、プロになりたかったんだ。吉田拓郎みたいな、あの頃の言い方だとシンガー・ソング・ライターだな……いや、まだそういう言い方ってなかったかな、まあいいや、大学に入った頃からロックに目覚めちゃって、そこからはサザンの桑田に青春捧げたんだけど」

ＮＢＡと吉田拓郎って、どっちが遠いんだろう。中学生の頃の父の写真を見てみたくなった。正月に田舎に帰ったら、おばあちゃんにアルバムのしまってある場所を訊いてみよう。

「エイジ……」

父がぽつりと言った。ぼくを呼んだんじゃない。「エイジ」という言葉をつぶやいて、少し黙って、それからぼくを見て、今度は「エイジ」と名前を呼ぶ。

「高校の頃、『エイジ』っていうオリジナルの曲、つくったんだ。英語で、Ａ、Ｇ、Ｅ。学校で習ったか？　『世代』とか『時代』っていう意味の単語なんだけど、まあ、そういう感じの、青くさい歌だ。新しい世代がどうしたとか、次の時代はオレたちがつくるとか、ほんと、笑っちゃうよなあ」

「ぼくの名前も、そういう意味なの？」

「どうだったかな、お母さんと相談して決めたから、そのことも思いだしてたのかなあ……もう忘れちゃったよ」

「その歌、いまでも歌える？」

父は声を出さずに笑うだけだった。


母と姉が入ってきて、リビングはにぎやかになった。ブドウが酸っぱいだのぜいたく言うなだのと、二人はほんとうによくしゃべる。

「あ、そうだ、エイジ」姉がブドウの種をティッシュに捨てながら言った。「夕方のニュースで、またガシチュウの校長出てたよ。記者会見してた」

「ほんと？」と、ぼくの前に母が驚いて聞き返す。

「マジ。なんかねえ、いろいろツッコミ入れられて、大変そうだった。生活指導を徹底するとか、コミュニケーションをどうのこうのとか、オデコ、汗でテカってんの」

「やだ、お母さん、ニュース観てなかったのよねえ。それ何チャンネルだった？」

「わかんない、あたしもボックスの受付にあったテレビでちらっと観ただけだから」

「ちょっと恵子、あんたまたカラオケ行ったの？」

「いいじゃん、たまには。付き合いってもんがあるんだから」

「なに言ってんのよ、毎日じゃない」

話はすぐ、横に流れてしまう。母は姉の寄り道から部屋の掃除へと小言のタネを移し、姉は母が勝手に洗濯して縮んでしまったスウェットの話を持ちだして反撃し、「あ、そうだ、洗濯っていえば」と、どこが「っていえば」なのかわからないけど、急に話題はベッドカバーの買い換えの件に変わってしまい、母と姉はそれぞれごひいきの通販のカタログをめくりはじめる。

そんな二人のおしゃべりを黙って聞いていた父が、ソファーに寝そべったまま、言った。

「明日から連休だし、明日はひさしぶりにみんなでドライブするか。どうだ？」

ぼくと姉は同時に、いやだなあ、という顔になった。

でも母は、黙ってればいいの、と目配せした。

父はつづけてなにか言っていたけど声がもごもごとして聞き取れず、ぼくも姉も黙ったままでいたら、やがて父の声は途切れがちになり、寝息に変わった。

「お父さん、疲れてるのよ、ほんとに」

母が、つぶやくように言った。

姉は寝室へ毛布を取りにいった。

ぼくは黙って、父の腰のあたりをぼんやりと見つめる。ちょっとクサいよな、と思う。ホームドラマみたいだ。昔の話をするのも、ソファーでうたた寝するのも、ぜんぶ。

最近、父はよくぼくに昔の話をするようになった。懐かしそうに話す。照れ笑いを浮かべることじたいが照れくさくてたまらないみたいな顔になるときもある。そのたびに、ぼくはなにかを背負わされるような気がしてしまう。期待とかプレッシャーとかとは違う意味で。

あまり楽しくないことを思いだした。『将来の夢』の作文を書いたときのことだ。作文が大の得意で市のコンクールに何度も入選しているぼくが、その作文にかぎって、廊下の掲示板に貼り出されなかった。クラスのベスト5にも入れなかったわけだ。そんなに出来が悪かったつもりはないけど、先生には嘘が見抜かれていたのかもしれない。

その話を父や母にしたかどうかは、覚えていない。

5

月曜日――十月十二日の朝、バス通りをまたぐ歩道橋のたもとに大谷が立っていた。ぼくを見つけると、ほっとした顔になって「学校、いっしょ行こうぜ」と言う。

「なんだよおまえ、なにしてんの、こんなところで」

「だってよ、マジすげえの、ちょっとオレ一人じゃ行けねえよ」

「はあ?」

「校門のところ、すげえの、マジすげえの」

「だから、なにがすげえんだよ」

「いいから、行けばわかるって」

大谷はいったん学校まで行ったけど、校門が「マジすげえ」ことになっていたので、手前でUターンした。通学路を駆け戻り、歩道橋のたもとで誰か友だちが来るのを待っていた。そこに最初に来たのがぼくだったのだ。

「ちょっとさ、大谷、なんか教えろよ。ヒントでいいから」

歩きながら訊くと、大谷は少し考えて、「なんかさ、テレビみたいなんだよ」と言った。

「テレビ局来てんの？」

「も、来てるけど、もっとすげえの。テレビっつうか、そーね、ドラマ、マジ、ドラマなの」

「サスペンス？」

「違う違う、ほら、NHKの『中学生日記』、あんな感じ」

「なんなんだよ、それ」

「笑ってられんのもいまのうちだぜ。マジ、校門のアレ見たら、凍るって」

もったいぶった言い方に、ちょっとムッとした。でも、ダッシュで引き返したのはシャレじゃないだろう。

首をかしげながら、空を見上げた。曇っていた。重い色の雲だ。ここ何日かつづいていた晴天も今日明日までだろうと朝のニュースが伝えていた。そのせいか、朝起きたときから膝の下が少し痛い。

交差点を渡るたびに生徒の数が増えてくる。二年C組の男子はいなかったけど、女子は何人も見かけた。相沢志穂は家がウチとは逆方向なので、ひょっとしたら校門のところでいっしょになるかもしれない、なんて毎日思って、毎日がっくりしている。

学校に近づいて、この先の角を曲がればあとは校門まで一本道というところまで来た。

「ここから聞こえないかなあ」と大谷は立ち止まった。

「なにか聞こえるわけ？」

「うん、たぶん」

ぼくも足を止め、学校の方角に耳を向けた。

そのとき背中に人の気配を感じて、振り向くと、一瞬たじろいでしまった。

岡野だった。すぐ前を歩いていたぼくが急に立ち止まったので、ぶつかりそうになったのだ。

「あ……悪い」

脇にどいて道を空けるとき、つい目をそらしてしまった。

岡野は黙って、ぼくと大谷の間をすり抜けていく。一人だった。バスケ部に同じ団地の奴がいたんじゃなかったっけと記憶をたどり、ああそうかテツのバカだ、と思いだした。

「ダメだな、聞こえないな、まだ」と大谷が首をひねる。

「いいじゃん、行けばわかるんだろ？」

ぼくは岡野を追って歩きだした。でも、岡野は前を歩く奴らをジグザグに縫って早足で歩く。学校に向かうというより、ぼくから逃げているみたいだ。背中が固くこわばっている。後ろを振り向かず、横もぜったいに見ないぞと決めているんだろうか。

岡野が角を曲がったところで、追いかけるのをあきらめた。どうせ追いついて声をかけても、なにを話せばいいかわからない。岡野、オレ、キャプテン引き受けてやろうか——なんてやっぱり言えないし、たとえ岡野がキャプテンでなくなっても、テツたちのシカトが終わる保証はどこにもないんだし、とにかく、そういうの、カッコ悪いと思う。カッコよすぎて、カッコ悪い。

大谷を待って、そこからはゆっくりと歩いた。角を曲がる。通りの先に校門がある。

おかしい——と感じた、たしかに。

登校する生徒の列が、校門のすぐ手前でよどんでいる。みんな先に進みたがらず、立ち止まったり後ろを振り向いたり、さっきの大谷もそうだったんだろう、わざわざ後ろのほうの友だちのところへ駆け戻ったりする奴もいた。

声が聞こえる。

「おはよう！」

一人だけじゃない。何人ものオトナの「おはよう！」が重なり合っている。男の声も、女の声も、聞き覚えのある声も。

「な？」と大谷が言った。

ぼくは黙ってうなずいた。校門は「マジすげえ」ことになっていた。両脇に先生がずらりと並び、登校する生徒一人一人に「おはよう！」と声をかけている。テレビカメラが、今朝はワゴン車から降りて校門の様子を撮影していた。新聞か雑誌のカメラマンも数人いた。ワイドショーのリポーターはいなかったけど、なにか笑いながらメモをとっている人がいた。

テレビで、こんな光景を見たことが何度もある。「教師と生徒のふれあい」とか「コミュニケーション」とか、ナレーションに出てきそうな言葉も見当がつく。

生徒の列は、のろのろと進む。ぼくと大谷もその中に交じり、左右の端にならないようポジションを微調整する。でも、みんな考えることは同じみたいで、列は自然と幅がすぼまり、縦に長くなってしまう。

「やっぱ『おはようございます』って言うのかな、オレらも」と大谷が小声で訊いた。

「シカトでいいだろ」とぼくもほとんど息だけの声で答える。

「でもよ、オレ耐えきれねえよ、大野とかいるんだぜ？」

「じゃあ挨拶しろよ」

「でも、全員に言うのって大変っぽくない？」

「一回でいいじゃん」

「どこで言う？　最初に言っちゃうとさ、後ろの先生とかシカトしたみたいになんない？」

「知らねーよ、そんなの。前の奴らとおんなじでいいんだよ、うっせーなあ」

「……なんだよ、エイジ、なに怒ってんだよ」

べつに怒ってるわけじゃない。ただ、いやだ。こんなふうにして校門をくぐるのなんて、すごく、いやだ。

先生の声は少しずつ大きくなる。

「おはよう！」「おはよう！」「おはよう！」「おはよう！」……「今日もがんばっていこう！」なんてよけいなアドリブを入れているのは山本先生だ。大野先生もいる。いっとう手前に立って、ひときわ大きな声を張り上げている。いつもの上下スウェットじゃなくて、ネクタイは締めてないけど背広を着ている。でも、よく見たらズボンはストレッチタイプのゴルフウェアだった。

校門は、もう、すぐそこだ。ぼくはうつむいて、息を詰める。予防注射の順番が来た、そんな感じだ。

「おはよう！」が左右からシャワーのように降りそそぐ。

みんないっしょだ、ぼく一人じゃない、自分に言い聞かせた。ぼくはその他大勢で、先生はぼくだけを見てるわけじゃなくて、「おはよう！」の声もたまたま聞こえてきただけで、だからなにも気にせず歩いていけばいい。頬が熱くなった。恥ずかしい。こういうの自意識過剰っていうんだっけ、恥ずかしがってる自分が恥ずかしくてたまらない。

いつもテレビで、こんなふうに登校している中学生や高校生を観るたびに、サイテーだよなあ、なんて笑っていた。まさか自分が笑われる側に回ってしまうとは思ってもみなかった。バチがあたったのかもしれない。

やっと校門を抜けた。

腋の下がじっとりと汗ばんでいるのがわかる。

大谷も、ニットのネクタイをうっとうしそうにゆるめて、ふう、と息をついた。

「毎日やるのかな、これ」

大谷の言葉に、知らねえよそんなの、と返す気力もなかった。

『おはよう運動』という名前がついていた。

「放課後にも同じことやるんだって」と父親がＰＴＡの学年代表を務める村田亜里砂が言った。放課後のほうは『さようなら運動』。週末に開かれた臨時役員会で決まったらしい。発案者は校長で、満場一致で賛成。

「信じらんねーよ、バカなんじゃない？」と橋本が吐き捨てるように言った。おとなしい橋本にしては珍しいキツい言い方だったけど、それはぼくたち全員の気持ちでもあった。

みんな、朝からぐったり疲れきっていた。先生にはわからないんだろうか、オトナから声をかけられたり見つめられたりするのがプレッシャーだってこと。先生はみんな毎日教室で生徒に見つめられているから、そういうのが気にならないんだろうか。

「今度からさ、どこかに集まって時間ぎりぎりまで待ってて、予鈴が鳴ったらワーッとみんなダッシュで入ろっか」

大谷が真顔で言う。ぼくたちも、そのテは「あり」かもな、と冗談抜きでうなずいた。

「『ふれあい』とか『コミュニケーション』とかって、生徒ヒかせてどーすんだよなあ」

ぼくが言うと、タモツくんは「自己満足でいいんじゃないの？」と冷ややかに笑った。

「犬や猫を飼ってる奴と同じでさ、背中とか頭とか撫でれば『ふれあい』だと思ってんの。正面から猫と抱きあってる奴なんて、オレ、見たことないもん」

タモツくんが職員会議に特別参加すればいいのに、とぼくはいつも思う。そうすれば学校行事は半分以下に減っちゃうんじゃないか、なんて。

クラスのなかで『おはよう運動』をいやがっていなかったのは、「理屈なんていいじゃん、盛り上がってたほうがおもしろいじゃんよ」と言うツカちゃん一人だった。今朝いっしょに登校した海老沢によると、ツカちゃんは左右に並ぶ先生たちに「やっ、どーもどーも」なんて田舎のオヤジ政治家みたいな手刀のポーズで挨拶していたらしい。「大野とか、すっげえ怖い顔してツカちゃんの背中にらんでたけどさ」と海老沢は付け加えていたけど、こういうときにもきっちりボケられるツカちゃんはえらいと思う。ツカちゃんが職員会議に特別参加したら、きっと毎月運動会が開かれるだろう。

タカやんの話は、休憩時間のたびに出た。みんな週末にいろんな噂を仕入れていた。タカやんの両親が被害者の家を一軒一軒回って謝っていると誰かが話し、別の誰かが、両親はいま弁護士のアドバイスでどこかに身をひそめているんだと言う。タカやんに襲われて流産した人の夫が、明日の火曜日に発売される週刊誌に手記を書いたらしい。これは何人かが話していたから、ほんとうかもしれない。

ぼくも金曜日に父に聞いた話を説明した。「そんなに早く帰ってくるの?」とみんな驚いた。一瞬いやな顔になった奴も何人かいた。

土谷先生は、今日は朝から出勤していた。「なんかツッコんでみようか」とツカちゃんは言っていたけど、ホームルームでも数学の授業でも、ぼくたちは黙って先生の話を聞いた。質問するのがかわいそうだった。先生は金曜日よりさらに疲れきっていた。目の下に隈ができていて、声を出すのさえおっくうそうで、授業中もつまらないミスを繰り返した。「ああ、ここ、プラスとマイナスが逆だったな」とつぶやいて、板書した数式をのろのろと消すしぐさが、ソファーでうたた寝をしていた父の姿に重なった。

他人のガキにふりまわされる仕事って、つらいよな——と思う。土谷先生はなぜ教師になったんだろう。中学生の頃から教師志望だったんだろうか。父は、大学時代に観た学園青春ドラマに感動して教師になった、という。「考えが甘かったのよね」と母がツッコミを入れると、「ほんとだよなあ」と苦笑交じりにうなずく。小学生の頃はその話を聞くたびに、「いいかげーん」と笑っていたけど、いまはそんなの信じていない。

放課後の校門にも、「さようなら！」の声が響き渡っていた。先生の数は朝よりも増えていた。報道陣の姿はなかったけど、大野先生が門の角に立ち、通りを見張っていた。なにかあったらオレが相手だぞ、と張り切っているのが、背中を見るだけでわかる。背広はいつものスウェットとウインドブレーカーに変わり、生徒に挨拶するより見張り番に立つほうが生き生きしているみたいだ。適材適所っていうんだっけ、こういうの。

校門に近づくとプレッシャーで胸の奥が固くなる。ほんとうは生徒とのコミュニケーションなんかじゃなくて、ぼくたちにプレッシャーをかけるのが目的なんじゃないか、なんて。門から少し離れたところに、校長がいた。腕組みをして空を見上げていた。空の色は午後からどんどん暗くなってきて、いつ雨が降りだしてもおかしくない。膝の痛みもさらに増していた。階段を下りるときも痛かった。四時限めの体育は跳び箱だった。最初は見学のつもりだったけど、気分転換したくて側転跳びを何度かやった。それがいけなかったようだ。

「高橋くん、さようなら！」

名指しで声をかけられた。英語の吉岡先生だ。

「……さよーなら」

ぼそぼそと答え、小さく頭を下げた。

「ほら、高橋くん、ポケットに手をつっこまない。背中曲がってるわよ」

吉岡先生は、息子がもうサラリーマンだというオバサンで、みんなから「吉バア」と呼ばれている。英和辞典をひくときは老眼鏡をかけるけど、発音は都心の進学塾の先生よりうまい、とタモツくんも一目おいている。

ぼくはズボンのポケットから手を出して、背筋を伸ばした。もっとなにか言われるかなと思ったけど、先生はもうぼくから視線をはずし、後ろを歩いていた二年D組の女子に「勉強進んでる？」と声をかけていた。

ホッとしたような、そうでもないような、なんともいえない気分で、ぼくは学校をあとにした。吉バアだったら、まあ、いいか——と、言い訳みたいなことを思った。

6

翌朝の全校朝礼で、文化祭の中止が発表された。取材やヤジ馬などの混乱が予想されるため、という理由だった。

講堂はブーイングに包まれた。文化祭は中止にするくせに中間試験は予定どおりの日程でおこなわれるというのが、よけい悔しい。ついでに、『おはよう運動』と『さようなら運動』が、少なくとも二学期いっぱいつづくというのも。

でも、たしかに、ぼくたちの周囲はまた騒がしくなっている。「取材などには無責任に応じないように」と繰り返す生活指導の桑原先生の言葉が、昨日から雨が降りそうで降らない蒸し暑さや『おはよう運動』のうっとうしさだけのせいじゃなくて、いままでよりもずっと重く響く。

週刊誌に、タカやんに襲われて流産した人の夫が書いた手記が載った。朝刊の広告ではトップ記事の扱いだった。テレビの情報番組でも紹介されていた。

タイトルは、『少年よ、おまえは私たちの未来を奪った』。

「未来」というのは、文字どおりの未来に加え、流産しなければ来月に生まれるはずだった赤ん坊の名前でもあった。女の子。「未来」と書いてミクと読む。結婚五年めで初めての子供だった。

手記の前半は、いまの妻の様子。毎日泣いている。事件直後は半狂乱の状態で、いまも精神的にひどく不安定なのだという。一人で外出できない。カウンセリングに通うときも付き添いが必要で、商社マンの夫は転職も考えている。事件の記憶は消えない。たとえ夫でも、誰かが後ろに立っただけで、その場にかがみこんで声をかぎりに叫んでしまう。「助けて！」ではなく「許してください！」と叫ぶところがかなしくてたまらない、と夫は書いていた。

後半は、「少年」の犯した罪と、科せられる罰とのギャップについて。見ず知らずの通行人を次々に襲った犯人が、未成年だからというだけで、なぜ法に保護されなければならないのか。「少年」と呼ばれて人権を守られ、たとえ少年院送致の処分になっても半年もすれば素知らぬ顔で街を歩けるというのは、どう考えてもおかしいではないか……。

最後に、夫は「少年」に呼びかけていた。

『私は、おまえが中学生であることが悔しくてたまらない。妻のために、生まれることすらかなわなかった娘のために、振り上げた拳を、私はどこに下ろせばいいのか。法はおまえを守るだろう。だが、おまえの心は、自分の犯した罪をちゃんと悔いて、そして裁いているのだろうか。私には信じられない。おまえがやがてこの街に帰ってきて、なにくわぬ顔をして暮らすのかと思うと、胸が張り裂けそうになってしまう』

一行空けて。

『私は、おまえを許さない』

誰が買ってきたのかは知らない、教室に一冊あったその雑誌を回し読みしながら、ぼくたちは朝から放課後まで、まくしたてるようにしゃべった。

「すっげーえ、復讐宣言じゃん、これ」とか、「タカやん読んでたら、マジ、ビビるよな」

とか、「こーゆーのって、ゴーストライターっていうんだっけ、別の奴が書いてんだよな」とか、「こいつ、桜ヶ丘のどこに住んでんの？」とか、そんなことばかり言った。話したんじゃない。誰の言葉も受け取ってもらう相手がいなかったので、会話にはならなかった。でも、ぼくたちはみんな先を争うように、どうでもいいことを、はしゃいだ声で口にした。

誰かが言った。

「文句あるんなら、タカやんにチョクに言えよなあ。オレらに言われたって知らねーよ。こっちに話、振ってくるなっつーの」

ぼくもそう思う。そう思っちゃいけないんだろうな、ともわかっている。よく読み返してみたら、ぼくたちに向けた言葉は、手記のどこにもなかったんだけど。

手記は、その日のうちに大きな反響を呼んだ。塾に出かけるぎりぎりまで観ていた夕方のニュースでは、いろんな有名人――政治家や評論家や芸能人がコメントを寄せていた。ほとんどが被害者に同情し、夫の主張に共感する声だった。最近の中学生は社会をなめきっていて、人間としての常識や倫理に欠けていて、犯罪もオトナ以上の凶悪なものが増えているので、いまの少年法では手ぬるいのだという。実名で報道して、刑罰もオトナと同じように科して、そんな子供を育てた親の責任ももっと厳しく問うべきなのだそうだ。

「まあ、しょうがないのかもね、こんなめちゃくちゃな世の中になっちゃったんだから」

母はため息交じりに言って、「石川くんもかわいそうなコだけど、やっぱり被害者の人のこと思うとね」と付け加えた。

「なんでタカやんがかわいそうなの？」ぼくがあきれて言うと、母は「そりゃあそうよ」と、ぼくの口ぶりを叱るような強い口調で返した。「なにかがあったのよ、そうじゃなかったら、まじめでおとなしいコが、あんなことするわけないじゃない」

「ふつうの生徒」が、いつのまにか「まじめでおとなしいコ」に変わってしまっている。

なんでそうなるかなあ、とぼくは首をかしげ、でもいつもみたいに笑ったりはしなかった。

その代わり、こんなことを訊いてみた。

「お母さん、オレ、まじめでおとなしいコだと思う？」

母は考える間もなく答えた。

「ぜんぜん」

「マジ？」

「あたりまえじゃない、あんたちっともまじめじゃないし、どこがおとなしいのよ」

まあそうだろうな、と納得してうなずき、それでも、母親に「まじめじゃない」と面と向かって言われる奴って、じつはとびっきり「まじめ」なんじゃないかな、なんてふうにも思う。

「ねえ、お母さん、じゃあさ、オレ、ふつうの中学生？」

「ふつうでしょ、それは」

「ふうん……」

「それより、『オレ』ってのやめなさい。『マジ』とか、そういうのも」

言葉づかいで母親に叱られて、「はーい」と謝るところなんか、まさに「まじめ」な中学生だ。でも、ほんとうに「まじめ」な奴だったら最初から自分のことを「ぼく」と呼ぶだろうし、「まじめじゃない」奴なら叱られて謝るもなにも、テレビを観てオヤツを食べながら母親と話すことなんかないのかもしれないし、だから、やっぱりよくわからない。ぼくは「まじめ」なのか「まじめじゃない」のか、そういうのをぜんぶひっくるめて、とりあえず「ふつうの中学生」ということ、なんだろうか。

ぼくはタカやんのことを「かわいそう」だと思ってなんかいない。でも、手記を書いた人のように「許さない」とも思わない。

「かわいそう」と「許さない」の間に、ぼくの気持ちはある。それをどんな言葉で言えばいいのか、いまはわからない。

塾に行っている間に、ツカちゃんから電話があった。今夜十一時からのニュースを観るように、と姉に伝言を頼んでいた。

「なんか、すごい盛り上がってたよ。死んでも観てくれってエイジくんに言っといてください、って」

取材を受けたんだな、とすぐにわかった。伝言だけでも興奮した口調は想像できる。向こうから声をかけられたんじゃなくて、自分で売り込んだ可能性だってありそうだ。ウケ狙いでしゃべる。それはもう、確実。どっち方面にボケていくかも、だいたい見当がつく。ただ、あんな手記が出た直後の取材で、どこまでならボケが許されるか、あいつ、ちゃんと考えているんだろうか。そこが不安で、よけいなことしゃべらなきゃいいけどな、と思っていたら、不安はみごとに的中してしまった。

「お父さん、エイジの友だちテレビに出てるんだって」「塚本くんっていってね、ちょっとワルぶってるけど、いいコなのよ」なんて言って、風呂上がりの育毛マッサージをしていた父まで呼んだ母と姉は、テレビの画面に映ったツカちゃんを観たとたん、あぜんとした顔になった。

腰穿きしたワークパンツのポケットに両手を突っ込み、上着は両胸と背中に竜が刺繍されたサテン地のスカジャン。カメラは斜め後ろからのアングルで、顔にはぼかしも入っていたけど、耳のピアスはしっかり映った。穴を開けずにつけられるバネ式の安いやつだけど、薄暗いせいでホンモノっぽく見える。黒いニットのキャップを深くかぶり、たぶん目は半分しか覗いていないだろう。手首のブレスレットと、中指にはめたスカルのシルバーリングと、手の甲に貼ったタランチュラのペーパータトゥーが、順にアップで映しだされた。

「塚本くんって、こんなコなの？　もろバカじゃん」と姉が言った。

「気合い入れてお洒落してるつもりなんだよ、あれで」というぼくのフォローも、母の「こんなときにお洒落しようなんて考える？　ふつう」の一言で、あっけなくしぼんでしまう。

インタビューの内容もひどかった。

事件のことをどう思うか訊かれて、ツカちゃんはためらうそぶりもなく言った。

「通り魔だからっつって、べつにいいんじゃないスかあ？　誰も死んでないし、あ、ガキ死んだっけか、違うか、ま、いいや、それに前科とかって、なんかカッコいいっスよね。え？　前科つかないんスか？　ガキだと？　マジ？　じゃあぜんぜん楽勝っスよお……」

声はひらべったく処理されていたけど、へらへら笑いながら、ガムを噛んでいるんだろう、ニチャニチャという耳ざわりな音が交じっていた。

手記についても、同じような調子で。

「ああ、あれね、読みましたよお、ほんと、大変でしたねっつー感じ？　災難っつったらアレだけど、運悪かったんスよね、あの人。これから夜道には気をつけましょう、っつーところスかね。え？　いや、だから読みましたよマジ、んな感じたことっつわれても、べつにだってオレがやったんじゃないし、あたりまえじゃないスか、やんないやんない、犯罪ダメっスよね、そりゃダメっスよ、ああ、でもオレ、さっき楽勝っつったんだっけ、じゃあ、やっぱ、よくわかんないっスね……」

　画面は、トイレットペーパーを乱暴に引きちぎるような感じでスタジオに切り替わった。男女コンビのキャスターは、二人ともこれ以上ないほど憮然とした様子でモニターから顔を上げ、そろって深々とため息をついた。

「ツカちゃん、サービス精神ありすぎだよお」

　ぼくはおおげさにソファーに倒れ込み、「まいっちゃうよな、なんだよ、あれ」と天井を見上げて笑った。

　でも、家族は誰も付き合って笑ってくれない。

「こいつ、サイテー」と姉が吐き捨てるように言った。

　母も、キャスターに負けないくらい深いため息をついて、救いようがない、とでもいうように首をゆっくり横に振る。

　キャスターは、いまどきの中学生はこんなにもすさんでいるとか、通り魔事件はAくん個人の問題だけにとどまらないとか、そんなことを交互に並べ立てていた。きっと、いま、ツカちゃんは日本中を敵に回しているんだろう。バカだ。あいつ、死ぬほど、バカ。

「あんなのシャレに決まってるじゃん、ウケ狙いだって、なんでわかんねーのかなあ」

　今度も家族に無視された。

　ぼくは肩をすぼめて体を起こし、おそるおそる父を振り向いた。父はずっと黙っている。

腕組みをしてテレビを観ていた。べつに驚いた様子じゃなかったし、怒っているような表情でもない。その沈黙が、さっきからいちばん怖かった。

テレビがコマーシャルに切り替わる。

姉は「いやー、ひさしぶりに見たね、天然バカ。テレビ局の仕込みでもあそこまではできないよ」と、あきれはてた顔と声で言って、自分の部屋にひきあげていった。

母もうんざりしきった様子でチャンネルを替えた。しばらく、家でツカちゃんの名前は出さないほうがよさそうだ。

「エイジ」

父が、テレビに目を据えたまま言った。

ぼくはうつむいて、「なに？」と返す。

「おまえは、いまの、どう思うんだ」

「どうって……」無理に軽く笑った。「あんなのシャレだもん」

「シャレでもなんでもいい。とにかくどう思うんだ」

「……あんなことテレビで言うのって、ダメだと思う。ダメっていうか、よくないと思うけど」

「そうよ」母が口を挟む。「言っていいことと悪いことの区別ぐらいつけないと。あんなの非常識よ」

父は母の腹立ちをいなすように、そうだな、とうなずき、ソファーから立ち上がって言った。

「お父さんの生徒にもたくさんいるよ、あんなこと言ったり作文に書いたりする奴」

「高校生と中学生は違うわよ」と母が言ったけど、父は「似たようなもんさ」と笑って、その笑顔をぼくにも向けた。

「塚本くんは通り魔になるタイプじゃないな」

ぼくも、そう思う。

「悪いことはいっぱいやっちゃいそうだけどな」

それも、わかる。

でも、父が洗面所に戻って育毛マッサージのつづきに取りかかってから、ふと気づいた。

通り魔になるタイプって、なんだ？

リビングに残った母は、「あんたはぜったいあんなこと言っちゃダメよ」とか「あんなの被害者の人が聞いたらどう思うか、わかってんのかしら」とか、くどくどと言いつのる。

ぼくは生返事を繰り返しながら、けっきょく父はなにを訊きたくて、なにを言いたかったんだろう、そればかり考えていた。

日付が変わる少し前、ツカちゃんから電話がかかってきた。

取り次いだのは母。最悪だ。応対の声が思いっきり不機嫌そうだった、とツカちゃんはぼくが電話に出るとすぐ言った。でも、そのツカちゃんの声だって、思いっきりしょげかえっていた。

「エイジんちで、オレ、ヒンシュク買いまくり？」

「買いまくり。もう、アウト」

「……そっか、そうだよなあ……」

「シャレ、かましすぎだよ」

「わかってるよ、それくらい。もうさあ、テレビ観た瞬間、ぶっ倒れちゃったよ。なんなんだよこのクソガキ、ぶっ殺してやろうか、って」

「日本中のみんな、そう思ってるかもよ」

「だよなあ……」

そうとう落ち込んでいる。こんなツカちゃん、初めてだ。

自分がなにをしゃべったかはちゃんとわかっているし、スタジオでどんなふうにウケるかも計算ずみだった、という。ところが、実際にテレビの画面で観た自分の姿や言葉は、予想をはるかに超えていた。

「邪悪だよ、悪の化身だよ、オレ。なんであんなふうに映っちゃうんだよお、カンベンしてくれよって感じでさ、もう自分でも信じらんねえの、あんなのオレじゃねえよなあ。そう思わなかった？」

「……いつもと変わんねえよ、ツカちゃん」

ため息が、ぼくからツカちゃんへ、ツカちゃんからぼくへ、一往復。

「誰も途中でツッコミ入れてくれねえんだもん」

「あたりまえだろ、そんなの」

「でもよ、おまえなら、ああいうとき、どんなこと言える？　なんか言えることある？」

「いや、それはさ……」

「石川くんも反省してると思います、とか言える？　ボクも人の痛みがわかる人間になりたいと思います、石川くんに代わってボクからも被害者にお詫びいたします、そんなこと、おまえ言える？」

ため息が、今度はぼくからツカちゃんへの片道。

ツカちゃんは苦笑いの声を返して、「ボケるしかねえじゃんよ」と、つぶやくように言った。

7

相沢志穂に話しかけられた。

「生徒会室でいいんだよね？　会議室じゃないよね？」

初めてのことだ。一対一で、相沢ははっきりとぼくだけに、ぼくを見て、いや、その前に、わざわざ教室からベランダに出てぼくを捜して、声をかけてきた。

「そう」

ぼくの返事は、喉の半分しか息が通っていないような細い声になった。「生徒会室って言ってた」と付け加える声も同じ。

「シカトしちゃえよ、聞こえませんでしたっつーて」

ベランダにウンコ座りをしたツカちゃんが、トランプの手札を見つめて言った。

「バーカ」とツカちゃんを振り向いて笑う声まで、ふわふわと頼りなくうわずってしまう。

ついさっき、校内放送で、全クラスの福祉委員が呼び出された。小松の奴、メッセージの原稿だけ渡してあとは放送部員にまかせればいいのに、自分でマイクに向かい、「至急集合してください」と言った。張り切りすぎてマイクが派手なハウリングを起こしてしまい、みんなにヒンシュクを買ったけど、おかげで「聞こえませんでした」なんて言い訳は通用しなくなった。

「一人行けばいいんじゃねえの？」

ツカちゃんはそう言って、手札から二枚抜き取って場に出した。ムスッとしている。負けが込むとすぐに機嫌が悪くなるから、ツカちゃんとトランプをするのは嫌いだ。

「相沢、代表ってことで行ってこいよ。いまさあ、エイジ、男の勝負してるんだよ」

「なに言ってんの」相沢はぴしゃりと言った。「そのトランプ誰のよ。没収されちゃうよ」

「ひええーっ、相沢ちゃん、怖えーっ」

ツカちゃんは、どうしていつもふざけるんだろう。半分あきれて、でも半分、そこがうらやましい。

「塚本くん、あたし観たよ、ゆうべのニュース」

「あ？　観た？　カッコよかったろ」

「人間としてサイテーだった」

相沢は性格がキツい。ツカちゃんは「グサッ！」と左胸を押さえ、おおげさに身もだえたけど、きっと内心はマジだ。朝も土谷先生に職員室に呼び出されて、大野先生と二人がかりでさんざん説教をくらったらしい。

「ほら、高橋くん、行こうよ」

「うん……」

ためらいながら腰を浮かせると、ツカちゃんは手札を並べ替えながら「いままでの勝負なしな」と言った。

「いいよ、それは」

「っていうか、エイジの都合でやめるんだから、おまえのＴＫＯ負けだよな、ぜったい」

「わかったわかった、いいよ、オレの負け」

「じゃ、オレ優勝？」と中山が声をはずませて言う。バカだ。ツカちゃんに「一人抜けたらぜんぶノーカンに決まってんだろ、タコ」と頭をはたかれた。

ツカちゃんのやつあたりの相手は中山や海老沢にまかせ、トランプをその場に置いて、小走りに教室に戻った。あのままつづけていたら放課後のジュースを一週間タダ飲みできるのが確実だったけど、どうせツカちゃんのことだ、自分が最下位のうちは「もう一回な、もう一回で勝負つけようぜ」を連発し、トップになったとたんに「はい、これで決まり」と切り上げるに決まっている。

相沢は教室のドアのところでぼくを待っていた。まなざしも、まっすぐ、ぼくに。

こんなのも初めてだ。ぼくは、うつむいたり横を見たり、橋本のそばを通りかかったら用もないのに声をかけたり、わざと机の角に脚をぶつけて顔をしかめたり、一度も相沢と目を合わさずにドアに向かう。仲良くなるチャンスじゃん——とは思わなかった。むしろ逆。隙をつかれて急にピンチになった。なんだよおまえ、なれなれしいよちょっと——なんてふうにも、思う。

廊下に出て、ひと一人ぶん、いや二人ぶんくらいの間隔を空けて、ツーショットになるかならないか、ぎりぎりのところで並んで歩いた。先に行ってくれてもよかったし、逆にぼくが先にたってもよかったけど、相沢は足の運びを微妙に調整して、ぼくから離れそうで離れない。

「小松くん、張り切ってるね」

「うん……」

「バザーのことかもね、文化祭中止になっちゃったから」

「うん……」

「でも、昼休みに呼び出されるって、ちょーメーワクだけど」

「だよな……」

二年C組の教室から生徒会室までは、教室棟の廊下を進み、渡り廊下を通って職員室や保健室や図書室のある特別教室棟に移り、階段を上って、また廊下を進む。長い。そして、とにかく、昼休みの廊下は人が多すぎる。

相沢は歩きながら、不用品バザーの話をした。学校から持ち帰ったプリントをマンションの掲示板に貼ったら、たくさんの人から参加の申し入れがあったのだという。「洋服ダンス出してくれるっていう人もいたけど、それちょっと困るよね」と笑い、「どこそこさんのお宅はなに出すの？　なんて訊いてくる人もいるんだよ。あんまりヘンなもの出すとみっともないからって。そういうのって、なんだかなあ、だよね」とおとなびたため息をつき、「でもほら、参加者の数で歩合制になるんだったら、あたしトップかも」と、また笑う。

女子どうしではおしゃべりなことは知っていたけど、男子とも、しかもぼくみたいにいままでろくすっぽ話したことのない相手とも、こんなに平気でしゃべれる奴だとは思わなかった。

ぼくは、ダメ。さっきから、すれ違う奴や廊下にたむろして遊んでいる奴の視線が気になってしかたない。相沢にはぜったい目を向けず、相槌も口をほとんど動かさずに打って、相沢の話を聞き漏らすまいとするのと顔が赤くなっちゃいけないというのとで、頭の中がパニックになってしまいそうだ。

それから……信じられないことだし、こんなの認めたくないし、認めたとたん顔が一気に赤くなってしまいそうだけど、ちょっとだけ、ズボンの前のほうが窮屈で歩きづらい。

なんでこんなふうになっちゃうわけ？

泣きたくなったところに、相沢が、ぼくの顔を覗き込むようにして言った。

「そんなに早足になんなくてもいいんじゃない？」

相沢の声は、音のひとつひとつが、くりん、とカールしている。高くて澄んでいるけど、あまりやわらかくない。人によっては、耳にキンキンすると感じるかもしれない。

「ゆっくり行けばいいと思うよ。いちばん乗りとかしちゃうと、なんか、小松くんに雑用押しつけられそうな気しない？」

相沢はまじめそうに見えて、ときどき掃除当番をサボる。

ぼくはうつむいて歩調をゆるめ、足元に落ちた視線を横に滑らせた。相沢の白いソックス、ふくらはぎ、それから、短いスカートから覗く、陽に灼けた太ももまで見えてしまって、胸が跳ねる。いつか父と渓流釣り場で釣ったニジマスみたいに、ビクビクビクッと跳ねる。

渡り廊下に来ると、やっと気持ちが落ち着いた。誰かにツーショットをからかわれたらどうしようと思っていたけど、すれ違って「よお」と挨拶を交わす友だちはみんな、ごくふつうの表情だった。笑ったり、目配せしたり、冷やかしたり、うらやんだりする奴は、一人もいない。それにホッとして、でも、拍子抜けした気分もないわけじゃなかった。

相沢志穂が、そう言えば、というふうに訊いてきた。

「高橋くん、さっきトランプでなにしてたの？」

「大貧民。ツカちゃん、ちょー弱いけど、好きなの」と、やっと声と息が喉をすんなり抜ける。

「ふうん」

「ジュース一本ずつ賭けてさ、オレ、ダントツだったんだけど」

相沢はまた「ふうん」とうなずいた。つまらなそうに、なにか怒っているような感じだった。

「……どうしたの？」

初めてだ、ぼくのほうから話を先に進めた。

「みんな、ぜんぜん変わってないんだね、って」相沢は苦笑交じりに言った。「石川くんが逮捕されてからも、やること変わってないっていうか、いままでと同じだもんね」

「だって……ほら、なんつーの、関係ないもんオレら、いじめとかでどうかしちゃったんなら違うかもしれないけど、今度のって、タカやん個人の問題っつーか……そういう気するけど」

「高橋くんって、石川くんと仲良かった？」

「いや、ぜんぜん。べつに嫌いってわけじゃないんだけど」

「そっか、そうだよね、世界違うっていう感じするもんね」

「違うよ、そりゃあ」

あたりまえじゃん、と笑った。でも、笑ったあとで、どうしてあたりまえになるのか、よくわからなくなった。

相沢もクスッと笑う。ぼくの言葉がおかしかったというより、こんな話題を持ちだした自分を笑うみたいな、あまり楽しくなさそうな笑い方だった。

渡り廊下から特別教室棟の階段を上る。二階から三階へ。階段を上りきったところで、相沢は足を止めて廊下を見渡した。長い廊下の突き当たり、生徒会室の前に、別の学年、別のクラスの福祉委員が何人もいた。小松の奴、ぼくらには「至急」なんて言っておきながら、生徒会室の鍵も開けずに、まだ来ていないようだ。

「なんだよ、あのバカ、むかつくなあ……」

舌打ちして廊下を進もうとしたら、立ち止まったままの相沢に呼び止められた。

振り向くと、いままでテンポよく出ていた相沢の言葉が初めてよどんだ。視線も、横にそれた。軽く咳払いをして、手の位置を腰の後ろにしたり前に移したりしながら、「いまから言うこと、塚本くんとかにしゃべんないでね」と言う。

ぼくは黙ってうなずいた。胸が小さく、でもたしかにうごめいた。

「高橋くんさあ、いま、付き合ってるコっている？」

跳ねた。

水面から、身を躍らせて、ニジマスが。

ぼくは顔だけ笑って、声抜きで、いないけど、と答えた。

クリッとした相沢の目が、ひとまわり大きくなった。口が、やったね、の形に開く。

「あのね、じゃあ、付き合ってみない？」

ニジマスが跳ねまわる。喉が、またすぼまってしまう。

「テニス部の一年生のコなんだけど、高橋くんのこと一学期の頃から好きだったんだって。一のＥの本条めぐみちゃんってコなんだけど、高橋くん知ってる？」

「……いや、そういうのは、ちょっと……」

ニジマス、もう死んじゃったよ、なんて。

「みんなメグちゃんって呼んでるんだけど、すごくいいコ、マジ、あたし推薦する。最初は友だちからでいいじゃん、付き合ってみない？」

やだよ。ぜんぜん、やだ。何度も首を横に振って、顔を相沢に見られたくなくて、歩きだした。

「ちょっと待ってよ」追いかけられるのが、いまはちっとも嬉しくない。「高橋くん、じゃあ、好きな人いるんだ」

「べつに、そういうんじゃねーよ」

「だったら付き合えばいいんじゃない？」

「うっせーよ」

「メグちゃんね、高橋くんがバスケやってるの見て好きになったんだって」

「知らねーよ、んなこと言われたって」

「高橋くん、バスケ部、やめたの？」

心配した声――に聞こえた。

「……休部してんだよ」

「バスケ部のこと、もうぜんぜん知らない？　知らないよね」

「なにが？」

「岡野くんのこと」

「……だいたい知ってるから、いいよ」

「じゃあ、テツくんたちと共犯なんだ」

足が止まった。振り向いた。どんな顔をしたか自分ではよくわからなかったけど、相沢は一瞬ビクッとたじろいで、でもまなざしは強いまま、つづけた。

「知ってるのにほっとくのって、高橋くんも岡野くんのことシカトしてるのと同じじゃん」

違う。同じなんかじゃない。ぜったいに違う。

「テツくんとか、岡野くんのこと『消す』って言ってるんだって。徹底的にシカトして、存在消して、いるのにいないっていうか、見えないっていうか、そういうのにしちゃうって、一年生のコにもシカトさせて……」

テツのクソ野郎。一年坊、何人いたっけ、全員ウサギ跳びでコート十周やらせたい。ぼくたちが去年、煙草がばれて親を呼び出された富山さんのやつあたりで同じことをやらされたように。

「高橋くんは、テツくんたちと組んでるわけじゃないんだよね？」

「あたりまえだろ。オレ、あいつ、大っ嫌いだもん」

「そうだよね、高橋くん、岡野くんといちばん仲良かったもんね。違ったっけ？　そうだよね？」

「うん、まあ……仲良かったっつーかさ……」

「親友？」

そんなの、わからない。「違う」と言う気はないけど、「そうだよ」なんて答えると、その瞬間、岡野との関係がぜんぶ嘘っぽくなってしまいそうだ。女子のおしゃべりを聞いていると、しょっちゅう「親友」という言葉が出てくる。オンナってバカなんじゃないの？　とぼくが思うのは、そんなときだ。

黙ったままでいたら、相沢は、まあいいけど、というふうに小さくうなずいて言った。

「テニス部のコともよく言ってるんだけど、あたしね、このままだと、岡野くん、もっともっとひどいことされちゃいそうな気がする」

ぼくもそう思う。思うだけじゃいけないんだということも、わかる。

でも、じゃあ、なにをすればいい？　通り魔の被害者の夫の手記を読んだときと同じだ。「わかる」ことと自分が離れている。マンガの吹き出しみたいにふわっと浮いた「わかる」は、すぐそこにあるのに、どうしても届かない。

階段を、小松が駆けのぼってくる。

相沢は「メグちゃんのこと、考えといて。ほんとにいいコだから」と最後に早口に言って、先にたって廊下を歩いていった。

あとを追おうとして、やめた。

待ちたくもない小松を待ち、「ごめんごめん、職員室で根回ししてたら遅くなっちゃって」

と息をはずませて言う小松に、打ちたくもない相槌を打ち、「汗びっしょりじゃん」なんて声までかけて、ズボンのポケットに手をつっこんで歩く。

パンツの中でしょぼしょぼと縮んでいたものに、ポケットとパンツの布地越しに触れてみた。気持ちよくなかったし、大きくもならなかった。ほっとした。相沢と二人で歩くだけであんなになるなんて、すごくスケベみたいで、いやだ。

不用品バザーを決行する、と小松は言った。近くの私立大学のボランティアサークルに協力してもらって、その大学の学園祭に便乗するのだという。

「フリーマーケットと同じで、場所を借りるだけです。ちゃんと『東中学福祉委員会』っていう看板も出すし、会計も別だから、問題ないと思います。いま、職員室で三浦先生の了承もとったんで、あとはこっちの段取りなんですが……」

小松はホワイトボードに分担を書いていった。バザーに出す品物を集める係と、それを大学に運ぶ係と、バザー会場で販売する係。

「全員参加なわけ？」と三年生の一人が不服そうに言ったけど、小松は考える間もなく「そのための福祉委員ですから」と返した。きっぱりとした口調で、胸を張り、相手から目をそらさない。いつものことだ。三年生の委員も舌を打って黙り込むしかない。記者会見をやらせたら、校長より小松のほうが堂々としているかもしれない。

学園祭は、十一月十四日、十五日の土日。新人戦の日程と重なっていた。小松もさすがにその点はわかっていて、「部活で新人戦に出場する人は、そっちでがんばってください」と、べつにあいつが「がんばってください」と言う筋合いなんてないと思うけど、とにかく新人戦のある奴はバザーに参加しないでもいいのだという。

「新人戦に出る人、何人くらいいますか」

何人か手を挙げたなかに、相沢志穂もいた。

相沢は、横にいたぼくを見てけげんそうな顔になり、「高橋くんもじゃないの？」と小声で言った。「バスケ部、やめてないんでしょ？」

「……いいんだよ、オレは」

「なんで？」

そっぽを向いて、無視した。

ぼくの係は十五日の販売担当だった。日曜日がつぶれてしまったけど、どうせ家にいたってやることなんてない。

係の割り振りが終わると、そのまま解散になった。相沢志穂はダッシュ同然の勢いでぼくから離れ、二年B組の女子の委員と連れだって部屋を出ていった。怒っている。すごく。それくらい、わかる。悪いことしちゃったかな、とも思う。でも、謝るとか許してもらうとか、そういうのとは違う。「わかる」が、また、ふわっと浮かぶ。浮かんで、すぐ近くをいつまでも漂って、だけど届かない。

部屋を出ようとしたら、小松に呼び止められた。

「エイジ、石川のことなんだけど……どうする？」

声をひそめて訊いてくる。

「なにが」遠慮しない、やつあたりでいい、しかめつらで聞き返した。「タカやんのこと、小松に関係あんの？」

「あるに決まってるじゃん、同じ中学なんだから」

小松の口ぶりには、いつだって迷いがない。そういうところはタモツくんと似ているけど、「似てるぜ」なんて言うと、ぜったいにタモツくんは怒るだろう。

「知り合いの人に聞いたんだけど、石川、もうすぐ鑑別所に入るんだよ。鑑別所って、面会は家族とかしかできないんだけど、手紙のやり取りはわりと自由なんだって」

いやな予感がした。

「それでさ、オレ、思うんだけど、石川に手紙書いてやったらどうかなって」

ほらみろ、やっぱり。

「あいつもあんなことしちゃって、反省もしてるし、後悔もしてるし、やっぱり孤独だと思うんだ。不安もあるだろうし。クラスの友だちとかが、早く帰ってこいよって手紙書いてやれば、石川だって嬉しいんじゃないかな。嬉しいだけじゃなくてさ、ちゃんと友だちがいるんだっていうのが裁判所の人にもわかるわけじゃん。そういうの意外と効果あるんだって、知り合いの人も言ってたけど」

「……知り合いの人って、なに、ボランティア仲間？」

「うん。大学生なんだけどさ、今回のバザーのことでも協力してもらってるんだ」

「じゃあ、あれだ、タカやんに手紙書くのもボランティアなんだ」

ぼくは笑いながら言った。薄っぺらな笑顔がつくれた。小松はムッとしてなにか言い返そうとした。その出端をくじいて、もう一言か二言、へらへら笑いながらイヤミなことを言ってやるつもりだった。

でも、小松が言いかけた言葉を押しやったのは、怒鳴り声だった。

「ふざけんな！」――と。

「てめえぶっ殺すぞこの野郎！」――とも。

声が裏返り、こめかみがキンと突っ張った。

なにも考えていなかった。気がついたら怒鳴っていた。

小松は、きょとんとした顔でぼくを見ていた。おびえた様子はないし、反撃してくる気配もない。あまりにも突然のことに、いったいなにが起きたのかわからなかったのかもしれない。

逆に、ぼくのほうが急に気まずくなってしまい、腹に残っていたいらだちをぶつけるように床を踏み鳴らしてドアに向かった。

「エイジ、ちょっと待てよ、落ち着けよ」

返事はしない。

「おまえ、このままでいいと思ってんの？」

振り向いて、にらんだ。

「石川が帰ってきても、だいじょうぶなのか？　いじめとか、そういうの。はっきり言ってヤバいぜ、いまみたいにさ、みんな無責任に勝手なこと言って、そういうのおまえどう思ってるんだ？」

なにも思っていない。嘘。なにか、思っている。でも、それをどう言えばいいかわからない。

「まあ、土谷先生とか考えてると思うし、生徒会でもフォローしなきゃいけないんだけど、クラスがまとまってないと石川のこと迎えられないだろ。違うか？　オレ、福祉委員の仕事、そういうのもあると思うんだけど……」

「ねえよ、バーカ」

ドアを乱暴に開けて、もっと乱暴に閉めた。

廊下に人影はなかった。百万分の一の可能性を考えないわけじゃなかった、相沢の姿も。

長い廊下を、階段に向かって走った。いっぺんにいろんなものを背負わされた気がして、肩とも背中ともつかない、体の後ろのほうが重い。

目の前にふわふわと浮かぶ「わかる」がうっとうしい。

そして、胸の奥には、「わからない」がたまっていく。

スタートダッシュから一気に加速して、全力疾走する。階段が近づいて急ブレーキをかけると、両脚の膝が悲鳴をあげた。

8

金曜日——十月十六日、学校帰りに駅前の文房具店に寄って中間試験用の単語カードや蛍光マーカーを買い込み、『愚蓮』の奴らがうろつきはじめる前に帰ろう、と遊歩道を少し急ぎ足で歩いていたら、後ろからオジサンが小走りに追いかけてきた。

立ち止まると、振り向く間もなくオジサンは「すみませーん」とぼくの前に回り込み、はずむ息のまま言った。

「桜ヶ丘東中学だよね、その制服」

うなずくと、つづけて学年を訊いてきた。こっちが答える前に、ブレザーの襟の学年章を覗き込んで、おっ、という顔になる。

取材だ。すぐにわかった。ジャケットにポロシャツのいでたちも、使い込んで革が白くなったショルダーバッグも、サスペンスドラマから抜け出してきたみたいな取材記者だ。断ろうかどうしようか迷ったのは、ほんの一瞬だけ。

いいじゃん――と思った。

ツカちゃんの気持ちを、ぼくも味わってみたかった。

オジサンは胸を右手で叩いて息を整え、左手の甲で額の汗をぬぐった。背が低く、小太りの体つきだ。三十代半ば、父より一段階進んだ髪の毛のさびしさからすると四十代かもしれない。

「あのさ、ひょっとして、きみ……」

言いかけた言葉をさえぎって、「C組です」と、欲しがっているはずの答えを返した。でも、ガッツポーズをしたオジサンの喜びように急に不安になって、「あんまり知らないけど」と付け加える。

「いや、いいんだよ、知ってる範囲で」

オジサンはメモ帳とペンをジャケットのポケットから取り出して、やっと息が整ったのか、そこからは矢継ぎ早の質問になった。

どんな生徒だった？　きみは仲が良かったの？　親しかった友だち誰か知ってる？　勉強の成績は？　最近変わった様子はなかった？　事件をほのめかすようなこと言ってなかっ

た？　先生はどんなこと言ってた？　いま学校の様子はどう？

すべての質問に、「さあ」と「べつに」と「特にはなにも」と「ふつうでしたけど」を組み合わせて答えた。最初は勢い込んでいたオジサンの声は、しだいにしぼんでいき、メモをとる手の動きも鈍くなって、途中からは相槌よりため息のほうが多くなった。

でも、ぼくは答えをはぐらかしたわけじゃない。それしか言えなかった。

胸がドキドキしどおしで、息を深く吸い込めなかった。どう答えようか考える前に、口が勝手に動く。無愛想な言葉にかぎって、唇からすんなりとこぼれる。いつも喉のいっとう手前でスタンバイしているのかもしれない。声が震えそうだったから、わざとひらべったくしゃべった。裏返る声をあわてて抑えたら、笑い声に似てしまった。正面に立つオジサンの視線から逃げようとしたら、そんなのあたりまえだ、そっぽを向くしかない。

手記の感想も訊かれた。この質問はまじめに答えないとまずいような気がしたけど、考える前に、また口が勝手に「べつに」と動いてしまった。ツカちゃんはボケただけでもえらい、と素直に思う。

オジサンはメモ帳を閉じ、ペンにキャップをかぶせる手元に目を向けて、「きみは彼のやったことをどう思う？」と訊いた。

視線がそれているぶん、少し考えをめぐらせる余裕ができた。でも、ぴったりくる言葉を見つけられないまま、自分でタイムオーバーを宣告して、黙って首を横に振った。

「理解できない？」

今度は、すぐに縦に振る。嘘はつかなかった。でも、それがほんとうの答えだったかどうか、うなずいたあとで自信がなくなった。

オジサンはメモ帳とペンをポケットにしまうと、「順番が後先になっちゃったけど」と名刺を差し出した。名前は、鷺沼さん。オバサン向けの週刊誌の記者だった。母がリビングで読んでいるのを何度か見たことがあるけど、姉なら「ゲロださいじゃん、これ」なんて言ってコンビニで立ち読みすらしない、そういう雑誌だ。

「記事には『同級生』としか書かないけど、よかったら名前教えてくれる？」

「高橋」

「下の名前は？」

「エイジ」

「へえ、ウチの息子と同じだよ」

漢字でどう書くのか訊かれ、サカえるツカサ、栄司と答えた。

「そっか、字は違うな。ウチはトワのココロザシだから」

永志。そっちのほうがカッコいい。ぼくは漢字で書く自分の名前が好きじゃない。でも、「エイジ」という響きは、ガキの頃から気に入っていた。エイジ――ａｇｅ。いつかの父の話、ぼくは勝手にそれが命名の由来だと決めている。

オジサン――鷺沼さんは、ぼくが名刺を生徒手帳に挟むのを待って、つづけた。

「東中学って、レベル高いんだってね。桜ヶ丘でダントツだって聞いたけど」

「ええ……」

「試験で九十点とっても通知表が3だったとか、あと、学区内のマンションに『東大フロア』ってのがあるって。その階に住んでる人、お父さんがみんな東大卒とか、そんなのも聞いたけど、ほんとうなのかな」

ぼくは黙ってうなずいた。塾の先生も「ガシチュウで通知表が3の奴は、ナンチュウなら楽勝で4がとれるぞ」と言っている。東中学だと内申点が稼げないから受験のときに損なのだそうだ。「東大フロア」の話もほんとう。タモツくんの家は、そこだ。

「勉強だけじゃなくて、学校の雰囲気もすごくまじめでおとなしい、って。たしかに取材してもそう思うよ。だから、よけいみんなショックだったんじゃないのかな」

鷺沼さんはその先の言葉を、少しためらって、口にした。

「こんなこと言っちゃいけないんだけど、桜ヶ丘にはそうとう荒れてる中学もあるだろ？ウチの編集部にも桜ヶ丘の近くに住んでる人がいてさ、最初、通り魔が中学生だったってわかったとき、そこの中学の生徒じゃないか、って」

南中学だろう。『愚蓮』のことも、もう調べているのかもしれない。

でも、ほんの四年前――姉が入学した年の東中学が、いまの南中学に負けないぐらい荒れていたことは、知っているんだろうか。入学式の前夜に体育館のガラスがすべて割られてしまい、校内に煙草の吸い殻が散らばり、授業中の廊下をぶらつく三年生が、注意した先生を取り囲んで殴る、そんな日々がかつてたしかにあったのだ。いじめも多かった。自殺にまでは至らなかったけど、不登校の生徒は各学年に二、三人ずついた。陽気でおしゃべりな姉でさえ、目立たないよう、クラスで浮いてしまわないよう、いつもビクビクしながら過ごしていた。その頃、桜ヶ丘でいちばんレベルが高かったのは、南中学。塾の先生は「ナンチュウで通知表が3の奴は、ガシチュウなら楽勝で4がとれるぞ」なんて言っていたらしい。

公立の中学校にはプラスの時期とマイナスの時期がある、と父はいつか説明してくれた。開校以来ずっと荒れっぱなしの中学はないし、逆に開校以来一度も問題を起こしていない学校というのも、ない。バイオリズムみたいなものだ。いまの東中学はバイオリズムがプラスで、南中学はマイナスのどん底。ぼくが知っているだけでも、四月以来半年で三度、パトカーが南中学に駆けつけている。

「まあ、どこの学校かなんて関係なくて……」鷺沼さんは視線をバス通りのほうに向けて、ため息をついた。「やっぱりショックだよなあ、中学生が犯人だったっていうのは。べつに言い訳するわけじゃないけど、マスコミがこんなに騒ぐのも、心のどこかで信じ込んでる部分があるんだよ。中学生がそんなことするはずがない、中学生はもっと純真なコドモなんだ、って」

視線がぼくに戻る。フフッと笑い、その顔のまま、またため息をつく。

「きみらからすると、勝手に決めつけられて迷惑かもしれないけどさ」

ぼくはなにも答えなかった。鷺沼さんの言うことはなんとなくわかる。でも、ぼくとは違う。ぼくは、通り魔が中学生だったからショックを受けているんじゃない。学校がどこでもいいなんて思わない。ガシチュウの、二年C組の、ぼくのすぐ前の席の、タカやんだったから、いま、こんなに胸がもやもやしているのだ。

「最後にひとついいかな、ちょっとヘンなこと訊くけど」

「はあ……」

「きみは、いま、好きな女のコっている？」

言葉に詰まった。首を、縦にも横にも動かせなかった。タカやんに関係ない、こんな質問をぶつけられるとは思わなかった。ぎごちない間が空いた。カッコ悪い沈黙だ。

鷺沼さんは「ごめんごめん」と笑った。沈黙の意味を見抜いたような笑い方に、頬が熱くなる。

「じゃあ、まあ、一般論ってことで訊くんだけど、好きな女のコができたら、どうするのかな。すぐにアタック、って死語かな、とにかく告白する？」

「いや……さあ……ちょっと、そういうのわかんないけど……」

「よく言うじゃない、いまどきの中学生ってナンパですぐにセックスしちゃうとか、援助交際なんかも低年齢化してるとか、そんなのって、きみらの実感からするとぜんぜん遠い？」

それは、遠い。ぜんぜん、まるっきり、死ぬほど、遠い。でも、うなずくとコドモみたいでバカにされそうな気がしたので、「話だけ、聞いたことあるけど」と答えた。

「やっぱり片思いのほうが多いのかな」

「たぶん……」

「たとえば、たとえばの話だから軽く聞いてほしいんだけど、もし片思いの相手が自分のことを好きじゃなかったとするじゃない、そうなったら、どうする？　相手の女のコのことを恨んだりする？」

まさか、と笑った。

「男らしくあきらめる？」

ぼくはまた笑う。「男らしく」という言い方がおかしくて、そんな言葉をまじめな顔で口にするオヤジっぽさに、あきれた。

なるほどねえ、とうなずいた鷺沼さんは、不意にぼくから視線をはずした。「オッケー、参考になったよ、ありがとう」と早口な言葉と同時にダッシュの体勢になり、ぼくが「はあ……」と返したときには、もう駅のほうへ駆けだしていた。

マクドナルドの前に、東中学の女子が数人いた。鷺沼さんはどたどたとした不格好な走り方で、ショルダーバッグのストラップを片手でつかみ、空いた手を頭上で振りながら彼女たちを呼び止める。見覚えのあるような、ないような、たしか三年生だ。

ぼくは駅に背を向けて歩きだす。汗をかいていた。上着を脱いでネクタイをゆるめ、ふう、と息をつく。

「あせったあ……」

つぶやいて、笑った。

ツカちゃんはえらい、やっぱり。取材謝礼でテレビ局からオリジナルウォッチとテレカを貰っていた。五十度数のテレカはゲームセンターで知り合った西中学の「お宝」マニアに千円で売り、時計のほうは五千円で交渉中。今度テレビに出るときには、視聴者に愛される悪ガキを目指すのだそうだ。「テレビって、好感度だいじじゃん」と笑いながら、でもきっと真剣に言っている。


遊歩道を抜け、夕暮れの肌寒さにまた上着を羽織り、ネクタイを締め直したとき、急にかなしくなった。

ぼくはどうして、タカやんのことをなにも話せなかったんだろう。「さあ」でも「べつに」でも「特にはなにも」でも「ふつうでしたけど」でもない、かたちのある言葉が、どうして出てこなかったんだろう。

タカやんと毎日同じ教室にいた。あいつの顔も、声も、ちょっとしたしぐさも、覚えている。でも、ぼくはタカやんのことを、なにも知らない。それがかなしくて、かなしいんだと思うとよけいにかなしくなって、上り坂の途中で足が止まる。

風が並木の梢を揺らして、街灯のつくるぼくの淡い影を枯葉が何枚もかすめていく。タカやんとぼくはどっちが背が高いんだっけ。タカやんだ、たしか。でも、タカやんとタモツくんになると、もうわからない。

タカやん、おまえって、どんな奴だったんだ？　オレはおまえのこと知らないけど、おまえもオレのこと、やっぱり知らないのかな。

そんなことを思うと、もっとかなしくなった。

歩きだす。ぼくの影は街灯が遠ざかると前に向かって長くなり、次の街灯が近づくと後ろに伸びる。足を速める。街灯の真下に来て影が足元でうずくまったとき、ほのかに青が交じった街灯の明かりに向かって、ジャンプシュートのポーズをとってみた。

ボールの代わりにカバンを放った。蛍光灯のまわりを跳ねるように飛んでいた大きな蛾が、びっくりして逃げる。

着地と同時にカバンを胸で受け止めて、膝の下がやっぱり痛いことをたしかめて、そこからは、もううつむかずに歩いた。なにか元気の出ることを考えようとして、そうだ、明日、相沢志穂に話しかけてみよう、と思った。おはよう！　なんて。そんなのぜったいにできないことを知っているから、ちょっと身軽に、無責任に、元気が出た。

9

週が明けると、学校のまわりは静かになった。

「そろそろ気持ちを切り替えていこう」とホームルームで土谷先生に言われるまでもなく、校門前に群れていた取材陣はすでに前の週の後半から姿を消していて、秋晴れのつづく空をヘリコプターが飛び交うこともない。

例の手記の反響はまだ残っていたけど、話が少年法改正だの被害者援護法だの心因性外傷だのに広がっていったおかげで、通り魔の「少年」はしだいにニュースの主役の座から滑り落ちていき、ニュースじたいの扱いもずいぶん小さくなった。

「あとは、どこかで中学生の事件が起きてくれれば、ガシチュウの皆さんお疲れさまって感じで、役目終わりだから」

タモツくんの言葉どおり、火曜日――十月二十日の夕方のニュースを境に、「少年」の呼び名はタカやんから別の中学生に引き継がれた。

新しい「少年」は、工場の密集する地方都市に住む中学三年生だった。二年生の頃から自分をいじめていた同級生を、バタフライナイフでめった刺しにして、殺した。

夜のニュースは、ナイフ殺人の事件をトップで報じた。男性キャスターは「中学生による連続通り魔事件のショックも醒めやらぬなか、また、中学生の事件が起きてしまいました」と、タカやんのことをマクラにして今回の事件のあらましを伝えた。女性キャスターは、今年に入ってから起きた主な少年事件を一覧表にしたフリップを掲げた。タカやんの事件は一覧表のいちばん下。八代目の「少年」ということになる。

ニュースを観た母は、いつものように「もう、めちゃくちゃな世の中だね。いやになっちゃう」とため息交じりに言った。

でも、めちゃくちゃだろうと、いやだろうと、世の中はここにたしかにあって、ぼくはこの世の中以外の世の中を知らない。

「エイジ、あんた、バタフライナイフなんか持ってないわよね？」

これもいつものパターン。ニュースに出てくる「少年」と自分の息子をすぐに重ねる。「少女」の場合には、姉だ。何年か前、「少女」がパンツを売る商売がマスコミで騒がれたときには、姉のパンツの枚数をこっそり数え、それを知った姉と大ゲンカになったこともある。

「持ってるわけないじゃん」

ちょっとうんざりして答え、「カッターナイフはあるけど」と付け加えた。

母は、「そういうナイフはいいのよ、べつに」と言う。頸動脈を狙えばカッターナイフでも人を殺せるような気がするけど、母はもう、テレビの画面に映るヒマラヤの雪景色に目と心を奪われていて、それきりナイフの話を蒸し返してくることはなかった。

リポーターは、ヒマラヤに暮らす人々がいかに貧しく、いかに美しい瞳を持っているかを、ノイズの多い衛星回線でスタジオに伝えている。

「ここには、私たち日本人がなくしてしまったものが、まだ残っているんですね」

出るぞ出るぞと思っていたら、やっぱり、お決まりのフレーズが宇宙経由で届いた。

そんなこと言われたって知らねえよ、と思う。

チベットやブータンやネパールの人たちだって、意外と、そう思ってるんじゃないだろうか。

ナイフ殺人の「少年」は、その後もニュースの主役をつとめた。今回の事件は、タモツくんに言わせれば「特においしい」のだという。「いじめと逆ギレだもんな、ダブルじゃん。しかも凶器付きだしさ、持ち物検査とか有害マンガとか、ネタはいくらでもあるんじゃない？」
たしかに、ニュースはいろんな人のいろんな言葉であふれ返っていた。「少年」が受けていたいじめの内容を同級生が語り、夜中の公園にたむろしていたいじめグループについて近所の住民が語り、事件に直接関係があるのかどうか、卒業生の母親が、その学校の教師の体罰について語ってもいた。リポーターも語った。キャスターも語った。評論家もコラムニストも社会学者も心理学者も犯罪学者もナイフ愛好家もマンガ家も論説委員も与党の政治家も野党の政治家も、タレントも元プロ野球選手も、新橋駅前のサラリーマンも日本橋のデパートに来たオバサンも、スタジオに集まった中学生や高校生も、みんな語った。なにも語らなかったのは、「少年」本人と、彼に殺された同級生だけだったかもしれない。

始業前や休憩時間や放課後、ぼくたちはときどきタカやんの話をした。「タカやん、いまなにやってんのかなあ」とか、「鑑別所や少年院ってリンチあるんじゃねーの？」とか、「土谷ちゃん面会に行ってるんなら、なんかオレらにも教えてくれればいいのにな」とか、たいした話じゃないけど、いままでのような噂話の交換じゃなくて、カッコよく言えばぼくたち自身の言葉で、話した。

「少年」になってからのタカやんは、ぼくたちの知るタカやんじゃなかった。テレビや新聞や雑誌に出てくる通り魔の「少年」は、たしかにタカやんではあったけど、べつにタカやんである必要はなかった。昼休みの廊下や塾の教室でタカやんのことを話していても、テレビや新聞や雑誌の伝える「少年」の姿を説明し直しているみたいで、けっきょく十四歳の中学二年生なら誰でもよかったんじゃないか、とさえ思う。

でも、いまは違う。ぼくたちは「少年」じゃなくて、たしかにタカやんの話をしている。だから、ぼくは――気づいていないかもしれないけど、ほかの奴らもみんな、「タカやん、なんであんなことしたのかな」と口にしなくなった。いちばん知りたいことだから、その話題には触れない。答えが見つからないまま問いだけ残ってしまう気持ち悪さがいやだった。

タカやんの机は、まだぼくの席のすぐ前にある。片付けていないということは、やっぱり、タカやんはもうすぐ教室に帰ってくるんだろう。

授業中、ぼんやりとタカやんの机を見つめていると、不意に背中がゾクッとすることがある。

ついこの間まで、タカやんはここにいた。ぼくと同じ教室で、同じ授業を受け、同じ給食を食べて、同じような毎日を過ごしていた。通り魔になる以前と、通り魔になってからのタカやんを、ぼくは見分けられなかった。なにも変化はなかったんだろうか。そんなことはないはずだ。ぜったいに、どこか、なにかが違っていたはずなのに、わからなかった。

もしも、通り魔がもう一人このクラスにいたとしても、ぼくはそいつを見抜けないような気がする。というより、タカやんが通り魔になって警察に捕まり、ぼくたちの教室から姿を消した、そのことじたい、ひょっとしたら「たまたま」だったんじゃないか、なんていう気もする。ぬいぐるみを拾い上げるクレーンゲームみたいに、クレーンがたまたまぼくの前の席に座った奴をつかんで、遠くに連れ去ってしまっただけなんじゃないか、なんて。

目をつぶり、頬づえをついて、通り魔になったタカやんのことを、ときどき考える。

まず、自転車だ。マウンテンバイク。覚えてる。六月の日曜日に合唱大会の練習をしたとき、タカやんはマウンテンバイクに乗って学校に来た。まだ新しかった。ペダルに立ち上がってバランスをとりながら、校門の車止めの隙間をすり抜けたり前輪を浮かせたりして遊んでいた。

キャップを目深にかぶる。色は、被害者の証言によると、黒。ナイキかd・jホンダか、そんなところだろう。デイパックを背負う。色は知らないけど、黒っぽい色だと思う。デイパックのポケットに特殊警棒。後ろ手に取り出せるよう、ファスナーを半分開けて。

夜の闇に紛れて、マウンテンバイクはゆっくりと走る。人通りの少ない道で標的を見つける。標的に気づかれないようライトを消して、後ろからそっと近づいていく。なにも知らない標的は、隙だらけで歩いている。女の人だ。年齢や外見の特徴はばらばらでも、とにかく女の人。

タカやんは、どんな気持ちだったんだろう。興奮していたのか、冷静だったのか。襲う瞬間を思い描いて舌なめずりしていたのか、万が一失敗したときのことを思って不安に震えていたのか、それとも、成功が間違いないからこそ、震えるのか……。

距離が少しずつ詰まっていく。静かに、静かに、マウンテンバイクは標的に迫る。デイパックのポケットから、特殊警棒を取り出す。あいつは右利きだから、たぶん右手で。いや、それとも、標的が歩道のどっち側を歩いているかで変えるんだろうか。タカやんの腕力、握力、よく知らない。体育はどうだったっけ。部活をやっている奴らほどじゃないけど、運動が苦手ということはなかったような気がする。足の速さは？　五月の運動会で、クラス対抗リレーの選手には選ばれていなかった。特に速いというわけじゃないんだろう、きっと。

タイミングを計って、ペダルを踏み込み、一気にスピードを上げる。特殊警棒を握りしめた右手を振りかざす。

向かい風。

特殊警棒の重みと手ざわり。

なんとなく――わかる。いや、やっぱり、わからない。

標的の背中を、殴りつける。

その瞬間、タカやんも標的も、ふっと消えてしまう。夜の闇だけが残る。

ぼくはまだ目を開けない。

タカやんの顔が浮かぶ。キャップはかぶっていない。教室にいる。ぼくの前の席に座っている。背中をよじってぼくを振り向き、明日の日直の分担を決めているところだ。

「じゃあさあ、学級日誌はオレが書くから、ホームルームの司会はエイジってことでいい？」

声が聞こえる。細く、ちょっと高い声。声変わりがまだ終わっていないのかもしれない。

ぼくはそのとき、なんて答えたんだっけ。はっきりとは覚えていないけど、「わかった」とか「いいぜ」とか「オッケー」とか、短い言葉を、たいして気を入れずに返した。

十月七日の放課後。それが、タカやんとぼくの交わした最後の会話だった。タカやんは、まさかその夜警察に捕まるとは思っていなかったはずだ。ずっとそうだったんだろうか。捕まるわけないと安心しきっていたのか、それとも、いつ捕まってしまうか心配でたまらなかったのか。

　最近、考えごとが疑問形のまま終わってしまうことが増えた。頭より胸が、もやもやする。「わからない」が胸に降り積もるにつれて、いま自分が答えを探している問いまで、わからなくなってしまう。なにを「わからない」と思っているかが、わからない。ノートの真ん中にぽつんと「＝」か「↓」のマークを書いて、あとは空白、そんな感じだ。

　夏休みの頃までは、胸の中はもっと単純だった気がする。毎日をシンプルに過ごしていた。なにも考えていなかったなんて言うとバカみたいだけど、ちゃんと自分で答えの出せることしか考えていなかったのかもしれない。

　バスケットボールは、ボールを持ったチームは三十秒以内にシュートしなければいけない。相手のディフェンスが堅くてどうしようもなくても、とにかく、打つ。ぜったいにはずれるとわかっていても、打つ。やけっぱちのシュートだけど、ボールが手を離れた瞬間のなんともいえない解放感が、いま、懐かしい。

　目を開けて頬づえをはずせば、タカやんの顔も声も、すべて消える。「わからない」がいくつも胸に残り、同じだけ「わかる」が体から離れてふわふわと漂う。

そうして、ぼくは、通り魔のいなくなった街を歩き、タカやんのいなくなった教室で授業を受ける。

十月がもうすぐ終わる。

10

寝台に右脚を投げ出して座ると、畑山先生は膝の下を拳で叩いた。軽くノックするように、ほとんど力は入れてなかったけど、肩がビクンと跳ねるほどの痛みが走った。

「やっぱり痛い？」と畑山先生が訊く。

「いえ……そんなに……」と答えると、先生は「無理しなくていいって」と笑い、膝の下を、今度は親指で押した。不意をつかれたので、歯を食いしばる準備ができていなかった。思わず目をつぶってうめいた。さっきは一瞬の痛みだったけど、いまは痛みが骨の奥まで沈み込んでいくような感じだ。

ほらみろ、というように先生はまた笑って指を離した。

「まだとうぶんかかるだろうなあ。背も伸びてるんだろう？」

黙ってうなずいた。夏休み前から約三カ月で五センチ伸びた。体育の授業のときに穿くジャージの裾から、くるぶしが覗くようになった。父の背丈とほとんど並んだ。父がそれに気づいているかどうかは知らない。

「とにかく成長期が終わるまでは痛むよ。言ってみれば、きみの体がコドモからオトナに変わっていくサインみたいなものだから、膝が痛くなくなったら、もう成長期も終わって、体がオトナになったってわけだ」

「はあ……」

「まあ、バスケができなくなったのは残念だし、悔しいとは思うよ。でも、逆に考えてみれば、自分の体が成長してオトナになっていくのを膝の痛みで実感できるわけだから、貴重な体験かもしれないぞ」

「はあ……」

「がまんできないほど痛くなったら、すぐに来て。そうじゃなかったら、次に来るのは年内ならいつでもいいから。あと、とりあえず湿布を少し出しとくから」

これからの季節、冷え込んだりすると痛みが出やすいのだそうだ。

畑山先生はぼくに寝台から降りるよう手で示して、カルテになにか書きつけながら、ふと思いだしたように言った。

「高橋くん、東中学だったよな。今月はいろいろ大変だっただろ。勉強なんか手につかなかったんじゃないか？」

ぼくは苦笑交じりにうなずいた。中間試験は明日の木曜日——十月二十九日と、金曜日の三十日。あせりを通り越して、いまはもうあきらめのほうが強い。机に向かう時間は部活をやっていた頃よりずっと増えた。でも、ちっとも集中できない。べつになにか考えごとをしているわけじゃないのに、気持ちは全身に散らばったまま、一点に集まってくれない。目標を学年ベスト3復帰からベスト10復帰に変え、本音では二十位以内に戻ればじゅうぶんだと思っているけど、それも難しそうだ。

「高橋くんは、被害者のダンナさんが書いた手記、読んだ?」

黙ってうなずいた。

「その人は違うんだけど、ウチの病院にも三人通院してるよ、通り魔の被害者」

「いまでもですか?」

「ああ。もうみんなほとんど治ってるけど、リハビリとか、ボルトをはずす再手術とか。あと、ケガそのものより、やっぱり精神的なものが残っちゃうんだろうな、みんな、もう夜道を一人で歩けないって言ってた。手記にもあったじゃない、そういう話」

「ええ……」

「まあ、こっちは整形外科だから精神的なケアはたいしてできないんだけど、なんなんだろうなあ、犯人にも聞かせてやりたいっていうか、被害者の気持ちなんてわかってないだろうおまえ、ってさ……」

畑山先生は首をかしげながら「わかんないから、やっちゃうのかな。わかってても、やるのかなあ」とつづけ、まあいいや、というふうに顔を上げて笑った。

「きみもあんまりストレスためないようにしなくちゃな。特に、いままでスポーツしてたわけだから、運動不足になると落ち着かないだろ。バスケは無理でも、上半身だけでウェートトレーニングとかしてみたら？　汗を流すだけでもだいぶ違うから」

そうですね、と口を動かした。声が出なかったのを会釈で紛らせて、診察室を出た。

会計を待つ間、待合室の長椅子に座って、壁に貼られた骨粗鬆症予防のポスターをぼんやりと見つめた。長椅子には、順番待ちの外来患者が数人座っている。ギプスをつけた右腕を三角巾で吊っているオバサンもいた。被害者だろうか。ぜんぜん関係ない人なんだろうか。もし被害者だったら、中学生を見るたびにタカやんのことを思いだしたりするんだろうか。

被害者の気持ちなんて、わからない。わからないんだということすら、いままで考えたこともなかった。手記を読んだときに、そういうものなんだな、と納得はしたけど、ほんとうは納得なんかじゃない、別のわかり方をしなくちゃいけないんだろう。でも、それ、どうやればわかるんだろう。自分が通り魔に襲われないと、ダメなんだろうか……。

受付の小窓から、看護婦さんが女の人の名前を呼んだ。三角巾のオバサンだった。長椅子から立ち上がり、診察室に向かう途中、ぼくをちらっと見た。ぼくはうつむいて、マガジンラックに視線を逃がす。

ラックのいっとう手前に鷺沼さんの雑誌があった。今日発売の最新号だった。表紙は姉の大好きなソリマチだったけど、その顔をほとんど覆うように見出しの文字がぎっしり並んでいる。『ナイフ少年が涙で語った〝いじめ地獄〟』という見出しもあった。

手にとって、ぱらぱらめくった。

「少年」の記事のページを通り過ぎてしまい、終わりのほうからめくり直していたら、『通り魔』の文字が目に入った。

わざわざページをたてるほどもない小さいニュースを集めたコーナーだった。半年前に死んだ大物俳優の遺産相続の話と、コーヒーが胃ガン予防になるという学会報告の記事に挟まれて、タカやんのことが載っていた。

『失恋が犯行の動機？』と、タイトルがついている。

捜査関係者の話だった。「少年」には好きな女のコがいた。「同級生のA子さん」。一年生の頃から片思いだった。おとなしくて内気な「少年」は、スポーツ好きで活発なタイプの「A子さん」に自分の気持ちを伝えることができずにいたのだが、今年の六月、「少年」は「A子さん」からバカにされたような仕打ちを受けてしまった。それがきっかけで、女性に対して悪い感情を抱くようになった――と「少年」は供述しているらしい。

記事には心理学者のコメントも載っていた。最近の男子中学生は生身の女性と付き合うことが苦手で、希薄な人間関係のなかプライドだけが高くなり、相手が自分の期待していたのと違う反応をしたら一気にキレてしまう、ほんとうに救いようのない困った連中なのだそうだ。

　でも、そんなのはどうだっていい。ぼくは記事の前半を読み返した。食い入るように、何度も。

「A子さん」——誰だ？


　病院を出ると、外はもうだいぶ暗くなっていた。西のほうに目を向けると、富士山が小さく、でもくっきりしたシルエットで見える。春や夏にはかすんだ空に紛れてしまうけど、ちょうどいまの時期から冬の間じゅうは、朝夕の富士山の眺めがきれいだ。

　今日は、これから塾がある。試験前恒例の特別補習だ。基礎クラスの海老沢ともいっしょになるけど、「A子さん」の記事のことを話すつもりはないし、あいつから話を振ってきても知らん顔していようと決めた。

　風が強く、冷たい。ウインドブレーカーのボタンを襟元まで留めて自転車にまたがった。ジーンズの布地を伝うサドルの冷やっこさに、尻が縮こまる。でも、今年の秋はゆっくりと過ぎていく。子供の成長が、そばにいる家族には意外とわからないように、毎日毎日、夕暮れの街を見ているせいだろうか。去年の秋は、ずっと体育館の中にいた。汗だくになってボールを追うときには、季節のことなんて考えなかった。毎週金曜日のロードワークで街を走っていると、週ごとに早くなる夕暮れに、もうこんな季節なのかよ、と驚いたものだった。

向かい風のなか、かじかむ手を交互にウインドブレーカーのポケットに入れて、自転車を走らせる。バカだなあいつ、と心の中でつぶやきながら、ペダルを踏み込んでいく。ぼくはタカやんじゃないし、タカやんもぼくじゃない。自分に重ねたって意味がない。でも、タカやんは、いったい誰のことが好きだったんだろう。タカやんをバカにした奴は誰だったんだろう。それが気にかかってしかたない。

同級生。スポーツ好きで活発な女のコ。

考えるのを、やめる。ペダルを勢いをつけて踏み込んでハンドルを強く握り、サドルから尻を浮かせて、風を突っ切っていく。

タカやん、オレ、相沢志穂のこと好きなんだよ。おまえの好きなコって、誰? なんちゃって、なんちゃって、なんちゃって……。

笑ってみた。ぼくはタカやんじゃない。タカやんもぼくじゃない。ぜったいに、それは、そう。好きな女のコだって、同じなわけないじゃん。だよな、だよな、だよな、と繰り返す。

下り坂にさしかかった。坂の途中にこの前まであった『通り魔注意』の看板は取り払われ、代わりに『明るい街づくりはあいさつから』と、ドラえもんの絵がついた看板が立っていた。

ふだんからうっとうしいくらいの熱気をふりまいて授業をする塾の先生が、ヤマの的中率百パーセントを目指して思いきりアツくなる特別補習だけど、どの科目の先生の話も、ほと

asahi

bunko

ポケット文化の最前線

朝日文庫

asahi bunko

朝日文庫

んど頭に入らなかった。

考えるのをやめようとしても、つい考えてしまう。そっちの筋道に行っちゃダメだと思っているのに、ゲームセンターのピンボールみたいに、途中の経路はいろいろ変わっても、最後に吸い込まれていく場所は同じ。

海老沢は「A子さん」の記事をまだ知らないようだ。ほかの友だちのおしゃべりにも「A子さん」は出ていない。少しほっとしたけど、来週号が発売されるまで知らないままということはないはずだ。記事を読んだ奴らは、「A子さん」に誰を重ねるんだろう。見当はついている。だから、すごく、いやな気分になる。

塾が終わると、コンビニに寄って夜食を買うという橋本たちと別れて、一人で帰った。夕暮れどきの強い風に雲が吹き飛ばされて、夜空は晴れ渡っていた。星がたくさん見える。星座にはぜんぜん詳しくないけど、北斗七星は小学生のときに教わって、だから、あそこだっけ、あっちだっけ、違ったっけ……。

タカやんは、標的を探して桜ヶ丘の街を走っているとき、夜空を見上げることなんてあったんだろうか。遠くから見る団地の灯は、窓から漏れる明かりより、廊下や非常階段の踊り場に等間隔に並ぶ常夜灯のほうがきれいだって、あいつは知ってるんだろうか。

塾から家までは、自転車で十分たらず。でも、もしも母や姉があの雑誌を読んでいたらと思うと、まっすぐ帰るのが急におっくうになって、途中で角を曲がって遠回りのコースを選んだ。

こんなことなら橋本に付き合ってコンビニに行けばよかった。苦笑いを浮かべて、路上駐車の車で道幅が狭くなった通りを走る。

先のほうに、犬を散歩させているオバサンが見えた。

小さな白い犬、あれはなんていう種類だっけと思いながらオバサンに近づいていくと、不意に、通り魔になったタカやんの姿が浮かんだ。

違う。タカやんはいない。ぼくだ。タカやんのまなざしになり代わって、ぼくのまなざしが、オバサンの、なだらかな肩の線をなぞる。

通り魔は、標的との距離を保つ――こんなふうに。

あたりを見回して、他に通行人がいないのを確かめる――こんなふうに。

スピードを上げる――こんなふうに。

標的の背中がしだいに大きくなる――こんなふうに。

そして、特殊警棒を――。

犬が吠えた。

ぼくはあわてて自転車のハンドルを振り、道幅いっぱいにオバサンから遠ざかった。サドルから尻を浮かせて、一気に抜き去る。前カゴに入れたバッグの中で、缶ペンがガチャガチャと音をたてた。

団地の駐輪場で自転車にチェーンをかけるとき、指が思うように動かず、何度もチェーンを落とした。エレベータの階数ボタンを押すときも同じ。かじかんで、震えている。体の表面より、むしろ奥深くが。

どうってことはない。ぼくはきっと他人より想像力が豊かで、ほんのちょっと想像力がオーバーランしてしまった、それだけのことだ。自転車を走らせながら、繰り返し自分に言い聞かせた。そうそう、そうだよな、と納得もしていた。でも、エレベータホールから廊下の突き当たりの我が家まで、ずっとみぞおちを掌で押さえていた。むかむかする。苦く酸っぱいものが喉の付け根にせりあがってくる。

玄関のドアを、鍵は持っているけど、チャイムを鳴らして姉に開けてもらった。

「なによ、自分で入ってきなよ」と唇をとがらせる姉の顔を見て、キッチンにいた母親の「片付かないから、お風呂の前にごはん食べちゃいなさい」という声を聞き、洗面所の鏡の前で育毛マッサージをしている父と「ただいま」「おう、お疲れ」なんて言葉を交わすと、まぶたがぼうっと熱くなった。

タカやんの家族に、ぼくは会ったことがない。父親は銀行員で、母親は専業主婦、あいつは一人っ子。知っているのはそれだけで、知りたいのはそんなことじゃない。

ダイニングテーブルには、ぼくのための遅い夕食の皿が並んでいる。ソファーに寝ころがってテレビを観ている姉に、母は「もう、お行儀悪いんだから」と顔をしかめる。でも、夏休みまでは夜遊びが多かった姉が最近は夜八時には帰ってくるようになって、それをいちばん喜んでいるのは、母だ。

父はまだ洗面所で乏しい髪の毛のケアに励んでいる。鼻歌が聞こえる。サザンオールスターズの古い歌。父と母は、この前の日曜日、団地の自治会の集まりの二次会で駅前のカラオケボックスに出かけた。父はサザン、母はユーミン。B棟の佐藤さんもサザンしか歌わず、どうやら父より歌がうまいようで、父はいつも「あんなの物真似じゃないか、声はオレのほうがいいんだから」とぶつくさ言って母にあきれられているけど、日曜日のカラオケでも佐藤さんのほうが点数が高かったらしい。

幸せ――かどうかは、わからない。ただ、ぼくは父にそっぽを向く気はないし、母を殴ろうとも思わない。きょうだいゲンカはしょっちゅうするけど、姉のことは、好きだ。

タカやんは、自分の家族をどう思っていたんだろう。タカやんは「幸せ」だったんだろうか。

電子レンジで温め直した肉じゃがを頬ばった。じゃがいもがホクッと口の中で崩れ、甘辛い醤油の味が舌に広がると、いつのまにか身震いがおさまっていたことに気づいた。

タカやんは、通行人を襲ったあと、どんな顔をして家族に「ただいま」を言っていたんだろう。

Ⅲ

I

休憩時間のうちに掌でぬぐっておいたのに、授業が始まって十分もたたないうちに窓ガラスはまたうっすらと曇ってしまった。ゆうべからの雨が、まだ降りつづいている。冷たい雨だ。朝の冷え込みはこの秋いちばんだったと、出がけに観たテレビの情報番組が伝えていた。

土谷先生が板書をする隙にミントタブレットを口に含み、机に突っ伏した。

目の前には、さっき返ってきたばかりの中間試験の答案用紙がある。六十三点。自己最低点だった。学年平均が五十九点だから、通知表でいうなら「3」。学年ベスト10復帰はあきらめた。ベスト3復帰のほうは、試験が終わった時点で消えていた。午後は苦手な理科の答案が返ってくる。二十位以内も、もう期待なんかしていない。

サイテーだ。このタブレット、奥歯で嚙み砕いてもミントの刺激がちっとも鼻に抜けてくれない。レモンの香りのする甘ったるさが口の中に広がるだけだ。

体を小さく起こし、斜め前に目をやった。将棋の桂馬が二回跳んだ位置に、相沢志穂がいる。今朝のホームルームで席替えをした。ぼくの席は窓際の列のいちばん後ろ。すぐ前は、海老沢。前の席が空いていることに目が慣れてしまったのか、視線が背中にさえぎられるだけで、ひどく窮屈に感じられる。

窓際の列の先頭には、誰も座っていない机がある。タカやんの席だ。席替えのくじ引きをする前に、土谷先生が「石川は、そこでいいから」と言った。先生がタカやんの名前を口にしたのは、事件以来、それが初めてだったかもしれない。

ぼくの席からは、タカやんの机は見えない。でも、相沢の位置からだとはっきり見える。黒板の左側に板書した数式や文章をノートにとるときは、ずっと視界の隅にとどまっているはずだ。

中間試験を、相沢は一日めしか受けなかった。試験明けの土曜日も休んだ。週が明けた月曜日の今日——十一月二日も、まだ休むんじゃないかと思っていた。欠席の理由は風邪ということだったけど、たぶん、嘘だ。

ショックだったんだろう、と思う。

ぼくは相沢から目をそらし、ふう、と息をついた。いまになって、ミントのスーッとした刺激がため息に溶けた。

中間試験初日の朝、週刊誌の記事は予想どおりクラスじゅうの話題になっていた。中山たちはさっそく「A子さん」探しを始めた。これも、覚悟していたとおり。

中山はノートに「A子さん」の候補を書きだしていった。スポーツが好きで、活発な性格で、タカやんが「バカにされた」と感じてしまうようなことを言ったりやったりしそうな奴。

「オレの予想だと、このあたりかなあ」と中山は三人選んで、名前の前に〇印をつけた。

「でも、タカやんの好みってのもあるだろ」とコウジが言うと、みんなも「そうだよ、それがいちばん大事じゃん」とうなずいた。たしかに正論だ。でも、その正論はなんの役にも立たなかった。タカやんの好きなオンナのタイプなんて、誰も知らなかったからだ。

マイナー系仲間のワタルっちや永田を呼んで訊いたけど、二人は「さあ……」と首をひねるだけだった。そもそも、オンナの話は一度もしたことがなかったという。

「おまえら、アレだろ？　アニメのキャラでオナってってさ、巨乳がいいとかなんとか言ってたんじゃねーの？」

海老沢がワタルっちの肩を小突きながら言った。

「まあいいや、とにかくこのへんで決まりだよ、ぜったい」

中山は三つの〇印をシャーペンの先でつつきながら話をまとめ、「オレ的には、本命、こいつかなって」と、いちばん上の〇を二重にした。

中山はバカだから、相沢志穂の「穂」が書けない。へたくそな字の「相沢志ほ」が、みんなの視線をいっせいに浴びる。中山の奴、調子に乗って◎に花びらをつけた。海老沢の奴、「ほらな、やっぱ巨乳が好きなんだよタカやん」と笑った。二人まとめて殴ってやりたかった。

ほかの連中から「オレは違うと思うけど」という声は出なかった。ぼくもなにも言わなかった。こんなところで意地を張ったってしょうがない。教室の前のほうでは、女子が集まって記事のことを話している。中心にいるのは相沢だったけど、相沢はほとんどしゃべっていない。まわりにいる女子が口々に「気にすることないって」とか「志穂ちゃんだって被害者みたいなもんだよ」とか、慰めたり励ましたりしていた。

始業チャイムが鳴り、男子も女子もおしゃべりの輪がほどけかけた。ざわめきがたまたま一瞬消えた、その隙を狙ったみたいに相沢の声が聞こえた。

「でも、あたし、マジに心当たりないもん、そんなの言われたって困る……」

泣きだしそうな声だった。

「A子さん」が志穂ちゃんだって決まったわけじゃないんだよ——と女子の誰かが言ったような気がしたけど、それは、教室をまた包み込んだざわめきのなかで、ぼくが勝手につくった空耳だったかもしれない。

五十分の授業は、まだあと三十分近く残っている。雨はあいかわらず降りつづき、窓ガラスは一面びっしりと露が貼りついて、さっきぬぐった場所がどこだったかわからなくなってしまった。

土谷先生が板書する数式が何行かたまったところで、ノートをとる。数式をたどる目とシャーペンを持った右手が直結して、数字や記号が、頭の中を通らずに黒板からノートへ流れていく。先生の板書にノートが追いつくとシャーペンを置き、また腕を枕に机に突っ伏して、相沢志穂の背中を見つめる。そんなことをずっと繰り返している。

相沢は学校を休んでいる間、どんなふうに過ごしたんだろう。雑誌の記事のこと、親には話したんだろうか。学校やマスコミや警察から、なにか言われたり訊かれたりしたんだろうか。家で泣いたりしたんだろうか。ぼくは相沢の泣き顔を思い描くことができない。笑顔や怒った顔やクラス写真のすまし顔はいつでも浮かぶけど、かなしい顔やさびしがっている顔や涙を流す顔はわからない。知りたいと思ったことも、いままではなかった。

今日の相沢は、記事の出る前となにも変わらない様子でみんなとおしゃべりしている。よくしゃべり、よく笑い、始業前にコウジが傘を教室で振り回していたときには「ちょっと！濡れちゃったじゃん！」といつものようにキンキンした声で怒っていた。それを見た中山は物足りなさそうに「立ち直ってんじゃん、あいつ」と言って、ぼくをまたムッとさせた。

「あれ？　ちょっと待てよ、おかしいなあ……」

土谷先生は板書の手を止めてつぶやいた。教室の前のほうで女子がクスクス笑い、先生は首をかしげながら教壇から降りて、板書した数式を最初から読み返していく。

「先生」タモツくんが言った。「∠ABDが、途中から∠ADBになってますよ」

「え？　そうだっけ？」

「そう。二等分線引いたあとのところ」

「……ああ、ここか、ほんとだ、なにやってんだろうなオレ、これじゃ解けるわけないよなあ」

土谷先生は頭の後ろを掌で軽く叩いて、書き間違えた箇所から先をすべて消した。ぼくたちも全員、ノートに消しゴムをかける――わけじゃなかった。ほとんどの生徒は、とっくに間違いに気づいていたんだろう、まわりの友だちと苦笑いを交わすだけだった。

「いやあ、ごめんごめん、中間試験終わって気が抜けちゃったかなあ」

さっき試験の答案が返ってきたときも、採点ミスで点数を書き換えてもらう奴が何人もいた。土谷先生はまだタカやんのショックから立ち直っていない。「A子さん」の記事のショックも加わって、とうぶん落ち込んだままだろう。

ノートに残った消しゴムのかすを手で払いながら、ふと目をやると、相沢もぼくと同じようにノートに消しゴムをかけていた。

ほらみろ。中山の頭をはたいてやりたかった。

窓を少しだけ開けた。肌寒さと湿り気が、かすかな風になって頬に触れる。雨はだいぶ小降りになっていた。雲の色も明るくなり、遠くのほうでは薄陽も射している。

雨はもうすぐあがるだろう。でも、グラウンドの水たまりは残る。ぬかるんだグラウンドみたいだ、土谷先生も、相沢も、ぼくも。

「よお、エイジ」海老沢が振り向いて、小声で言った。「寒いから閉めろよ、窓」

「いいじゃん、ちょっとだから」とぼくも声をひそめて返す。

「寒いっつってんじゃん、オレ、風邪っぽいんだよ」

「……わかったよ」

舌打ちして窓を閉めると、ガタガタと大きな音がした。

「おい、高橋、うるさいぞ。明けたり閉めたりするな」

土谷先生が言って、みんないっせいにぼくを振り向いた。ぼくはうつむいて、海老沢の背中を上目づかいでにらみつける。こういうときにはぜったいにとぼけて知らん顔をする奴だ。

こいつの背中を一カ月も見なくちゃいけないのかと思って、うんざりして顔を上げると

——相沢と目が合った。

相沢は、自分の肩に顎を載せるような格好でぼくを見ていた。目をそらしそこねた。タイミングがあまりにも良すぎて、逆に吸い寄せられたみたいに、まともに見つめ返してしまった。

相沢はぼくが気づいたのをたしかめると、無表情に、ゆっくりと口を動かした。

あ・と・で。

間違いない、そう動いた。

黙ってうなずくと、相沢は一瞬だけ安心したような笑みを浮かべ、すぐに表情を消して黒板に向き直った。

授業が終わるとすぐ、相沢はぼくの席に来て言った。

「ベランダで話したいんだけど」

海老沢の奴、ふだんはトロいくせに、こういうときだけは耳ざとい。相沢とぼくを交互に見て、ひゅうっ、と喉を鳴らした。

でも、相沢はそんなのぜんぜん気にしていない様子で、「雨、だいじょうぶだよね、小降りだもんね」とひとりごちて、ぼくの答えも待たずに外に出た。

ぼくも「なに、エイジ、おまえら、そーゆー関係だったわけ?」と訊く海老沢を無視して、追いかけて席を立った。

ベランダに出て後ろ手にドアを閉めると、一呼吸おく間もなく、相沢は話を切りだした。

「高橋くん、バスケ部、帰ってよ」

ぼくは、まず、ため息を返した。予想——というより、覚悟していた。どう答えるか、どんなことが答えられないか、それも授業中になんとなく考えていた。

「膝、痛いんだよ、マジに」

「練習できなくてもいいから、とにかくバスケ部に帰って」

黙っていたら、相沢はいらだたしそうに肩を揺すり、小さな体をいっぱいに伸び上がらせるようにしてつづけた。

「消されてるよ、岡野くん、ずーっと。テツくんとか、木内くんを実質キャプテンなんて呼んじゃって、『実質キャプテン、今日なにやる?』とかおっきな声で言って、練習も岡野くんだけハネちゃって、勝手にやってんの」

テツならやる、それくらい。

「あと、三年の富山さんっているじゃん、あの人、受験が私立の推薦一本だから暇してて、しょっちゅう練習に来るんだけど、サイテー、岡野くんは消えてるから見えないんだって、背中にボールぶつけたり、部室のロッカー、『ここ空いてるじゃん』って、岡野くんのところ、勝手に使ったり……」

相沢は細かく息を継いで話す。声が震えている。怒っているんだと思う。テツや富山さんや、それから、ぼくに。

おせっかいだ。岡野のことなんて、どうだっていいのに。いまは自分のことだけ考えていればいいのに。優しいから他人のことが気になるんだろうか。でも、そんな自分がタカやんを傷つけたかもしれないっていうのを、相沢は、いまどんなふうに思ってるんだろう。

「なんとかならないの？　高橋くんさあ、マジ、バスケ部帰ってあげなよ。高橋くんいれば、ぜんぜん違うと思う。みんなだっておもしろがってるだけなんだし、このままだと、これマジだよ、岡野くん、自殺しちゃうかもしれない」

おおげさだ。でも、おおげさなことにかぎって軽く起きてしまうのを、ぼくは——たぶん相沢も、知っている。タカやんが教えてくれた。

「あたし思うんだけど、みんなもう、なんで岡野くんをシカトしてるかわからなくなってるんだよ。シカトをやめる理由が見つからないからつづけてるだけなんだと思わない？」

だろうな、とぼくは黙ってうなずく。

「吉田先生なんて、ちっとも練習見にこないし……」

「あの先生、バスケット、ぜんぜん知らないんだ。クジかなにかで顧問になったんだもん」

笑いながら言ったけど、いや、笑いながら言ったせいで、相沢はさらにいらだたしげな顔になって、ぼくに一歩詰め寄ってきた。

「マジ、高橋くん、バスケ部に帰ってよ、で、岡野くんのこと助けてあげなよ」

「助けてあげるって、違うと思うけどな」

「なんで？」

「オレもそういうのいやだし、岡野だっていやがるよ」

「なにカッコつけてんの？　そんなこと言ってる場合じゃないんだって、なんでわかんないの？」

　とがった声が、庇や窓ガラスに跳ね返って、キン、と割れる。

「……カッコなんてつけてねえよ」

「つけてるじゃん、なに言ってんのよ」

「つけてねえっつってんだろ」

　相沢はじっとぼくを見つめ、ひとつ息を継いで、肩から力を抜いた。

「ねえ、高橋くん、ちょっと話変わるけどいい？」

「いいけど」

「あたし、やっぱり『A子さん』なのかなあ……」

　違うよ――が、言えなかった。

　背中に、うっとうしい気配を感じる。海老沢が窓に張りついて覗き見しているんだろう。中山もいるかもしれない。ぼくは立つ位置を変え、相沢の顔を奴らの視線から隠してやった。

「石川くんって、もうすぐ帰ってくるんでしょ」

「うん、たぶん」

「まだあたしのこと恨んだり憎んだりしてるのかなあ」

　そんなことない――とも返せなかった。

「あたし、石川くんに会いたくないな」

相沢は軽く言って、「怖いもん」とつづけた。声は軽いままで、顔も笑っていた。でも、ジョークじゃない。

「心当たり、ないんだろ？」とぼくは訊いた。

「ない」

きっぱりと言った。その口調のほうがジョークのように聞こえてしまうのは、なぜだろう。

「ない」相沢はもう一度繰り返して、「……んだけど」と、その場にしゃがみこむみたいに声を落とした。「あるかもしれないんだよね、よくわかんないけど」

「なんだよ、それ」

「自信ないわけ。六月のこと、日記とかつけてないんだけど、こないだから必死に思いだしてるの。ひょっとしたら石川くんが傷つくようなこと言っちゃったかもしれないし、あと笑ったりとか、話しかけられたのにシカトしちゃったりとか、そういうの、あったかもしれないし、でも思いだせないし……マジ、熱出たもんね。心当たりなんてないのに、自分かもしれないって思ってなきゃいけないのって、キツいよ。誰か『あんたこういうことやったから石川くん傷ついちゃったんだよ』とか言ってくれたら、そのほうがぜんぜん楽だっちゅーの」

一気に言って、最後はおどけて、でも最後の最後は、ふう、とため息になった。

チャイムが鳴る。

相沢はゆっくりと息を吸い込み、吐き出す息に苦笑いを載せた。

ぼくも笑い返した。ほかにどうしていいかわからなかった。

「高橋くんさ、ゆーじょう、見せてよ」

友情——と言ったんだろう。

「岡野くんと友だちなんでしょ、だったら、いいじゃん、カッコつけなくても。ゆーじょう、見せて」

「いや、でもさあ……そういうの……」

「いいじゃん、たまには。クサくても、男のコって、なんかいいねって、ゆーじょうっていいねって、そういうの見たいんだよね。ちょっといま、マジに落ち込んでるから、よけいそう思っちゃって」

最後まで「ゆーじょう」が「友情」に聞こえないまま、相沢は教室に戻っていった。

ベランダに残ったぼくは、手すりの上に身を少し乗り出して、だいぶ明るくなった空を見上げた。雨粒のかけらが風に乗って吹き込み、頬や顎に触れる。冷たさはあまり感じない。まぶたが濡れた。まばたくと睫毛も濡れた。「エイジ、先生来たぞ」と海老沢が窓を開けて呼んだけど、聞こえないふりをした。

気づいたことがある。さっきから思っていた。予感と呼ぶにはあやふやだし、理由を説明するのも難しい。でも、たしかに、針で刺すようなくっきりとした感触がある。

相沢は岡野のことが好きなんだ――たぶん。

2

鷺沼さんから電話がかかってきたのは、その夜、夕食を終えてテレビを観ているときだった。

「夕方、何度か電話くれたんだって?」と鷺沼さんは意外そうな声で訊いてきたけど、こっちだって驚いた。電話に出た編集部の人には名前しか伝えなかった。電話ボックスから三度。ナンバーディスプレイも関係ないはずだ。

一瞬口ごもると、鷺沼さんは察しよく種明かしをしてくれた。

「クラス名簿、手元にあるんだ。中学生みたいな声だって電話受けた奴が言ってたし、例の事件の取材で名刺を渡した男のコって、きみしかいないから」

「はあ……」

「最初わかんなかったんだけど、ほら、『エイジ』ってウチの息子と同じ名前だろ。それで思いだしてさ」

携帯電話なのか、声が遠い。ざらついたノイズも交じっている。

「悪かったかな、こっちから電話しちゃって。ただ、電話受けた奴が、せっぱつまった感じだったって言ってたから」

そうだったっけ。よく覚えていないけど、とにかく緊張して声が震えていたのは、たしかだ。

「で、話って、なに？」

本題に入ると同時に、声がさらに遠くなってしまった。

ぼくはコードレスの受話器を持って自分の部屋に入り、ベッドに腰かけて、掌で口元を覆った。

「『A子さん』の記事って、誰が書いたんですか？」

「うん？　ごめん、ちょっと電話聞こえづらいんで、もっとおっきな声でしゃべってくれる？」

同じ言葉を、少し大きな声で繰り返した。ダメだった。「もしもし？」という鷺沼さんの声も、ほとんど聞こえない。

三回めもダメ。廊下の気配を探りながら、四回めは言い方を変えた。もっとわかりやすく、もっとシンプルに。

「『A子さん』って、誰ですか？」

紙をこするような息の音が聞こえた。声が届いたかどうか不安なまま黙り込むと、息の音がまた聞こえ、そのしっぽに鷺沼さんの答えがぶら下がっていた。

「知らないんだ、悪いけど」

「でも……」

「書いたのは、オレだよ。取材もした。でも、同級生っていうだけで、名前は知らない」

嘘だ。

「それに、もし知ってたとしても、教えるわけにはいかないよ。きみだけじゃなくて、誰に訊かれてもしゃべれない」

ひきょうだ。

「気になるのはわかるけど、そういうのってあんまり詮索しないほうがいいと思うけどな。身近なことだから、よけいに」

なにか言い返してやりたい。鷺沼さんの言うことは、たとえ九十九パーセント正しくても、残り一パーセント、ぜったいにずるい部分がある。ぼくが知りたいのは、その一パーセントの部分で、ぼく――たちには、それを知る権利があるんじゃないかと思う。でも、筋道をたてて言い返そうとしても、理屈が言葉になってまとまっていかない。

鷺沼さんは短く笑って言った。

「でも、きみたちだって、だいたいわかってるんじゃないの？」

ぼくは黙って電話を切った。失礼なことをしたとは思わなかった。

リビングに戻ると、それを待ちかまえていたように父が言った。

「明日は天気もよさそうだから、みんなで釣りに行くか」

ああそうか、と思いだした。明日は文化の日で学校が休みだ。

母は、もちろんエイジも行くわよね、というふうにぼくを見て、姉は、かったるいよねえそんなの、と目配せしてくる。

「日帰りだからそんなに遠くには行けないけど、平塚のほうに海釣り公園があるんだ。ああいうところなら釣り竿もレンタルしてるし、放流もしてるから、かんたんに釣れるんだよ。餌も練り餌だからきれいだし、トイレもちゃんとあるし」

父が急にそんなことを言いだした理由は、だいたい見当がつく。最近、父はプレステの海釣りゲームにハマっている。同僚の先生にソフトを借りてきたときには「こんなの、どこがおもしろいんだろうなあ」なんて言ってたくせに。

わかりやすい人だ。原因と結果、考えと行動、入り口と出口が、ちゃんと一本の線で結ばれている。学校の教師が、というより父親が、というよりオトナが、こんなにわかりやすくていいんだろうかとは思うけど、それがうらやましくなるときも、たまにある。

「ねえ、そこバーベキューなんかできるの？」「ああ、できるできる、釣れなくても一尾いくらで買えるんじゃないかなあ」「そんなの高いでしょ、だったらウチから持っていったほうがいいわよ」「セコいこと言うなって」「だって入場料っていうの？　入漁料？　それだってバカにならないじゃない」

父と母のおしゃべりの声を聞きながら、ぼくは手に持ったままの受話器の液晶ディスプレイをぼんやり見つめた。一家で毎週のように遊びに出かけていた頃は、ぼくも姉も小学生だった。ぼくたちはどこへ行っても子供料金で、切符売り場の窓口で父が言う「オトナ二人、子供二人」の声が、まるで『アリババと四十人の盗賊』の「開け、ごま」みたいで、それを聞くだけでわくわくしたものだった。

「どうする？　エイジ」母が言う。「お姉ちゃんもあんたもテスト終わったんだし、ひさしぶりにみんなで行ってみない？」

「うん……」

「気持ちいいぞ、海は」と父がソファーで伸びをしながら言った。

「あたし早起きするんだったら、やだよ」と姉が口を挟むと、母はすかさず「車の中で寝ればいいじゃない」と返し、そこからはいつものように、母と姉がおしゃべりの主役になる。

「でも、日焼けしちゃうでしょ？」「だーいじょうぶよ、帽子かぶればいいんだし、日焼け止め、まだあるんでしょ？　なかったらお母さんの貸してあげるから」「魚さわると、手が臭くなっちゃうもん」「そんなの釣ってから言いなさい」「餌だって臭いよ」「お父さんにつけてもらえばいいじゃない」

そしてまた、不意に母はぼくに話を戻す。

「で、どうするの？　エイジ」

「うん……」

あいまいにうなずいたとき、電話が鳴った。思わず「ひゃっ」と声が出て、掌の上で、それこそ魚のように受話器が躍った。

きっと、鷺沼さんだ。

「はい、高橋です」

今度もまた電話が遠い。それとも、わざと黙っているんだろうか。

ぼくは立ち上がり、父とも母とも姉とも目を合わせずにリビングを出た。廊下を歩いているときも向こうの声は聞こえない。ただ、電話が遠いんじゃない、こっちの様子を探るように息を詰めている気配が感じられた。

自分の部屋に入り、ドアを閉めるとすぐに言った。

「あの……さっきは、どうもすみませんでした」

「はあ？」

「え？」

「もしもし？　エイジ？　オレだよオレ」

「……なんだよ」

肩から力を抜いて笑うと、ツカちゃんの声がいっぺんに耳に刺さった。

「なんだよじゃねえよバーカ！　おまえよ、オレすげえもん見ちゃったんだよ、もうすげえの、マジ、ショック、すげえんだよ！」

「すげえって、なにが？」

「通り魔！　また出ちゃったよ！」

ツカちゃんは、コンビニでマンガを立ち読みして家に帰る途中、事件の現場を通りかかった。造成中の空き地だった。パトカーと救急車が停まっていて、なんだろうとヤジ馬に交じって覗き込んだら、血まみれになった中年のサラリーマンが担架に乗せられて救急車に運び込まれるところだった。

警察の無線連絡を立ち聞きして、事件のあらましを知った。犯人は若い男たち。被害者がバス停から一人で歩いているところを前後から挟み撃ちするようなかたちで取り囲み、袋叩きにして、背広のポケットから財布を抜き取って逃げたのだという。

「だから、通り魔っつーか、オヤジ狩りな。でも、通りすがりにボコるわけだから、オヤジ狩りも通り魔の一種なのかな、よくわかんねえけど、とにかくすごかったのよ、怖え怖え」

最初の興奮が収まってからも、ツカちゃんの声はふだんよりずっとテンポが速く、トーンも高かった。かすかに震えているようにも聞こえる。

「それでよ、もっとすげえことあるんだよ。ヤジ馬のババアがしゃべってたんだけど、こないだ中央広場で、小学生、エアガンで撃たれたって。車から撃ったんだってよ。ランドセルにあたったからケガしなかったんだけど、怖えよなあ、顔面ヒットしたらヤバいぜ、失明とか。おまえ、知ってた？」

「いや、なにも……」

「あと、笑っちゃうんだけど、駅の下の自転車置き場あるじゃん、あそこ、ときどきヘンタイが出るんだってよ。背広着てるオヤジなんだけど、オンナが来ると、チンポ見せるんだって」

それも知らなかった。

「タカだけじゃないっつーことだよな、バカたくさんいるのよ、世の中。マジ、オレらバカに囲まれて生きてるようなもんなんじゃねーの？　まいっちゃうよなあ、ほんと」

ツカちゃんはしゃべるだけしゃべって、他の奴らにも教えてやんなくちゃ、と電話を切った。

話しているときには笑いながら相槌を打ったけど、受話器を手から離すと、掌がじっとりと汗ばんでいることに気づいた。

蒸し暑い。羽織っていたカーディガンを脱ぎ捨てて、窓を開けた。ちょうど胸の高さに転落防止のパイプがはまっている。九階から地面まで何メートルあるか知らないけど、落ちたら死ぬ。引っ越してきた頃は、母にさんざん脅されたせいもあって、開いている窓に近づくだけで足がすくんだものだった。小学二年生から三年生に進級する春のことだ。あの頃、パイプは目よりも高い位置にあって、窓から見える風景は空ばかりだったけど、いまは街を見下ろす角度になる。

駅が見える。都心からの電車が、高架になった線路からホームに入っていくところだった。駅前のなだらかな丘に芝生を敷きつめた中央広場は、夜の闇に溶けて見えない。線路下の駐輪場は、父や姉も毎日使っている。母が駅前のショッピングセンターで買い物をするときには、行き帰りに中央広場の脇を通る。

バス通り沿いのディスカウントストアの看板を目印に、まばらに散った街の明かりをたどり、ツカちゃんが通りかかったオヤジ狩りの事件現場の見当をつけた。タカやんが警官に呼び止められたのは、そこから少し西。窓に身を乗り出せばタカやんが妊婦を襲った現場も見えるはずだ。

シルエットになった小学校の校舎のそばで、目が止まる。中間試験の前夜、通行人のオバサンの背中をタカやんと同じように見つめたのは、ちょうどあのあたりだった。

あれから五日もたっているのに、まだなまなましく記憶に残っている。何度も思いだす。一人で部屋にいるときは、特に。

タカやんの気持ちがわかった、なんて言わない。でも、標的の背中を見つめ、近づいていき、特殊警棒を振りおろす直前まで、ぼくはたしかにタカやんだった。標的の背後に迫るときの自転車のペダルの重みも、距離が詰まるにつれてすぼまっていく喉の息苦しさも、覚えている。実際には雑誌の通信販売の広告で見たことしかない特殊警棒のグリップの感触まで、わかる。じつはおまえは夢遊病の患者で、何度も通り魔になっていたんだ――そんなことを言われたら、いまなら一パーセントぐらい信じるかもしれない。

目をひきずるように横にずらし、斜めにも動かし、遠ざけたり手元に引き寄せたりして、オヤジ狩りのグループやエアガンの狙撃犯や露出魔のオヤジのことを思った。いま、この瞬間も、奴らは街のどこかにいるんだろうか。息をひそめていたり、がたがた震えていたり、ほくそ笑んでいたりしてるんだろうか。

「エイジ」

廊下から母の声と、追いかけて、ノックの音がした。

「電話中だから」

とっさに嘘をついた。オヤジ狩りやエアガンや露出魔のこと、なぜだろう、母に話したくなかった。

「明日、行くかどうかだけ教えて。お姉ちゃん、行くんなら宿題今夜やるって言ってるから」

なんのかんの言って、姉も優しい。

「お母さんもお弁当つくんなきゃいけないんだから、決めちゃって」

ロではそう言いながら、母はもうオカズの段取りを立てているはずだ。ダイニングテーブルには酔い止めの薬も出ているだろう。車が苦手なくせにドライブは好きだという、母はわかりにくい、いや、やっぱりすごくわかりやすい人だ。

平和じゃん、と笑った。ホームドラマみたいだ。それも、夜あまり遅くない時間に放映されるタイプの。

「じゃあ、行く」とぼくは言った。

ぼくもホームドラマの登場人物だ。「難しい年頃の息子」なんて、台本には書いてあるのかもしれない。

3

いやらしい夢を見た。

相沢志穂が泣いていた。ぼうっとかすみがかかったなか、ドレスのようなスリップ一枚の相沢は、なにかにもたれかかるような格好で座り、脚を開いて投げ出して、泣きじゃくっていた。コドモみたいな泣き方だった。それから場面は急に変わる。髪の長い女の子が、ぼくに抱きつき、胸に頰をこすりつける。ぼくも彼女も裸だった。彼女は、テレビによく出ているアイドルだった。生意気な言葉づかいとDカップの巨乳がウリの彼女を、ぼくはちっとも好きじゃない。でも、夢の中で、ぼくたちは抱きあって、体じゅうさわりあって、キスもして、いろんなところをなめて、彼女の胸は透き通るように白くて、溶けてしまいそうにやわらかくて、ぼくのあそこに彼女の指が触れると、ぼくも溶けてしまいそうに気持ちよくて、目をつぶっているぼくをぼくはたしかに見ていて、そしてまた不意に場面が変わり、目の前に、Tバックの水着なのかレオタードなのか、とにかくそういう形の布きれをまとったお尻が突き出される。顔はわからない。歳もわからない。でも、オンナだ。ぼくは手を伸ばす。布きれをむしり取ろうとする。あそこが痛い。熱い。重い。固い。腰の芯がしびれ、下半身に、ずん、という感触とも響きともつかないものが落ちる。しょんべん。出そうだ。ヤバい。マジ、ヤバい……。

目が覚めると同時に、パジャマのズボンの中に手をつっこみ、あそこを抑えた。力を入れてこらえても、だめだった。ほとばしるものを掌で受けた。どろりとして、熱かった。

ベッドに横たわったまま、窓のほうに目をやった。朝の光はまだカーテンの布地をすり抜けるほどじゃなかったけど、空はもう明るくなっていた。

まいっちゃったなあ、と声に出さずにつぶやいて、肩でゆっくりと息を継いだ。胸がドキドキする。ぐったりとして、体に力が入らない。夢精っていうんだっけ、いまの。話には聞いていたけど、実際にそうなったのは初めてだ。マスターベーションは、たまに、する。でも、あんなにリアルにオンナの裸を感じたことはなかった。

不安定な体勢で起き上がり、ラジカセの隣にあるティッシュボックスを取った。壁を隔てたキッチンから、物音が聞こえる。母はもう起きているようだ。ティッシュを何枚も使って掌を拭きながら、パンツやパジャマが汚れていないのをたしかめて、少しだけほっとした。

掌が臭い。甘いような酸っぱいような金物臭いような、なんともいえないにおいだ。栗の花のにおいと同じだと誰かに聞いたことがあるけど、ぼくは栗の花を知らないから、それがほんとうかどうかはわからない。掌がべとつく。拭いても拭いても、取れない。アダルトビデオにはオンナの顔面に射精するやつもあるらしい。汚くないんだろうか。そういうことするオンナって、ヘンタイなんだろうか。

相沢の顔を思い浮かべた。夢で見た顔じゃなくて、いつもの相沢。ちゃんと制服も着ている。泣いてなんかいない。これが相沢だ、この顔なんだ、と自分に言い聞かせた。

でも、なんで？　と訊きたい。なんであいつ出てきたわけ？　胸がまたドキドキしはじめる。

マスターベーションをするときに相沢を思い浮かべたことは、一度もない。相沢だからというんじゃなくて、自分の知っているオンナでマスターベーションをする気にはなれない。そんなの恥ずかしくて、照れくさくて、あそこが固くなる前に、腰がむずがゆくなってしまう。

でも、相沢と、したい。セックスは怖いけど、その前のいろんなこと、してみたい。相沢も、オトコとそんなことをしたいと思ってるんだろうか。マスターベーション、やってるんだろうか。どんなふうに？

また固くなった。うつぶせになって、つぶした。下腹が、カイロをあてたみたいに熱くなる。

「じゃあ、車、出してくるよ」

廊下から父の声がした。

「そろそろ子供起こす？」と母がキッチンから訊き、「いいよ、もうちょっと寝かせといてやれよ」と父が答える。

釣りに行くんだ、今日。思いだした。一日の始まりなのに、もうなにもしたくない。体はうつぶせたまま顔だけ横に向けて、ため息をついた。父とも母とも姉ともしゃべりたくないし、顔を合わせたくない。狭い車の中で何時間もいっしょにいるなんて、いやだ。掌のにおいが、洗ったあともまだ残っていたら、それを嗅がれたら、車から飛び降りてしまいたい。

母が、来た。最初に姉の部屋をノックして、それからぼくの部屋。

「エイジ、起きなさい。いい天気よ」

ぼくはまた顔を枕に押しつけて、「留守番する」と言った。

ドアが開き、「なに言ってんの、ほら、早く起きて」と母は声から先に部屋に入ってきた。

「頭痛いから、寝てる」

「仮病使わないの」カーテンを開ける音、窓を開ける音、冷たい風が流れ込んでくる。「朝ごはん、できてるわよ」

「頭痛いんだってば」

「そんな格好で寝てるからよ。お父さん、車取ってきたらすぐに、しゅっぱーつ、って言いだすわよ。あんたトイレ長いんだから、ほら、起きて」

肩に、母の手が触れた。

その瞬間、全身がざわっとけばだった。

「頭痛いっつってんだろ！」

怒鳴り声とともに、母の手を掛け布団ごとはねのけた。母が短い悲鳴をあげる。姉の部屋のドアが開き、「なに？　いまの」と眠たそうな声。母が答える前に、父が「外、けっこう寒いぞお」と言いながら帰ってきた。

サイテーだ。

こんなときにも、まだ、ぼくのあそこは固いままだった。

パジャマのまま、誰もいないダイニングテーブルで、おにぎりと卵焼きとウインナーの朝食をとった。テーブルには頭痛薬が置いてあった。『食後に飲まないと胃が痛くなります』と、母のメモもいっしょに。

朝刊には、ゆうべのオヤジ狩りのことは載っていなかった。でも、今朝も「少年」はいた。遊ぶ金欲しさにひったくりを繰り返していた高校生グループが逮捕されたのだという。遠い街の事件だ。別のページの囲み記事には、学区内にある雑木林の生態調査をして、市長に開発反対の署名を届けた中学生のことが、写真入りで紹介されていた。これも遠い街。ページをめくると、何県だったかも忘れてしまった。

経済面や国際面や政治面はパスした。いつものことだ。日本やアジアや世界や地球が、このままだとマジにヤバい、記事を読まなくてもそれくらいわかるし、わかったって、べつにぼくがなにかをできるわけでもない。

でも、小松なら、しっかり読むだろう。未来を背負ってがんばるだろう。タモツくんも読むだろうな、たぶん。隅から隅まで読んで、「ふうん」とうなずいて終わりだろう。ツカちゃんは、テレビとスポーツのページ以外、生まれてから一度も読んだことがないのかもしれない、なんて。

食事を終えて時計を見ると、朝の九時をまわったところだった。やることのない一日にかぎって、時間がたっぷり余る。眠くもないし、観たいテレビもないし、ゲームやマンガという気分でもないし、勉強なんてまっぴらだ。

大きな声をあげてあくびをした。外はいい天気で、ベランダの照り返しがまぶしい。小春日和っていうんだっけ、こういうの。

父と母と姉は、もう海釣り公園に着いた頃だろうか。まだどこかで渋滞にひっかかっているんだろうか。「あとで電話するから」と母は出がけに言っていた。携帯電話が欲しくてたまらない姉は「ほら、こういうときケータイがあったほうが便利でしょ？」と言い、父はただ上機嫌に笑うだけだった。

母は、ぼくがキレたことを誰にも言わなかった。父や姉も、ぜんぜん気づいていないとは思えないけど、「エイジ、頭痛がするんだって」という母の言葉をすんなり受け入れた。助かった、とは思う。でも、なんだかぼくひとりだけ空回りしているような気もする。

車の中で、どうせ姉はすぐに寝るはずだから、父と母はどんな話をするんだろう。ぼくのことも話すんだろうか。「ああいう年頃はいろいろあるんだよ」とか、「エイジも難しくなっちゃって」とか、そんな言葉や苦笑いの表情を想像すると、喉がキュッとすぼまり、床を思いきり踏み鳴らしたくなってしまう。

服を着替え、外に出た。

寝ていて電話の音に気づかなかった、と母には言い訳しよう。

空は雲ひとつなく晴れ渡っていた。おとついと昨日の雨が埃を洗い流したおかげで、外廊下から見る桜ヶ丘の街並みは建物の輪郭ひとつひとつがくっきりとして、不動産広告によくある「現地からの眺望」みたいだった。

駐輪場にまわると、同じ棟の高木さんのオバサンに声をかけられた。

「エイちゃん、こないだの通り魔と同級生なんだって?」

高木さんはおしゃべりだ。母も自治会の仕事でいっしょになるたびに立ち話に付き合わされて、うんざりしている。

「怖いわよねえ、エイちゃんみたいにまじめなコだったら心配ないけど、いまどきの中学生って、もう、オバサンなんかの頃とはぜんぜん違うから」

タカやんだって、まじめだった。比べれば、きっと、ぼくよりずっと。

黙って自転車を出すと、高木さんはちょっとしらけたふうに、「あら、ごめんなさいね、もう『エイちゃん』なんておかしいわよねえ」と笑った。

「A子さん」の話が出てくるのがいやで、小さく会釈して自転車を走らせた。新しい号は明日発売だ。銀行や病院のマガジンラックの本が入れ替わるのと同時に、オバサンたちの世間話のネタも入れ替わってくれればいい。

駅前の本屋で雑誌を何冊も立ち読みして、ゲームセンターで五百円ぶん遊び、ジーンズショップを覗き、ゲームソフトショップで中古ソフトの買い取り価格をチェックして、あとはてきとうに自転車で街をまわった。

中央広場の脇を通ったとき、芝生の丘のてっぺんに立つステンレスのオブジェから『峠のわが家』のメロディーが聞こえた。スピーカーを目立たない位置に取り付けて、午前十一時と午後五時に音楽を鳴らす仕掛けだ。オブジェは「太陽の恵み」と名付けられていたけど、ぼくたちにはカタツムリにしか見えず、みんな『デンデン虫』と呼んでいる。

つくったのは外国の有名なアーティストで、十年ほど前に完成したときにはテレビの取材も来たらしい。最初は一時間ごとに音楽が鳴っていたけど、近所のマンションから騒音の苦情が出て、さんざんもめたすえに、休日の午前と午後に二回だけ、ということで話がまとまった。オブジェの作者はひどく怒ってしまい、自分の国の新聞に、日本は文化が低いとか住民の意識がエゴ丸出しだとか、言いたい放題のエッセイを書いたという話だ。

『デンデン虫』は姉が中学に入るか入らないかの頃、「恋愛中のカップルが相合傘を書くと幸せになれる」という噂が広がって、落書きの名所になった。それがなぜか、「相合傘を書けば別れた彼氏や彼女とやり直せる」という噂に変わり、さらに「ふられた相手の名前を書けば、相手は二度と彼氏や彼女をつくれない」にねじ曲がっていった。いまでは「恨んでいる相手の名前を書けば、そいつは必ず不幸になる」にグレードアップして、『殺』とか『怨』とか、スプレーでたくさん落書きしてある。電話番号といっしょに『イタTEL、エロTEL歓迎』と書いた落書きもあるし、プリクラの写真と家の住所や電話番号と『強姦OK』の文字をワンセットにしたものもある。噂では、『愚蓮』の奴らが毎週チェックして実行に移しているらしい。

母がいつも言うように、どんどんいやな世の中になっているんだろう。めちゃくちゃな世の中で、ぼくたちは生きているんだろう。

損だよなあ、と思う。

でも、ぼくはヒマラヤの奥地になんか住みたくないし、メロンがごちそうだった父や母の子供時代なんか、ちっともうらやましいとは思わない。

自転車を走らせる。上り坂にさしかかっても、ぎりぎりまでギアを落とさずにペダルを踏み込む。天気はあいかわらず上々で、暖かいというより、暑い。ナイロンパーカを脱いで前カゴに入れ、ロングスリーブのTシャツの袖を肘までたくし上げた。でも、おかげで膝の調子はいい。膝を気にせず自転車を漕げるのってひさしぶりだ。

東中学の学区内に入った。友だちに会ったらいっしょに遊ぼうと思っていたけど、ぜんぜん出くわさない。家に遊びに行くのも、今日はどこの家も父ちゃんがいるんだなと思うと、なんとなく気が進まない。

学校に近づいた。部活の練習は午後からなので、体育館の裏の道を通っても物音は聞こえない。

体育館とプールを回り込むような格好でグラウンド沿いの道に出た。Tシャツのネックをひっぱって風を入れながら、無人のグラウンドを——違う、誰か、いる。バスケットゴールの下。一人でシュートの練習をしている。

通用門の前で自転車を停めた。へたくそ、とサドルにまたがったまま笑った。

岡野はまだぼくに気づいていない。

「すっげえ暇なんだよなあ……」

つぶやいて、自転車を降りた。

軽く助走をつけてフェンスによじのぼった。

一学期の頃は毎週日曜日になると、練習前に岡野と二人で、こんなふうにグラウンドに入り込んでいた。先輩の顔色をうかがうことなく二人で思いきり練習を繰り返し、コンビニで買ってきたパンとジュースの昼食をとっている間も、地面に小石を置いて、フォーメーションの勉強をつづけた。部の練習が始まる頃にはくたくたになっていたけど、先週よりも今週、今週よりもきっと来週、シュートの精度が増し、リバウンドの球筋の読みが鋭くなっているのが、はっきりと実感できた。成長期だったんだ、と思う。

グラウンドに降り立って、膝とアキレス腱のかんたんな準備運動をした。岡野がこっちを見ている。わかる。でも、ぼくはそっぽを向いて肩を回し、手首を上下させる。いやがるかな、あいつ。帰れよ、なんて言うかもしれない。べつにいいや。

振り向いた。

岡野と目が合った。岡野はボールを足元に置き、肩にかけていたタオルをはずして、バンダナのように頭に巻きつけていた。

一学期と、同じだ。

ぼくはゆっくりと歩いていく。

声が届く距離に来て、先に口を開いたのは岡野のほうだった。

「膝、もういいわけ？」

細い声。ボールを何度か地面にはずませて胸でキャッチする。

「痛えよ」とぼくの声も、喉を半分しか使っていないみたいだ。

「じゃあ、新人戦、無理か」

「……うん」

ワンバウンドで来たパスを両手で受けた。ボールをさわるのは何カ月ぶりだろう。

「今日も練習やるのか」

「午後イチから」

「来るの？　みんな」

ちょっと意地悪に訊いた。岡野は苦笑交じりに「来ないと困るだろ」と答える。夏より痩せたみたいだ。タンクトップのウェアから鎖骨がくっきりと見える。いや、そうじゃなくて骨が太くなったのかな、背が伸びたのかな、よくわからない。

「すぐ帰るから、オレ」

ぼくが言うと、岡野はまた苦笑いを浮かべ、ボールをよこすよう手振りでうながした。

「ディフェンスやってやろうか」と山なりのパスを送った。

「いいよ、そんなの」岡野は右手だけでボールをキャッチして、そのままバウンドパスを返した。「エイジ、一本打ってみろよ」

　ぼくは黙ってボールを一回地面につき、キャッチと同時に胸からチェストパスを送った。腕が開き、手首のスナップも利かせそこねて、へたくそなパスになった。ボールが手を離れると同時に、ダッシュ。岡野は迎えにいく格好でパスを受けて、軽くフェイントのポーズをとってから、タイミングを計ってワンステップ踏み出して、サイドハンドのパスをよこした。それをスリーポイントライン左四十五度でキャッチして、そのままドリブルでカットイン、ラスト二歩でジャンプして、レイアップシュートを放った。

　はずれた。ボールはリングを半周して、外に落ちた。リバウンドを拾おうとしたけど、着地の体勢が悪すぎて、そのままエンドラインを割ってしまった。

「ジャンプがダメだっつーの、体があんなに流れてちゃ打てないって」と岡野が笑う。

「うっせーよバーカ」

　笑い返して、たった一本のシュートで噴き出た額の汗を手の甲でぬぐった。息も荒い。完全に運動不足だ。でも、気持ちいい。ドリブルしたボールが指に吸いつく感触も、ジャンプのピークでボールが指先から離れるときのふわっと抜けた感覚も、いい。なにより、岡野といっしょにいる、それがいい。ツカちゃんやタモツくんといるときも楽しいけど、岡野はやっぱり特別だ。ぼくたちは二人ともバスケットボールが大好きで、同じゴールを狙って、走ったり跳んだりボールを受けたり投げたりできる。

岡野はボールを持ってフリースローラインまで戻り、セットシュートを軽く決めた。

ネットから落ちたボールを拾ったぼくも、岡野と入れ替わりにフリースローラインに立って、シュート。今度もダメだった。バックボードに当たったボールは、リングにはじかれて、あさっての方向に跳ね返ってしまう。直径四十五センチのリングが一回り小さくなり、規定では何グラムだったっけ、ボールが少し重くなったみたいだ。

「エイジ、おまえ、マジへたになってんじゃん」

「オレはどうだっていいんだよ。ディフェンスやってやるから、打てよ」

「いいって。膝、痛いんだろ?」

「今日は調子いいんだよ、たまたまだけど」

「……だったら新人戦、出ろよ」

「今日はたまたまだって言ってんだろ」

半分ジョークのつもりで怒った口調で答えると、岡野は「ごめん」と沈んだ声で謝り、小走りでボールを拾いに行った。

その背中に、ぼくは言った。

「岡野さあ、テニス部の相沢志穂って知ってる? あいつがさ、オレにバスケ部に帰ってこいって。こないだから、ちょーしつこいの」

「なんで？」

「岡野くんがみんなにシカトされてて、かわいそう、ってさ」

笑いながら言ってやった。ゆーじょう――だ。返事の代わりにボールが来た。胸で受けて、振り向きざまにセットシュートを狙った。三本連続、失敗。

岡野は今度はボールを拾いに行かず、ムッとした顔で「関係ねえよ」と言った。「なんで相沢なんかに言われなきゃいけないんだよ、むかつく、あいつ」

「だよな」ぼくはまた笑って、ゴール下で拾ったボールを岡野にパスした。「オレもマジそう思う」

岡野はスリーポイントシュートをきれいに決めた。ボールはバックボードにもリングにもあたることなく、スポッという音が聞こえるみたいにネットに吸い込まれた。

「エイジ」頭のタオルを巻き直しながら。「バスケ部ってさ、バスケットやるためにあるんだもんな。ダチとかとは違うもんな。試合に勝てばさ、いいんだよ、べつに」

ほんとうは優しくて気の弱い奴なのに。そういう台詞、タモツくんみたいなスジガネ入りのクールな奴じゃないと似合わないのに。

岡野はぼくを見て、目が合うとちょっとうつむいて「オレ、オトナになっても出世とかしたくないな」と言った。「上司っての？　そういうの、いやじゃん。なんかオレ、向いてないような気がして」

かもな、とぼくはうなずいた。うなずいたあとで、残酷だったかないまの、と少し悔やんだ。

「エイジ、帰宅部って、どう？　暇じゃない？」

部活に入ってない奴のことを、ぼくたちは帰宅部と呼んでいる。

「暇だよ」ボールを岡野にパス。「死ぬほど暇」

「そっか……」

「なにおまえ、やめちゃうの？」

冗談ぽく笑いながら、でもほんとうはビビって訊いた。

「やめねーよ」岡野は強く言った。「オレ、バスケ好きだもん」

オレだって好きだよ、と返したかったけど、やめた。なんだかそれは嘘っぽい言葉のように感じられた。代わりに、話をひとつ先に進める。

「新人戦、勝てそう？」

「……なんとかなるだろ。ベスト4はキツいけど」

「テツとか、試合に出るわけ？」

「へたじゃないからな、あいつ。退場にさえならなきゃ使えるよ」

ぼくが小さくうなずくと、岡野はこっちの胸の内を見抜いて、「だいじょうぶだよ」と笑った。「あいつだってバスケ部員なんだから、試合はマジにやるよ」

岡野のスリーポイントシュートは、今度ははずれた。ぼくはダッシュでリバウンドのボールを拾い、ゴール真下からシュート。やっと決まった。「ナイッシュー」と声をかけられて、ちょっと照れくさくなった。

がんばれよ――とは言わない。最初から決めていた。岡野だって、ぼくの顔を見た瞬間に決めたはずだ。助けてくれよ――なんて、言わない。

オトナはみんな怒って言うだろう。「どうして悩んでいるのを相談しないんだ」とか「いじめに気づいているのに、なぜまわりが救ってやらなかったんだ」とか、「それでも友だちなのか」とか、いろいろ。

ぼくたちは間違っているのかもしれない。相沢が言っていたように、カッコつけてるだけなのかもしれない。でも、ぼくたちは、カッコ悪いことがとにかく大嫌いで、カッコ悪いことをやってしまう自分が死ぬほど恥ずかしくて、たとえば小松だったら「岡野くんを助けてあげて」と言われたら待ってましたとバスケ部の部室に駆けつけるのかもしれないけど、ぼくはそういうのがサイテーにカッコ悪いと思っていて、じつは「ゆーじょう」なんていうのもぼくにとってはカッコ悪い言葉で、それは岡野も同じだと思うから、だからぼくたちは……。

「オンナにはわかんねえんだよ」と岡野は言った。

ぼくはうなずいて、「オンナってバカだもん」と笑った。

そして、フリースローラインでシュートの体勢をとって、ボールを放るのと同時に言った。

「相沢って、おまえのことが好きなんじゃねえの？」

ボールはほとんど回転せずに低い放物線を描き、リングの手前でうなだれるように落ちた。

岡野はゆっくりと歩いてボールを拾いに行き、ぼくを振り向いて、「メーワク」と泣きそうな顔で笑った。

4

休み明けのツカちゃんは機嫌が悪かった。オヤジ狩りのことで盛り上がるだろうと思っていたのに、誰かがその話を振るたびに「うっせーよ」とそっけなく返し、しつこく話しかける奴にはいきなり蹴りがとぶ。授業中も軽口をほとんどたたかず、休憩時間になってもムスッとした顔で、中山や海老沢が寄ってくるのを追い払うように、机の上に両脚を載せて寝たふりをする。

でも、ツカちゃんは、ずっと押し黙って不機嫌を貫くのもできない性格だ。

昼休みになると、わざわざぼくの席に来て、「よお、ちょっと聞けよ」と命令口調で機嫌の悪い理由を話してくれた。

あの夜見た現場の光景が、目に焼きついて離れない——。

「パトカーとか救急車とかのライトあるじゃん、赤いの回ってんだろ、警察とか救急車のオヤジとか、みんな血まみれに見えるんだよ。で、殴られたオヤジ、顔をタオルで押さえてるんだけど、血が染みてるわけタオルに。それがもう、なんつーの？　マジ赤いわけ、赤い光の中でも、やっぱ赤いわけよ、そこだけ。たまんねえの、オレ、あんな血が出てるのって見たことねえもん」

耳にこびりついて消えないものもある、という。

「被害者のオヤジ、救急車に入れられるとき、泣いてたんだよ。うめいてたっつーかさ、ケガが痛いからじゃなくて、ちくしょう、とか、くそったれ、とか、悔しそうにうめいてるわけ。最初は、そりゃあまあガキにボコられたら悔しいよなっつって思ってたんだけどさ……なんか、違うよな、それ、そんなんで泣いてるんじゃねえよな」

「じゃあ、なんなの？」と訊いても、ツカちゃんは教えてくれない。ふだんはめったに見せない困った顔で首を横に振るだけだ。

「まあとにかくさ、まいっちゃうよ、元気出ねえんだもん」

「疲れてんじゃねえの？」

「最初に盛り上がりすぎたのかもしんねえな。電話かけたのって、エイジだろ、それからA組のマッちゃんにかけて、あと、中山にエビにコウジに大谷に……しゃべりまくったもんなあ」

「タモツくんは？」

「あいつ？　いらねえいらねえ、どうせさ、『赤の他人だろ？　関係ないじゃん』つって終わりだよ」

あまり似ていない声色をつくって、へヘッと笑う。笑い声のしっぽはため息になった。ほんとうに疲れてるみたいだ。

「ツカちゃん、オレんちに電話したとき、最初ずっと黙ってただろ。なんで？」

「だってよ、わかんなかったんだよ、エイジなのか父ちゃんなのか」

「ぜんぜん違うじゃん」

「そんなことねえよ、おまえ、自分だと自分の声ってわかんねえんだよ。マジ、似てるって」

「そうかなあ……」

「そうだよ」

ツカちゃんは怒ったように言って、「ああそうだ、それで思いだしたけどさ」とつづけた。

「おまえ、なんであのときいきなり謝ってたの？　誰と勘違いしてたわけ？」

鷺沼さん、「A子さん」、相沢志穂、ドミノ倒しみたいにつながって、胸の奥にコツン、とぶつかる。

「忘れた」とぼくは言った。

ツカちゃんは、ふうん、と納得していない顔でうなずき、探るようにぼくを見つめた。

「……たいしたことじゃねーよ、マジ、もう忘れちゃったもん」

ぼくは目をそらし、つくりものの伸びをした。肩が少し重い。バスケ――というほどのものじゃないけど、ひさしぶりに体を動かしたせいだろうか。ゆうべはなかなか寝付かれなかった。またヘンな夢を見てしまうのが怖くて、ベッドの中でマスターベーションをした。ヒロスエと、した。夢は見なかった。

「エイジ、今日、夕方とか暇？」

「うん、塾ないから」

「だったら、ちょっとオレに付き合わない？」

「いいけど……なに？」

「タカやんち、見に行こうぜ」

顔は笑っていたけど、本気だ。タカやんの家をぼくは知らない。行ってどうするんだよ、と思う一方で、そうだよ行かなきゃいけなかったんだよなオレたち、という気もする。よくわからない。胸の中で、別のドミノがパタパタと倒れはじめる。

ツカちゃんは「チャリでオレんち来いよ」と付け加えて席を立ち、ベランダに出ていた中山たちを見つけて、「よおよお、トランプしようぜ！」と、いつもと変わらない大声で言った。

ツカちゃんの家は一戸建てが集まった区域にある。あたりに高い建物はないので、西のほうを振り向くと、じっさいの距離はだいぶあるはずなのに、ウチの団地がすぐそばに立ちはだかっているように見える。

「おまえんちが建つ前は、二階から富士山が見えたんだぜ」

ツカちゃんはときどき恨みがましく言う。ここは桜ヶ丘ニュータウンの開発が始まって最初に分譲された区域で、ツカちゃんは生まれも育ちも桜ヶ丘だ。小学生の頃は、新学期が始まるたびにクラスに何人も転入生が入ってきて、ガキ大将のツカちゃんは、自分の座をおびやかす奴がいるんじゃないかと、ビビっていたという。

「入学したときは三クラスしかなかったんだけど、卒業のときは六クラスだもんな。知らない奴、どんどん増えるしさ、どっちが転校生だかわかんねーよマジ。ま、ケンカは全勝だったんだけど、四年生からずーっとプレハブの仮校舎だもん、もう大損こいてんの」

ぼくが引っ越してきた頃は、マンション建設のピークだった。ベランダに出ると、昆虫の肢のようなクレーンが街のあちこちで動いているのが見えた。

でも、いまは工事現場を見かけることはほとんどない。夏休みに、一戸建ての分譲広告を新聞で見た母は、「へえーっ、もう桜ヶ丘も『成熟の街』になっちゃったのね」とびっくりしたように言っていた。成長期が終わったわけだ。あとはもう、年老いていくだけ。先月ニュースでやっていたけど、桜ヶ丘より二十年ほど早く開発されたどこかのニュータウンでは子供の数が減ってしまい、小学校の統廃合が進んでいるのだという。桜ヶ丘も、いつかそうなってしまうんだろうか。ぼくは、オトナになっても、この街に住んでいるんだろうか……。

家の前で自転車を停め、門から庭にまわる。ツカちゃんの部屋はマンションで言うなら角部屋だ。ブラインドの下りた窓をノックすると、ルーバーが開き、窓のロックが解除される。エアコンの室外機を踏み台代わりにして、窓から部屋に入った。一戸建ては、こういうことができるからうらやましい。

「遅かったじゃんよ」

ツカちゃんはもう服を着替え、ニットのキャップを目深にかぶって、いつでも出かけられる様子だった。

「タカやんち、遠いの？」

「ここからチャリで五、六分ってとこ。坂道あるけど、たいしたことねーよ」

「じゃあ、ソッコーで行く？」

ツカちゃんは少し考えて、「もうちょっと暗くなってからにしようぜ」とベッドに腰かけた。

ぼくもカーペットを敷いた床に座り込んで、「外から見るだけだよな？」と訊いた。

「エイジが中に入りたいっつーんなら、付き合うけど」

ないないない、と笑うと、ツカちゃんもキャップに半分隠れた目を細めた。

ぼくは本棚にあった食べかけのポテトチップスの袋を手にとり、大きめのポテトを選んで、かじった。しけっていた。机の上にコーラのミニペットボトルもあったけど、いかにもなまぬるく、気も抜けていそうだったので飲まなかった。

「あーあ……」ツカちゃんは声をあげてあくびをして、ベッドに仰向けに倒れ込んだ。「かったりーよお……」

「ツカちゃん」

「うん？」

「なんで急にタカやんちに行く気になったの？」

「石投げてやろうと思ってさ」寝たまま、体を揺すって笑う。「てめえ、ガシチュウの恥さらし、つって」

ツッコミを入れるのが面倒で、黙って二枚めのポテトをかじる。指についた塩気をなめて、ふう、と息をついた。汗のにおいがする。靴下を脱いだときのような、もわっとした、いやなにおいがよどんでいる。たまには窓を開けて空気を入れ換えればいいのに。ぼくの部屋も、母に言わせるといつも汗くさいらしい。自分のにおいは、自分ではよくわからない。わからないから、いじめの決まり文句——「クサい」が効くんだろうな、と思う。

「エイジ、残しとけよオレのぶん」

ポテトチップスはツカちゃんの大好物だ。でも、もっと好きなのはシュークリーム。みんななかなか信じてくれないけど、ツカちゃんはぜったいに酒を飲まないし、煙草も吸わない。中山や海老沢たちがワルぶって煙草を吸うと、「オレの肺ん中に煙が入ったら、てめえ、ぶっ殺すからな」と真顔で怒る。体に悪いことは大嫌いなのだ。ぼくはツカちゃんのそういうところがわりと好きで、オヤジ狩りの被害者のことが忘れられないというのも、なんとなく、わかる。

「タカって、ひどいことしたよな」

ツカちゃんはぽつりと言って、ぼくの返事を待たずにつづけた。

「マジ、あいつ、とんでもないことやっちゃったんだよなあ。あいつがあんなことしなかったら、いまごろ赤ちゃん生まれてただろ。なあ、そうだよな。ほかの被害者の奴も、ほんとだったらいまもぜんぜん元気でさ、幸せにやってるわけだろ？　タカがぜんぶつぶしたんじゃん。なんで？　なんで、あいつがつぶせるわけ？　あいつにそんな権利あんのかよ、ふざけてんじゃねえよ、マジふざけてるよあいつ」

「だから、石投げるわけ？」

ツカちゃんは、バーカそんなんじゃねーよ、と息だけの声で言った。わかってる。ぼくだって、それくらい。

「だから、そういうんじゃなくてよ、アタマくるっつーかさ、どう言えばいいかわかんねえんだけど、タカのバカにやられた人のこと考えると、たまんなくってさ……」

ツカちゃんって、不思議な奴だ。みんながまわりにいて大きな声でボケるときには、ガキっぽいことばかり言うのに、二人きりで話すときの声は、低く、静かで、急におとなびる。

「そろそろ行くか」とぼくは言った。

ツカちゃんは勢いをつけて体を起こし、「おう」と答えた。

小さな四つ角をいくつも曲がり、なだらかな坂を上っていった。ツカちゃんの部屋にいたのは十分たらずだったのに、空はもう夕暮れから夜へと移り変わっていた。道を歩く人の姿も暗がりに溶けている。

ツカちゃんの着たスカジャンの背中に刺繍されたメデューサが、ぼくをにらむ。

「ツカちゃん、タカやんって転校生だったのか」

「どうだったっけかなあ……三年か四年のときに来たのかな、たしか」

「オンナとかに、もてて た?」

「知らねーよ、そんなの。帰ってきたら本人に訊きゃいいだろ」

だよな、とぼくは苦笑いでうなずいた。タカやんはもうすぐ帰ってくる。訊きたいことは、たくさんある。でも、どんなふうに声をかければいいか、わからない。

「でも、なんで？」とツカちゃんに訊かれ、ペダルを踏み込んでツカちゃんの自転車に並んでから、「相沢志穂のこと」と答えた。

「相沢ちゃんがどうかしたわけ？」

「相沢、ぜんぜん心当たりないんだって。だからさ、タカやんってガキの頃からオンナと話したことなくて、そういうのがゆがんでるっていうか、狂ってるっていうか、ひょっとしてそうなのかなって」

「言ってること、よくわかんねーよ」

「うん」また、首をかしげて笑った。「オレもわかんねえ」

ツカちゃんは、なんなんだよバーカ、というふうにぼくを見て、顔の向きを前に戻して言った。

「心当たりなんて、みんなねえんだよ。タカにやられた奴だって、殴られるような心当たりあったのか？　ねえだろ？　なーんにもねえのに、いきなり殴られたんだよ。だろ？」

「うん……」

「タカだってよ、意外と、通り魔になった心当たりなんて、なかったんじゃねーの？」

ツカちゃんの自転車が、また前に出た。ダッシュのようなスピードの上げ方だった。追いかけようとサドルから腰を浮かせかけたら、ツカちゃんは急ブレーキをかけた。ギイイッと耳ざわりな音が響く。車体を少し傾けて地面に片足をつき、通りの右側の家を振り仰ぐように見つめる。

そこが、タカやんの家だった。

ひな檀になった敷地の、通りに面した側に庭がある。父親か母親の趣味がガーデニングなんだろう、庭はトレリスで囲まれ、バスケットがたくさん掛けてある。でも、いまは咲いている花はなにもない。季節のせいか、そうじゃないのかは、知らない。

テラスに面した窓に、明かりが灯っていた。カーテンを引いているので中の様子はわからないけど、テレビの音がかすかに聞こえてくる。

二階は雨戸がたててある。ベランダの物干し竿に、ハンガーがひとつだけ掛かっていた。

「タカやんの部屋、二階？」

小声で訊くと、ツカちゃんは喉を低く鳴らす音だけで答え、なにか思いだした顔でぼくを振り向いた。

「六年生のとき、タカと同じ班になってさ、理科の共同研究でここに来たことあるんだ。日曜日で、昼飯のときにタカの母ちゃんがホットプレートで焼きそばつくってくれて、うまかったんだよ、それ。いままでずーっと忘れてたんだけど、マジうまかったの。テレビに出たとき、そーゆーこと言ってやりゃよかったかな」

「焼きそばの話なんて聞いてもしょーがねえっつーの」

ひさしぶりにツッコミを入れてみたけど、ツカちゃんはべつにボケたわけじゃなかった。

「ホットプレートのまわり、班の奴らがいるわけ。しゃべるじゃん、ガキだし。誰かの唾が焼きそばに飛んじゃったんだよ、したら、タカのバカ、いきなりキレて、泣きそうな顔して『きたねえ』とか『オレのだけつくり直して』とか、母ちゃんに言うわけ。バカかと思ったけどさ、やっぱ、そういうこともぜんぶ関係あるのかもな」

「で、母ちゃん、つくり直したわけ？」

「どうだったっけかな、そこ忘れてんなあ……」

ツカちゃんはしばらく考えて、いや、べつに記憶をたどっていたわけじゃないのかもしれない、「ま、いいや、そんなの」と言って、また家と庭を眺め渡した。

ぼくも黙って、二階の雨戸をじっと見つめる。通り魔になってからのタカやんは、自分の部屋にいるとき、なにを考えていたんだろう。どんな口実をつくって外に出ていったんだろう。

ツカちゃんは道幅をいっぱいに使って自転車をUターンさせた。ハンドルをチョッパーにした自転車を前から見ると、カマキリが向かってくるみたいだ。

「ダメだな、やっぱ、オレ、ダメだ。タカのこと許せねえよ。Xデーがいつになるか知んねーけど、あいつ学校に来て、顔見たら、マジ殴るかもしんねえ」

「Xデー」という言い方がおかしくて笑うと、「なに笑ってんだよ」と怖い顔でにらまれた。

「でも、タカやんも反省してるんじゃねーの？」

「だったら最初からやるなっつーの」

「うん……」

「何回も何回もやるなっつーの」

「……だよな」

「おまえよ、タカのこと許せるのか？　やられた奴の身になってみろよ、許せるとか、未成年だからだとか、そんなの関係ねーだろ」

けおされて目を横に逃がすと、さっきは気づかなかった、庭の隅に自転車が置いてあった。黒のマウンテンバイク。雨よけのカバーがかかっていた。それを見た瞬間、胸が熱くなった。タカやんに教えてやりたい。おまえの父ちゃんと母ちゃん、自転車にカバーかけてくれてるぞ、雨で錆びないように、おまえが帰ってきたらすぐに乗れるように。

「ツカちゃん」泣きそうな声になった。「なんでタカやん、あんなことしちゃったのかなあ」

「バカだからに決まってんだろ」とツカちゃんは吐き捨てる。

「なんで、警察に捕まるまでやめられなかったんだろうなあ」

「そんなのおまえ……」

ツカちゃんは言いかけて口をつぐみ、「タモツに訊けよ、理屈だったら」と怒った声で言って、ペダルを踏み込んだ。

ぼくは最後にもう一度、二階の雨戸を見つめ、マウンテンバイクにまなざしを下ろし、それから自転車の向きを変えてツカちゃんを追いかけた。

ツカちゃんは優しい奴なんだと思う。優しいから、被害者のことばかり考えている。じゃあ、ぼくは——タカやんのことばかり考えるぼくは——。

5

調子に乗って「へい、らっしゃい、らっしゃーい!」と甲高い声を張り上げていた一年生の男子が、ロン毛を後ろで束ねた大学生に強い口調で叱られた。商売でやってるわけじゃないんだから、みっともない真似をしてはいけないらしい。

でも、あのロン毛、午前中にぼくをテントの裏に呼びつけて注意したときには、「ボーッと突っ立ってるだけじゃしょうがないだろう、やる気出してくれよ、遊びじゃないんだからさあ」とねちっこい口調で言っていた。

商売でもないし、遊びでもない。ボランティアって、よくわからない。勉強と同じ種類なのかもしれない。今日は日曜日で、暑くもなく寒くもない最高の天気で、目の前を行き交う人たちはみんな楽しそうで、ぼくは朝からテントの下で黄ばんだ古着や『創業百周年記念』

の文字が入った置時計やキャスターのがたついたショッピングカートを売っている。

半べその顔で持ち場に戻ってきた一年生に「気にすんなよ」と声をかけ、同じテントで同じように不用品バザーをしているロン毛たちをちらりと見た。

大学のボランティアサークルだから、みんな小松みたいにひたすらまじめな奴らなんだろうと思っていたけど、見た目はどこにでもいそうなふつうの大学生だった。偏差値はあまり高くない。スポーツで話題になることもなく、有名人の出身校というわけでもない、地味な大学だ。きっと、サークルの連中も就職活動で苦労するんだろう。

今回のバザーの収益金は、東中学のぶんは阪神大震災の被災者に寄付され、大学のぶんは野生動物保護の、なんとかという基金に送られることになっている。バザーの品物を並べたテーブルにも、それぞれの趣旨を書いた。ぼくたちのほうは、担当の三年生が手を抜いたせいで、画用紙にマジックペンで『収益金は阪神大震災の被災者に寄付します』と書いただけだったけど、大学のほうは発泡スチロールのボードを何枚も使い、絶滅寸前の野生動物をカラー写真付きで紹介していた。海岸のテトラポッドに行く手をはばまれて「卵が産めないよう……グスン」と泣いているウミガメの絵もあった。

テーブルに並ぶ品物は似たようなものなのに、売れ行きはぜんぜん違う。ぼくたちがようやくトートバッグを一個売る間に、ロン毛たちは木製ケース入りのＣＤクラシック全集を値引きなしで売り、釣り銭まで募金箱に入れさせる、そんな調子だ。ボードの写真を一枚ずつ見てまわり、「かわいーっ」なんて声をあげる女子大生もいた。

　いつだったっけ、ドキュメンタリー番組で観たおばあさんのことを、ふと思いだす。おばあさんは震災で身寄りを失い、仮設住宅で一人暮らしをしていた。小さな仏壇には、ダンナと息子夫婦と孫娘の写真と位牌が窮屈そうに並んでいて、おばあさんは毎朝布団を上げると仏壇に向かって、長い長いお経を読み上げる。

　ばーちゃん、ウミガメとかオランウータンとかに負けてるよ、いま——それが妙におかしくて、一人でへらへら笑っていたら、昼食の休憩から帰ってきた小松にまともに見られてしまった。

「エイジ、頼むよ、もうちょっとまじめにやってよ」

「やってんじゃんよ」

「でも、ぜんぜん売れてないじゃん。これじゃカッコつかないし、向こうにも場所分けてもらってるんだから、悪いじゃん」

　ボランティア仲間のおにーさんやおねーさんの前でリーダーシップをアピールしたいのか、ふだんにも増して張り切っている。

「売れ残ったらどうするの？」とぼくは訊いた。

「夕方、業者が引き取りに来るから、それはなんとかなるんだけどさ、とにかく向こうに負けずに、がんばって売ろうよ、な？」

だったら最初からぜんぶ引き取ってもらえよ、と言い返したいのをこらえて「はーい」と気を入れずに答えた。商売でも遊びでもないけど、競争。やっぱり勉強と似ている。

「悪い、ちょっと休憩」

小松と持ち場を代わって、テントの奥のパイプ椅子に座った。

店番をしている間は立ちどおしだけど、天気がいいせいか膝の調子は悪くない。親指で強く押さえると、ちょっと痛いかなと感じる程度だ。

これなら、できたかもしれないな——朝から何度も思っては、そのたびに苦笑いで打ち消している。

昨日の午後から、部活の新人大会が始まった。バスケットボールは昨日のうちに三試合の予選リーグを終え、各ブロックの上位二校が今日の決勝トーナメントに進む。

予選は、たぶん楽勝。創部以来、予選落ちしたことは一度もない。問題は今日だ。目標のベスト4に残るには、三試合勝ち進まなければいけない。いまは正午を回ったばかりで、ぼくのいる大学のキャンパスから市民体育館へは乗り換えなしのバスが通っていて、渋滞がなければ十五分、準々決勝には間に合う計算で……そこまで筋道を立てておいて、なんでオレが行かなきゃいけねえんだよバーカ、と子供が積み木でつくった塔を崩すみたいに、いっぺんになぎ払う。これも、さっきから繰り返していることだった。

「エイジ」

小松に呼ばれ、なんだようっせーなあ、と振り向くと、テントの前に客が来ていた。ぼくに気づくと、笑いながら軽く手を振った。

相沢志穂だ。

相沢は制服姿だった。肩と手で提げた大きなスポーツバッグの口からラケットのグリップが出ていた。

「個人戦、二回戦負けだったから、時間できちゃったのよ。昨日は団体戦だったんだけど、そっちも二回戦で負けちゃって、もうサイテー」

しゃべりながら、テーブルに並べたチョロQやたまごっちやポケットピカチュウを順に手にとってはすぐに元の場所に戻し、ふう、と息をつく。

「それでね……」

言いかけて、ぼくの隣にいる小松が気になるのか、ちょっと困った顔になる。小松って、こういうところがほんとうに鈍感な奴だ。

ぼくはテントの裏手に顎をしゃくった。

「あっち行こうぜ」

相沢はうなずいて、斜め後ろにちらりと目をやってから歩きだした。人込みのなか、相沢と同じように制服姿で、スポーツバッグを提げたオンナがいた。恥ずかしそうに肩をすぼめ、うつむきかげんにこっちを見る。

なるほどね、とぼくは意識的にそっけないしぐさで顔をそむけ、持ち場から離れた。「エイジ、サボんなよお」という小松の声に振り向く気なんてない。

テントの裏にまわるとすぐ、相沢が話を切りだした。

「バスケ部、負けちゃったよ」

「何回戦までいった？」

「ぜんぜん。昨日の予選で終わりだもん」

「マジ？」

「三戦全敗。ワールドカップの日本代表とおんなじ」つまらなそうに笑う。「だから今日、岡野くんとか暇してるんじゃない？」

「……試合、見てた？」

「二試合めの前半だけね。でも、もう、めちゃくちゃだった」

岡野はコートの中でも消されていた。ポジションをとっているのに、パスが回ってこない。岡野が相手のパスをカットしたときも、速攻に移ってダッシュする奴は誰もいない。みんな目をそらしているのでアイコンタクトもとれない。パスの受け手がいないまま、岡野は苦手なドリブルで攻め上がる。すぐにディフェンスに取り囲まれる。誰もフォローしてくれない。苦しまぎれに放ったスリーポイントシュートがはずれても、テツたちは悔しがるそぶりすら見せずにプレイをつづける……。

相沢の話を聞いていると、胸がむかむかしてきた。テツの薄笑いと、コートに立ちつくす岡野の背番号5と、そして、体育館の観客席からじっと岡野を見つめる相沢の横顔を思い浮かべて、アスファルトの路面に落ちる自分の影をにらみつける。

吉田先生がちょっとでもバスケットに詳しければ、すぐにわかったはずだ。テツだって、そこまで露骨なことはやらなかっただろう。吉田先生ののんきな顔が浮かぶ。バカ野郎、と言いたくて、人のせいにしていることに気づいて、もっと胸がむかついてしまう。

「信じてたと思うんだよね、岡野くんも。みんな部員なんだもん、バスケ好きだから部活やってるんじゃん。練習のときには岡野くんにひどいことやってても、試合のときは違うと思うじゃん、信じるじゃん、やっぱ。岡野くんもショックだったと思うけど、見てるほうも、なんかもういやになっちゃった」

相沢はため息で話をしめくくって、ぼくを見た。試合に出なかったことを責めたり、なんとかしてよと訴えたりするまなざしじゃなかった。ただ、かなしんでいる。かなしさだけ、ぼくに伝えてくる。

ああ、これだったんだ――と気づいた。夢精をしたとき、泣きながらぼくを見ていた相沢は、いまと同じまなざしをしていた。

「信じるほうが甘いんだよ」

震える声を苦笑いで紛らせたら、自分の影がゆらりと動いた。

少し間をおいて、「いまの、マジで言った？」と相沢が訊いた。

「マジだよ」

「高橋くんって、ゆーじょう、ないの？」

「あるよ」

「でも、ないじゃん」

「あるんだよ、おまえにはわかんないと思うけど」

「カッコつけてるだけじゃん」

「つけてないって」

「つけてる！」

甲高い声が、胸を小突いた。

「オレの勝手だろ、おまえに指図される筋合いねえよ」

ぼくは相沢の脇をすり抜けて、テント前の雑踏に向かった。「逃げないでよ、話聞いて」

と相沢は身をひるがえして、ぼくを追う。

足を止めた。相沢といっしょに来たオンナが、行き交う人の流れから少し離れたところにいた。

「あいつだろ、こないだ言ってたテニス部の一年って」

「そう、メグちゃん。本条めぐみ」

「ブスじゃん」

「そんなことないって、かわいいよ」

「……ま、どうだっていいや」

本条めぐみに向かって歩きだす。

「ちょっと、やめてよ」と相沢はあわててぼくの前に回り込んだ。

「なにが？」

「高橋くん、メグちゃんに言うんでしょ。付き合う気ないって。それ、あたしが言うから、かわいそうなことしないで」

おせっかいだ、ほんとうに。「ゆーじょう？」と、タモツくんをお手本にして冷ややかに言ってやった。相沢はムッとして、でもなにも言い返してこない。

「だいじょうぶだよ。オレ、付き合うから」

「ほんと？」一瞬浮かんだ意外そうな顔は、すぐに疑いの表情に変わる。「高橋くん、それマジに言ってんのね？　シャレとか、そんなんじゃないよね？」

「マジだよ」

まなざしがぶつかる。先に目をそらしたのは相沢のほうだった。

「あのコ、ほんとにいいコだから」つぶやくように言う。「高橋くんのこと、本気で好きなんだから」

「わかってる」

「でもよかった、うん、メグちゃんも喜ぶし、高橋くん、彼女できて楽しいこといっぱいあるといいね」

「なんだよ、それ」

「だって、中学生って、ほんとはもっと楽しいんだと思わない？　いま、クラい話しかないじゃん。それ、ぜったいヘンだよ、中学生が楽しくないのって、おかしいよ」

よくわからない。首をかしげると、相沢も、そんなに深く考えて言ったわけじゃなかったんだろう、気を取り直すように顔を上げた。

「あたし、いっしょにいなくていい、よね？」

「いらねーよ」

足を一歩踏み出すと、相沢は脇にどいて道を空けた。もう目は合わせなかった。

何歩か進み、ふと思いだしたしぐさで振り向いた。相沢はさっきまでいた場所に戻り、スポーツバッグのストラップを肩にかけているところだった。バッグは重たげで、足を踏ん張りきれずに、ちょっとよろめいた。顔を上げて、ぼくの視線に気づく。照れくさそうに笑う。

「あのさあ、相沢」

軽く言えよ、軽くだぞ、と自分に命じた。相沢が「なに？」と聞き返す前に言わなくちゃダメだ。

「おまえ、岡野に告白したほうがいいんじゃねーの？」

笑いながら言えた。オレ意外とオトナじゃん、と思った。

「あいつ、いまフリーだし、コドクじゃん、ＯＫすると思うけどな。言っちゃえよ、マジ」

返事はなかった。相沢は黙ってぼくを見つめていた。今度は、ぼくが先に目をそらした。

大股で歩きだして、もう後ろは振り向かなかった。


生まれて初めて、オンナとツーショットで歩いた。学園祭でにぎわうキャンパスのなか、ぼくと本条めぐみは、二人で一組になって雑踏に溶け込んでいた。本条は、最初のうちこそ緊張してずっとうつむいていたけど、何度か話しかけているうちに笑顔を返すようになり、しだいに口数も増えて、途中からはおしゃべりのほとんどを自分で仕切るようになった。顔はそんなにかわいくないけど、相沢が言うとおり、明るくて優しそうなコだった。

ヨーヨー釣りをして、たこ焼きを食べて、プロレス研究会の試合を立ち見して、『バーチャファイター』の勝ち抜き戦でぼくは三連勝して携帯電話のストラップを貰った。空は午後から曇ってきたけど、本条が食べたいというのでかき氷を食べた。クレープも食べた。マンガの同人誌も買った。ぼくの小づかいがなくなると、あとはぜんぶ本条がおごってくれた。

小松のいるテントには近づかなかった。明日文句を言われてもシカトだな、と決めていた。

お化け屋敷に二人で入った。ちっとも怖くなかったけど、本条はきゃあきゃあ悲鳴をあげどおしで、ぼくのGジャンの袖をつかんで離さなかった。

歩き疲れて、ベンチに並んで座った。もう夕方に近い時刻だった。学校の先生の噂話で盛り上がって、バスケ部の一年生の話もして、三学期に本条たちが行くことになるスキー教室が去年どんなにつまらなかったかを教えてやった。

本条の声は、高いけど薄い。言葉のしっぽをうまく切れない。顎の前のほうだけを動かしてしゃべっているような感じだ。オンナに声変わりがあるのかどうかは知らないけど、相沢志穂と比べると、はっきりとわかる、こいつガキだ。

本条は岡野の話も少しだけした。一年生のバスケ部員はみんな、岡野のことをかわいそうだと思いながらも、テツが怖くてシカトしつづけているのだという。

「『かわいそう』なんて言うなよなあ、一年坊が」

軽く舌打ちして、笑った。冗談ぽく言ったけど、じつはかなりむかつく。なめんなよ、一年生。

「先輩」――本条はぼくを「先輩」と呼ぶ。

「なに?」

「先輩、もうバスケやらないんですかぁ?」

「膝が痛いから、それ治るまでは無理だよ」

「もったいないですね、なんか」

その言い方もほんとうはあまり気にくわなかったけど、まあいいや、と聞き流した。

本条には、わからない。

三年生のいるうちはランニングと基礎トレと球拾いと声出しの繰り返しで、シュートなんて打たせてもらえるわけもなく、何度も何度も、もうやめちゃおうかと思う。それが、二年生が天下の新チームになり、ボールを使って練習できるようになると、バスケットボールのおもしろさが目の前にぱあっと広がる。秋から冬。体力がつき、テクニックが上がっていくのが、しっかりとした手応えで感じ取れる。冬から春。先輩はうざったいけど、放課後、練習に向かうのが楽しくてしかたない。もっとうまくなりたい。もっとうまくなれる。ジョーダンやピッペンやロッドマンのプレイに自分を重ねると、ベッドの上で転げ回りたくなるほど胸がわくわくする。二年生になって、春から夏。後輩ができる。つまらなそうにランニングをする一年生をよそに、ぼくたちはどんどんうまくなる。ジョーダンやピッペンやロッドマンにはなれないんだとわかってしまうほど、うまくなる。ＮＢＡ入りはあきらめる代わりに、試合に勝つという目標ができる。そして、夏から秋……は、ぼくには訪れなかった。ぼくにだけ、訪れなかった。その悔しさが、本条にわかるわけがない。「わかりますぅ」なんて言われたら、逆に腹が立つ。

本条はまた話を岡野に戻して、言った。

「ウチの学年ってまだ、いじめとかないんですよぉ、だから、岡野先輩の話聞いて、初めて、中学生って怖いっていうか、小学校とぜんぜん違うんだなあ、って」

半年ちょっと前までは小学生だったんだ。あたりまえのことにあらためて気づき、オレたちだって一年半前は小学生だったんだ、もっとあたりまえのことにも気づいた。

アニメのキャラクターのコスプレをした学生の集団が、校舎の角を曲がってこっちにやってきた。ラジカセのボリュームをいっぱいに上げて特撮ヒーローアニメの主題歌を流しながら、講堂でもうすぐ始まる声優のミニコンサートと写真撮影会と握手会のビラを配っている。ラジカセから流れる曲は、ぼくが幼稚園の年長組の頃に人気だった番組の主題歌だ。音は割れ、ひずんでもいたけど、おぼろげな記憶の助けを借りて、歌詞はだいたい聞き取れた。

愛と勇気と友情があれば世界は変わる――とサビのフレーズがリフレインする。夢と希望を持って、正義の力を信じてGO!――そんな歌を本気で聴き、本気で歌っていた頃があった。まだ十年たらずの昔。幼稚園で遊ぶとき、ジャンケンで勝つと正義の味方になれた。ぼくはエイジマン。必殺技のサンダービームを放てば、どんな悪者も一発で倒せた。いつも母に「タコ踊りみたいよ」と笑われていた変身のポーズ、どんなだったっけ。

コスプレの集団が通り過ぎると、なんだかもうなにも話したくなくなって、「帰ろうぜ」とベンチから立ち上がった。

本条は座ったままぼくを見つめ、遠慮がちに言った。

「……明日から、先輩といっしょに学校行ってもいいですかぁ？」

ぼくのことを好きなオンナが、ここにいる。オンナから「好き」という気持ちを伝えられたのは生まれて初めてのことで、ひょっとしたら、いま、世界中でぼくのことを好きなオンナは本条めぐみただ一人きりなのかもしれない。本条以外にぼくのことを好きなオンナは、もう一生現れないのかもしれない。

「バス通りの歩道橋あるじゃないですかぁ、あたし、そこで待っててていいですかぁ？」

「いいよ」

ぼくは言った。声より先に顔を空に向けて「オレ、八時十五分ぐらいにそこ通るから」とつづけ、そのまま歩きだした。

本条はあわててぼくについてくる。

ぼくは足を速める。

「付き合おうぜ、マジ、これから」

振り向かずに言うと、本条は答える代わりに、ぼくのGジャンの袖をまたギュッとつかんだ。

好き――という言葉はつかわなかった。いまから好きになればいい、と思った。相沢志穂のことだって、そんなふうにして、始業式の日の「髪切ってかわいくなったじゃん」から片思いにまで気持ちを盛り上げてきた。それだけのことだ。

だから、二カ月ちょっとの片思いの日々を振り返って、思う。

ぼくの「好き」は、ずうっと、空回りだった。

6

新人戦のあとも、テツたちは岡野を消しつづけた。本条めぐみが教えてくれる。ときには怒ったように、ときには、はしゃぐみたいな身振りを交えて。

一年生にも、少しずついじめが出てきている、という。

「バスケ部のコがおもしろがっちゃってぇ、クラスでも消すコをつくっちゃったんですよぉ、ほら、やり方、バスケ部の先輩とか見てればわかるじゃないですかぁ」

毎朝、並んで歩いていると、それぞれの友だちにツーショットを冷やかされることがよくある。本条は嬉しそうだけど、ぼくはムッとした顔でとりあわず、しつこい奴がいたら本気で怒る。交わす話も、本条が切りだして、本条が盛り上げて、本条がしめくくる。ぼくは相槌を打ち、訊かれたことに短く答えるだけだ。

ぼくのほうから話しかけるのは、岡野のことを尋ねるのと、さりげなく相沢について訊く、その二つだけ。岡野はあいかわらずで、相沢が岡野に告白した様子はない。それを確認すると、「あたし、思うんですけど、岡野先輩も先生に言ったほうがいいんじゃないですかぁ？」

「相沢先輩、厳しいんですよぉ、最近すぐ怒るんで、一年のコ、けっこうビビってて」なんて話を先に進める本条に生返事しか返さない。

校門の少し手前まで来ると、本条に目配せして、ツーショットに見られないよう距離をとる。

本条は校舎まで並んで歩きたがっているけど、ぼくがそう決めた。

サイテー――自分でも思う。そして、自分でもわかっている。ぼくはまだ、本条のことを好きじゃない。これからも好きになれそうな気がしない。

すごくいい奴だ、それはわかる。顔はそんなに美人じゃないけど、笑うとえくぼができて、いい感じだ。いろんなこと、ぜんぶリセットして一からやり直すのなら、ぜんぜんオッケーだったかもしれない。意外と、ぼくのほうが先に本条を好きになったりして。

でも、ぼくはもういろんなことを背負っている。重苦しいことばかりだけど、リセットなんかできない。相沢を、「好き」。空回りしていても、それはどうしても消えない。ツーショットの相手が本条だと確認するたびに、オレはいま相沢と歩いてるわけじゃないんだ、と嚙みしめてしまう。数学にそんな感じの証明問題ってなかったっけ。

本条を見ていると、ときどき思う。本気で頼んだら、セックスは無理だろうけど、その前のいろんなことはやらせてくれるかもしれない。優しくなんか、しない。いやがって、怖がって、泣きだしてしまうほどひどいことを、したい。ぼくを好きな本条の「好き」を、めちやくちゃに踏みにじりたい。ヘンタイかもしれない。でも、ほんとうだ。

十一月二十七日の朝、一週間後に始まる期末試験の日程が発表された。ぼくたちがそれをノートに書き取ったのを教壇からたしかめた土谷先生は、「えーと、それで……」とつぶやくように言って、窓際の最前列、タカやんの席をちらっと見た。

迷う顔になる。ためらっているようにも見える。「だから、なんだったっけな……」と間をとる声もくぐもった。

「まあ、とにかく、中間テストで失敗した人は、期末で挽回するようがんばってください」

最後はどうでもいいことを言って、話をしめくくった。自分でもそれが悔しかったのか、教室を出ていくとき、後ろ手にドアを閉めるしぐさは、いつもより乱暴だった。

タカやんの帰ってくる——Xデーが近いことを、ぼくはそれで知った。

その日の昼休み、中山といっしょにトイレに行った。隣り合わせに並んで用をたしながら、中山に「ツカちゃん、どうしちゃったんだろうなあ」と心配顔で訊かれ、ぼくはあいまいにうなずいた。同じことは昨日、海老沢やコウジにも訊かれていた。いつもツカちゃんにやりたい放題されているのに、みんな意外と優しい。ツカちゃん、人気者じゃん、なんて笑う気にはならないけど。

オヤジ狩りの現場を見て以来、ツカちゃんはずっとヘンだ。最初は二、三日もすれば立ち直るかと思っていたけど、逆にどんどん落ち込んでいる。いつも不機嫌な顔で黙りこくって、休憩時間もほとんど自分の席から動かない。ニキビが増えた。口の横に、黄色く膿んだブツがいくつもできている。薬を塗ってそっとしておけばいいのに、汚れた手ですぐにつぶしてしまうから、ところどころ、血のかたまりがかさぶたになっている。少し痩せたようにも見える。いまでも、あの血まみれのタオルが目に焼き付いたままなんだろうか。訊いても「うっせーよ」としか言わない。教えてくれないことが、たぶん、答えだ。

「なんかさあ、オレ思うんだけど……」中山が、ブルッと身震いして小便を切りながら言った。「タカやんがいなくなってから、なんか、おかしいよな、みんな。ひと月半ぐらいしかたってないのに、すっげえ時間たったような気がしない？」

「する」

その感覚、わかる。なにも考えてないように見えて、こいつも意外と一人になったらマジなこと、いろいろ思ってるのかもしれない。

「あいつ、もうすぐ帰ってくるんだろ？　期末とか受けるのかなあ。したらオレ、順位一コ、落ちちゃうよなあ」

なんだよそれ、と笑った。せっかく見直してやったのに。ガキでも思いつかないような、つまらないことを言いだす奴だ。

でも、中山は洗面台の鏡に向かって髪型を整えながら、笑っていない声で言った。

「だってよ、あいつ、通り魔だぜ？　でも頭悪くないじゃん、オレよりいいもん。高校だってオレよりいいとこ行くよ、ぜったい。そういうのって、なんか、悔しくなんない？」

ぼくは黙って小便を終え、中山の隣で手を洗う。

中山は濡れた手を制服の裾で拭いて、言った。

「タカやんって、オレより幸せな人生送るのかなあ……なんつって」

答えなかった。

ぼくの目は中山の横顔を通り過ぎて、トイレの外に向いていた。

テツが、いる。腕組みをして壁にもたれかかり、にやにや笑っている。そのまわりには、富山さんたちバスケ部の三年生が、三人。


渡り廊下に連れていかれた。

「おめえよお、新人戦、来なかったってマジかよ」富山さんが言った。「休部つっても、雑用ぐらいやれよ。なめてんじゃねえぞ、こら」

「あとよ、野球部の奴らから聞いたけど、おまえ、いつだっけ、休みの日に勝手に校庭のゴール使って遊んでたんだって？　練習に来ねえ奴がなにやってんだよバカ野郎」

田村さんに肩を小突かれ、よろめいたところに、「オンナつくって浮かれてんじゃねーぞ」

と北川さんの回し蹴りがふくらはぎにあたった。

ちくしょう。こいつら、本気でケンカしてるんじゃない。暇つぶしと、受験とかいろんなことのやつあたりだ。ちくしょう。逆ギレしてやろうか。ちくしょう。思いっきりぶん殴ってやろうか。殺すぞ、こいつら。ちくしょう。キレない。ちくしょう。なんでキレないんだよ……。

「なんだよ、その顔、文句あんのかよ」

富山さんが言った。すごんだ声だったけど、もうこれ以上詰め寄ってくる気はなさそうだった。

三年生に守ってもらうみたいに、いっとう離れた場所にいたテツが、笑いながら言った。

「エイジよお、おまえの父ちゃん、ナンタマのキョーシだよな」

ナンタマ——南多摩商業高校。

「先輩言ってたぜ、ナンタマの高橋っての、廊下歩いてて不良が来ると、下向いて、道空けるってよ。不良っつっても、オンナだぜ、オンナにビビってんの。知ってた？」

一瞬、目に映るものの厚みが消えた。ひゃははっと笑う富山さんたちの声も遠くなる。アツくは——ならない。ぼくは知っている。奴らはぼくを怒らせようとしていて、だからあんなことを言って、あんなふうに笑って、逆ギレしたら奴らの思うつぼで、シカトと同じ、いま自分がショックを受けているんだと認めたら負ける。父親の誇りのために闘う息子なんて、いっとうカッコ悪くて、奴らはそれを待ちかまえていて、たとえぼくに十発殴られても、あとで百倍ぐらい笑うだろう。

ぼくは黙って歩きだした。誰も追ってこなかった。背中に笑い声がしばらく聞こえていたけど、途中からは別のことで笑ってるみたいだった。

キレなかった。えらいぞ——なんて、ぜったい言われたくない。


午後イチの授業は国語。給食のあとに渡辺先生のぼそぼそした声の授業を受けていると、眠くてたまらない。頰づえをはずせばそのまま机に突っ伏して、放課後まで寝入ってしまいそうだ。

あくびをかみころして、教室を眺め渡した。タモツくんがいる。中山がいる。ツカちゃんもいる。相沢志穂。大谷。コウジ。ワタルっち。山野。橋本……。

教室をめぐった視線は、最後に海老沢の背中にぶつかって止まり、なにも書いていないノートに落ちる。

「ここは期末に出しますから」

渡辺先生の声に教室がざわめいた。みんな、あわててノートになにか書き込んだり、シャーペンを赤ペンや蛍光マーカーに持ち替えたりする。「ここ」を聞きそこねていたぼくは、まわりの席の奴らの教科書やノートを軽く覗き込んで、まあいいや、と顎をまた掌に載せた。

先生がなにか冗談を言って、前のほうで笑い声があがった。でも、それもすぐにしぼみ、教室はまた静かになる。

窓をもう少し開けた。ベランダの手すりの間からグラウンドが見える。三年生の男子が、体育の授業でサッカーをしていた。

ガタン、と机が揺れた。海老沢が引いた椅子の背がぼくの机にあたったのだ。海老沢は背中を低くして机に突っ伏し、昼寝の体勢に入った。缶ペンの中で、シャーペンやボールペンが触れあって音をたてる。海老沢の貧乏揺すりがこっちにも伝わる。ぼくはムッとして机を少し後ろに下げた。午後の授業中は、いつもこのパターンだ。「うっせえよ」と言っても、海老沢の奴、「癖なんだからしょうがねえだろ」と開き直って返す。

タカやんはどうだったっけ。なにか癖があっただろうか。退屈な授業のときにはどんなことをして暇をつぶしていたんだろう。思いだせない。忘れてしまったんじゃなくて、最初から記憶にひっかかっていなかった。

あくびが、また漏れる。まぶたに涙がにじんで、海老沢の背中がぼやける。

隙だらけだ——ふと、思った。

缶ペンからコンパスを取り出しても、海老沢は気づかないだろう。握りしめてもだいじょうぶ。針を向けてもわからない。息を詰め、タイミングを計る。振りかざさなくても、ただまっすぐに突けばいい。コンパスを握る指先に力を込めて、背中の一点をじっと見つめる。

海老沢の背中は、息づかいに合わせてゆっくりと上下している。まったく警戒していない。後ろから刺されるかもしれない、なんて頭の片隅をよぎることすらないんだろう。かんたんだ。その気にさえなれば、かんたんに刺せる。狙う位置を背中から首筋に変えれば、殺すことだって……。

窓の外に目を移した。まなざしだけじゃない、なにかをあわてて手元に引き戻した。まぶたが痛くなるくらい強くまばたいて、肩から力を抜き、なーんちゃって、と笑った。

でも、海老沢の背中に向き直ると、ぼくはまた幻のコンパスを握りしめる。「その気」になるぎりぎりまで思いを強めていき、不意にまなざしをひるがえして、深く息をつく。何度も繰り返した。繰り返すたびに「その気」になるかどうかの境界線があやふやになっていく。「その気」が少しずつ近づいてくるのがわかる。遠近法の逆。遠くにあるときには乗り越えることも突き破ることもできないような高く分厚い壁だった「その気」が、近づけば近づくほど、ちっぽけでささいなもののように思えてくる。

授業はあいかわらず退屈で、教室はあいかわらず静かだ。いやなことばかり思いだす。いまなにを思いだしているのかたしかめるのもいやな、そんなことばかり。海老沢は寝入ってしまったんだろう、貧乏揺すりがいつのまにか止まっていた。幻のコンパスを握りしめる掌がじっとりと汗ばんで、詰めた息が胸の底によどむ。

何度めだったろう。

水たまりをひょいとまたぐように、ぼくは境界線の向こう側に抜けた。

幻のコンパスの針が、海老沢の背中に突き刺さった。手応えがあった。血が噴き出した。返り血を浴びた頬の、ぬるりとした温みがわかる。生ぐさい、鉄錆のにおい。初めてなのに懐かしい。ずっと昔、ぼくはあふれ出る血の中にいた。血に包み込まれ、血の中を泳いでいた。いつだろう。どこでだろう。

チャイムが鳴る。

海老沢はゆっくりと体を起こし、バーベルを持ち上げるような格好で、大きなあくびをした。

「エイジ、ガムかなんか持ってねーの?」

振り向いて、目をしょぼつかせながら、言った。

家に帰る途中、ぼくは何人もの人とすれ違い、何人もの人を追い越した。みんな隙だらけで歩いていた。いままでそんなの気にしたこともなかったけど、道を歩く人って、どうしてこんなに無防備なんだろう。

歩きながら、ぼくは何度もため息をついた。「その気」をどこに隠しておけばいいかわからない。「その気」なんてないよ——とはもう言えない。ある。「その気」はぼくの中に、たしかにある。ある。ある。ここに。買い物帰りのオバサンを追い越しざま、幻の特殊警棒で殴った。信号待ちをしている小学生を、幻の両手でバス通りに突き飛ばした。

胸がむかむかする。「その気」が体の中をナメクジみたいに這いまわる。いつか外に飛び出してやろうと、隙をうかがっている。タカやんのことを思う。通り魔の犯行と犯行の間、タカやんは「その気」をどこに隠していたんだろう。隙だらけのぼくの背中をタカやんが見る、そんなことも、きっと何度かあったはずなのに。


「ただいま」を言わずに家に入ると、母はボウルと菜箸を手に、キッチンから廊下に顔を出した。

「ねえねえ、さっき、石川くんのお母さんに会っちゃった」

タカやんのお母さんは駅前のショッピングセンターにいた。母は顔を知らなかったけど、いっしょに買い物をしていた杉山さんが小声で「ほら、あの人が……」と教えてくれた。カルチャーセンターのガーデニング講座で知り合ったのだという。

タカやんのお母さんは一人で買い物に来ていた。日用雑貨のコーナーで、トイレットペーパーを特売品にするか二枚重ねの高いやつにするか迷っていた。

「杉山さんは、あきれてたけどね。息子があんなことしちゃったのに、トイレットペーパーなんてどうだっていいじゃないの、って」

母はボウルに入れた卵を菜箸で溶きながら、牛乳を立ち飲みするぼくを振り向いて、苦笑いを浮かべた。

「でもねえ、親にも責任はあるかもしれないけど、そこまで肩身の狭い思いをしなくてもいいじゃない。あんなこと言われて、後ろ指さされて、かわいそうになっちゃった」

無責任な同情じゃない。母は、そこまでいやなオバサンじゃない。でも、だからよけいに、ぼくの相槌はふてくされたものになってしまう。

母も杉山さんも、声をかけずに立ち去るつもりだった。でも、オバサンの好奇心は引きどきを知らない。どっちのトイレットペーパーを選ぶのか気になってその場から動かずにいたら、ふとこっちを向いたタカやんのお母さんとまともに目が合ってしまい、おまけにタカやんのお母さんは杉山さんに挨拶までしてきた。

「そうなると、こっちも会釈してさようならってわけにはいかないでしょ？　もう、しょうがないわよね」

「なにか話したの？」

「ちょっとだけ。でも、向こうのお母さん、エイジのこと知ってたわよ」

「……どんなふうに？」

「そんなおおげさなものじゃなくて、同級生っていうだけよ。べつに仲が良かったわけでもないんでしょ？」

黙って冷蔵庫に牛乳のパックを戻すと、母はボウルを調理台に置き、冷蔵庫から豚肉のパックを取り出しながら「いま、お父さんと二人で旅行に行ってるんだって」と言った。

「タカやんが？」

「そう。お父さんの実家が北海道にあるんだけど、おじいさんとおばあさんのお墓参りして、帰りは温泉に寄ったり、もし雪があればスキーしたり、とにかく男どうしでのんびりするんだって。いままではお父さんの仕事が忙しくて、そんなのしたことなかったっていうのよ。まあ、だから通り魔になっちゃったっていうわけじゃないんだけど……やっぱりたいせつよね、そういう時間って」

杉山さんは、母と二人になると「そんなことする前に、被害者の人に一軒一軒謝りに行かせるのがスジだと思うけどねえ」と言っていたらしい。母はその台詞をいかにも意地悪そうな声色で真似て、「でも、お母さんは、石川くんのお母さんの味方だなあ」と言った。

「味方」という言葉が、ざらりと耳に触れた。

ぼくは母から目をそらし、「学校にはいつ来るって言ってた？」と訊いた。

テンポよく返ってきていた母の言葉が、初めてよどんだ。「そうねえ……」とつぶやいて、ため息をつき、そこからまたしばらく黙って、流し台の下の戸棚から小麦粉とパン粉を取り出しながら、やっと言った。

「転校するかもしれないって。北海道に行ったのも、なじめそうだったら向こうの中学校に通おうっていうことみたい。おじさんもいるみたいだし、やっぱり本人の気持ちが、どうしてもね」

ぼくを見る。

「でも、どうなの？　みんな迎えてあげられるんでしょう？　ヘンな偏見とか差別とか、そういうの、あんたたちないでしょう？　同級生なんだから」

わかってる。

「お母さん思うんだけど、あのコ、心の病気なのよ。だから、それを治してあげるのって、カウンセラーなんかじゃなくて、みんながちゃんと迎えてあげることだと思うのよ」

わかってる、わかってる、わかってる……。

「ほかのコはどうでも、エイジはちゃんと友だちでいてあげられるわよね？」

わかってる、わかってる、わかってる、わかってる、わかってる……から、ぼくは溶き卵のボウルをつかんで、床に叩きつけた。


サイレンが聞こえる。パトカーなのか、救急車だろうか、息を吸って吐くみたいに高い音と低い音が交互に繰り返される。遠ざかっているのか近づいているのか、よくわからない。

目を開けた。窓の外は、もう暗くなっていた。眠っていたわけじゃない。ベッドに寝ころんで、いろんなことを考えていた。深くは考え込まない。順繰りに思い浮かべては、輪郭をなぞっただけで、すぐに次の考えごとに移る。だから、結論の出た考えごとはひとつもなかった。

ノックの音とともにドアが開き、部屋の明かりが点いた。

「エイジ、いいかげんに謝ってきなよ」と姉が言う。

ぼくはまぶしさに目をひくつかせて、「いま、なにやってんの？」と訊いた。

「ヘッドフォンつけてユーミンのＣＤ聴いてる。長引くよ、あれ」

姉はぼくの椅子に腰かけて、「キレるのは勝手だけどさ、こっちにまで迷惑かけないでよ」と笑った。

「キレたわけじゃねーよ」

ムッとして返すと、姉は「そうだね」と意外とあっさりうなずいた。「あんた、キレても、すぐ結び直すタイプだもんね」

「なに、それ」

「よくわかんないけど、でも、そうでしょ」

姉は椅子を回して、「ねえ、あたしまだ読んでない本ってあったっけ」と本棚のマンガ本を目と指でたどっていった。「ほら、早く謝ってきなよ。もう、おなかペコペコなんだから」

「うん……」

部屋を出て、キッチンからそっと覗き込むと、母はこっちに背中を向けてソファーに座り、ヘッドフォンを耳にあてていた。夕食はつくっていなかったけど、溶き卵のボウルをぶちまけたキッチンの床はきれいに掃除されていた。

いつだったっけ、姉が耳にピアスの穴を開けたときも、母は夕食のしたくを途中で放りだしてしまい、ユーミンのCDを若い頃のやつから順にヘッドフォンで聴いた。帰宅した父は「兵糧攻めだな」と笑い、姉とぼくと三人でファミリーレストランへ出かけた。帰りに買ったコンビニの弁当を『ゴメンでした』のメモを添えて姉が差し出すと、母は引き替えに、「いいかげんな開け方しちゃって」と化膿止めの軟膏を姉に渡した。ぼくの家族は、そういう人たちなのだ。

家族がもっといやな連中だったらよかったのに。父や母や姉のことを嫌いになって、「あんな奴サイテーだよ」とか「死んだほうがいいよ」と言えたら、いいのに。

クラスの仲間と、たまに親の話をすることがある。中山の両親は去年離婚してしまい、海老沢は夏休みに親父に蹴りを入れてやったと自慢する。胸の内を奥へたどっていったら、あいつらをうらやましいと思う自分がいる。でも、さらに奥へと進んでいったら、やっぱりいまの家族が大好きな自分がいる。

母が振り向いた。ぼくが立っていることに気づいて、ちょっと驚いた顔になり、ヘッドフォンをつけたまま「ピザ、とる？」と大きな声で言った。

どうせ聞こえないんだ、ごにょごにょと口を小さく動かして、「ごめんなさい」と返す。

キッチンから、エプロンをつけた姉が顔を覗かせた。

「いいよ、あたし、つくっちゃうよ。トンカツ揚げて、あとはサラダでいいよね？」

母はヘッドフォンをはずし、「お豆腐が今日までだから、お味噌汁もつくって」と言った。

「げえーっ、めんどいよ、それ」

「かんたんじゃない、お味噌溶いて入れるだけでしょ」

「じゃあトンカツ、お母さん揚げてよ」

「見ててあげるから、自分でやってごらん」

母はソファーから立ち上がり、ぼくは母と目を合わせずに部屋に戻った。

ほどなく揚げ物の音が聞こえ、母と姉の笑い声が聞こえ、「今夜は寒いぞ」と父が帰ってきて、「エイジ、ごはん」と姉が呼ぶ。

母は、ぼくがキレた理由を問いたださなかった。遅い夕食をいぶかしむ父にも「夕方ばたばたしてたから」としか言わなかった。

ときどき思う。父も母も、ほんとうはすごく無理してるんじゃないか、って。いい家庭、いい両親、いい夫婦を、二人して必死に演じているんじゃないか、って。形がくっきりとしすぎている。朝食のおかずの皿の、プチトマトの赤とレタスの黄緑みたいに、色合いがきれいすぎる。できすぎだ。うっとうしくなることも、ある。でも、「幸せ」かどうか尋ねられたら、答えはやっぱり四捨五入でYESになる。

母がじつは不倫をしていたり、父が毎日ナンタマの不良にボコられていたり、姉だって援助交際していたり……そんなことを想像して、背筋をわざとゾクッとさせて、たとえそうだとしても、ぼくは父と母と姉を好きなままなんだろう、とたしかめる。

夕方あれだけうごめいていた「その気」は、いまはどこにあるかもわからない。なんでだよ、と半分思い、残り半分、やっぱりな、とも思う。おまえって、そーゆー奴だもん。トンカツをかじって、こっそり笑って、もっとこっそりため息をついた。

明日の朝には、ぼくの心のキレた部分も元通りになって、朝食にはプチトマトとレタスを食べるだろう。

ぼくは一生、親とケンカできないのかもしれない。

7

月曜日、玄関から聞こえる母の声で目が覚めた。くどいほど何度も「気をつけてね」と言って、父を送り出していた。

頭はまだ半分眠っていたけど、なにかあったな、と思った。

枕元の時計のアラームが鳴る少し前、今度は母と姉の話し声が聞こえた。母は防犯ブザーの電池が切れていないかどうか確認しろと言い、姉はそれを面倒くさがって「心配性すぎるよ、お母さん」と返す。最後は口ゲンカみたいな調子のやり取りになって、けっきょく姉が根負けしたんだろう、短いけどびっくりするほど大きなブザーの音が玄関に響いた。

その音で完全に目が覚めてしまい、なんなんだろう、とけげんに思いながらベッドから出た。カーテンを開けると、外はゆうべからの雨がまだ降りつづいていた。

服を着替え、リビングに入る。あんのじょう、母は形だけ「おはよう」と挨拶して、すぐに「ちょっとエイジ、これ読んでごらん」と朝刊から地方版を抜き取って、ぼくに渡した。

『相次ぐ傷害事件に不安つのる桜ヶ丘ニュータウン』——と見出しがついた、トップ扱いの大きな記事だった。

ゆうべ、また通り魔が出た。男の人が襲われた。バス停から近道をして公園の中に足を踏み入れた直後、物陰にひそんでいた男にスタンガンを背中に押しつけられ、電気ショックでその場に倒れたところを、木刀のようなものでめった打ちにされた。被害者は大学生。学園祭でバザーをやった、あの大学だった。

記事には、タカやんの通り魔事件をマクラに、ツカちゃんが現場を通りかかったオヤジ狩りや、中央広場のエアガンのことも書いてあった。駅の駐輪場の露出魔は出ていなかったけど、代わりに、初めて知った、駅前の遊歩道からバス通りを走る車に向けてレーザーポインターの光線をぶつける奴もいるらしい。先週、光をまともに目にくらった女性ドライバーの車がガードレールにぶつかる事故が起きたのだという。

キッチンに立った母は、オーブントースターのタイマーをセットして、フライパンに卵を割り入れながら言った。

「ほんと、怖いわ。もう、めちゃくちゃな世の中だよね……」

いつものつぶやきが、いつもより低い声で、ため息といっしょにこぼれ落ちる。

ぼくは新聞を畳んで、うなずいた。認める。たしかに、めちゃくちゃな世の中だ。でも、それが特別ってわけじゃない。明日の朝刊にも似たような事件は出ているだろうし、ゆうべの夕刊にも載っていたような気がする。「めちゃくちゃ」が「ふつう」の世の中で、ぼくたちは暮らしている——そのことを、認めた。

「ほら、もう四十分過ぎてるわよ。雨なんだし、早く食べちゃいなさい」

母はベーコンエッグの皿をテーブルに置き、ぼくは付け合わせの生野菜を見て、苦笑いを浮かべる。母は、ほんとうにわかりやすい人だ。最近、プチトマトの数が増え、レタスもかさが増した。食べ残しに口うるさくなった。「今年はレタスが高いんだから、もったいないことしないで」と、ほんとうはそんな理由じゃないのは、ぼくにだってわかっている。

「ゆうべの犯人、オトナだったらいいね。お母さん、そのほうが気が楽だな」

オトナがそんなことをする世の中のほうがめちゃくちゃなんじゃないかと思ったけど、口には出さなかった。

トーストが焼き上がった。牛乳を温めていた電子レンジも、チン、と鳴った。

母は、ふと思いだしたように言った。

「エイジ、最近ニュースや新聞見てもニヤニヤ笑わなくなったわね。いいことよ、それ」

笑わないいんじゃない。笑えないいんだ。レタスを頬ばって、答えを喉の奥に押し戻した。

本条めぐみはスタンガンの通り魔のことを知らなかった。新聞は読まないのだという。ぼくがあらましを話すと、「うそぉ」とか「やだぁ」とか台本があるみたいなリアクションをして、「そういうの怖いですよねぇ」と、たいして怖くなさそうに言った。のんきな性格だ。それとも、一年生だと、そういうことぜんぶ、ひとごとなんだろうか。

「今日、帰りだいじょうぶですか?」と本条が訊く。試験前で部活が休みになったので、帰りもツーショットで歩けることになったのだ。

「いいよ」とぼくは気のない返事をして、首を小さくよじった。週末は、わりとがんばって試験勉強をした。よけいなことを考えたくなかった。おかげで今日は朝から、肩が重い。

いつものように校門の手前で別れた。本条は「じゃあ、また放課後」と言って、前のほうに友だちを見つけて、小走りに追いかける。赤い傘が揺れる。ローファーの踵が水を跳ね上げて、ちょっと流行遅れのルーズソックスに黒い染みが散る。

ガキだよなあ、とぼくは苦笑交じりに本条の背中を見つめる。

幻のナイフが——刺さる。

首の後ろ、頭と首のちょうど境目あたりで、「その気」がちりちりと爆《は》ぜるようにうごめいていた。

雨のなか、校門では今朝も当番の先生が「おはよう！」を繰り返していた。傘を差し、雨がっぱを着て、寒そうに震えている先生もいたけど、『おはよう運動』は年中無休だ。中間試験のあとの職員会議で期間を年度末まで延長することが決まり、ＰＴＡの役員からは父母も交代で校門に立とうという意見も出たらしい。

「おはよう！」「おはよう！」「おはよう！」「おはよう！」……。

雨音に負けずに先生の挨拶が響く。傘にぶつかって跳ね返るせいで声が大きくなるんだろうか。それとも、ゆうべの通り魔事件のせいだろうか。

犯人がもし未成年なら、タカやんと同じように「少年」と呼ばれるだろう。今度の「少年」もまた東中学の生徒だった、なんてことになったら、職員室はどんな騒ぎになるんだろう。

「おはよう！」「おはよう！」「おはよう！」「おはよう！」「おはよう！」……。

先生は、ほんとうはぼくたちに「信じてるぞ！」と声をかけたいのかもしれない。

「おはよう！」

昇降口で靴を履き替えていたら、背中に声が聞こえた。音のひとつひとつがカールした、

けはいつも聞き分けられる。二年C組の女子は十六人で、いま昇降口にも四、五人いるけど、この声だけはいつも聞き分けられる。それが少しさびしくて、悔しい。

　傘の水を切るしぐさに紛らせて、横目でたしかめた。相沢は女子どうしで挨拶を交わしながら、学校指定の紺色のレインコートを着たまま、雨で濡れた髪をハンカチで拭いている。

　関係ねーよ。胸の中でつぶやいて、踵をつぶしたまま上履きをつっかけた。どーでもいいんだよ、もう。

　D組の堺がいたので、べつに話すことなんてなかったけど、「よお、いっしょ行こうぜ」と呼び止めた。半分、相沢にも聞こえるように言った。セコい。小走りに堺のほうに向かいながら、気持ちのほとんどは背中に回っている。こいつ情けねえーっ。自分で自分にツッコミを入れ、堺の尻にカバンをぶつける真似をして笑った。

「なんだよエイジ、朝っぱらからご機嫌じゃん」

「んなことねーよ」

「ひょっとして、ゆうべのアレ、エイジなんじゃねーの？」

「タコ」

「でもさ、マジ、中学生かもしんないっつー話じゃん。もう、まいっちゃうよなあ」

　堺はおとなしいけど性格のいい奴で、クラスの違うぼくらとも親しい。勉強の成績はトップクラスだ。それでいて、小松みたいにうざったいことは言わないし、タモツくんほどクールでもない。学校の先生がいっとう喜ぶタイプで、サスペンスドラマなら容疑者リストから真っ先にはずされるだろう。

でも——わからない。明日、堺が逮捕されても、ぼくたちはもう驚かないような気がする。

「ふうん、今度の通り魔、堺だったんだ」なんてうなずいて、それでおしまい。

なんでも「あり」なんだと思う。タカやんが逮捕される前、九月頃だったっけ、通りすがりの人を後ろから殴りつける気持ちがどうしてもわからなかった。バカじゃないかとも思っていた。いまは違う。そういうのも「あり」なんだと、わかる。

廊下を歩きながら、堺とテレビの話をした。ゆうべの夜八時からのやつ。堺は観ていたけど、ぼくは観ていなかった。

「なんだよ、エイジ、おまえアリバイないじゃん。ヤバいんじゃないの？」

堺はおかしそうに言った。ゆうべの事件の犯行時刻は、八時半頃だったのだ。

「でもさ、おまえだってビデオに録画してる可能性あるじゃんよ」とぼくが返すと、「あ、そうか」とうなずく。素直な奴だ。

「そーゆーこと自分から言いだす奴のほうが、よっぽど怪しいんじゃねーの？」

「なに言ってんだよ」

ぼくは「シャレだよ、シャレ」と笑って、話をテレビのことに戻した。

シャレだけど——「あり」だ。堺だって、ぼくだって。

教室はゆうべの事件の話で盛り上がっていた。

最初は中山たちがスタンガンの威力について興奮した口調でまくしたてていたけど、途中で犯人の話になると、珍しくタモツくんが口を挟んだ。誰かが「あのテのムチャする奴って、『愚蓮』しかいねえんじゃねーの？」と言って、ぼくたちも「だよなあ」と納得していたら、自分の席で文庫本を読んでいたタモツくんが振り向いて、「もっと頭使って考えろよ」と言ったのだ。

うんざりした顔だった。もう聞いてられないよ、というような。

「なによ、じゃあ、タモっちゃん、見当つくわけ？」

話の腰を折られた中山が少しムッとして言うと、タモツくんは文庫本にしおりを挟んで「おまえらよりは、つくよ」とそっけなく返した。

「なになに、じゃあ言ってみてよ」と海老沢。

「だからさ、ゆうべの天気考えてみろよ。雨だろ？　けっこう強く降ってただろ。物陰にひそんでて、スタンガンあてて、ボコると、そいつもずぶ濡れになっちゃうんだぜ。しかも、金もとってないわけだろ。『愚蓮』でもなんでもいいけど、そこまでして通行人襲わなきゃいけない理由、どこにあるわけ？」

たしかに、そうだ。

タモツくんはさらにつづけた。

「それに、犯人は一人だったろ。『愚蓮』みたいな奴らだと、こないだのオヤジ狩りみたいに集団でやるんじゃないの？　スタンガンの効き目だってさ、いまおまえらが言ってるほどすごくないんだぜ」

「そうなの？」

「あたりまえだろ。なにが百万ボルトだよ、いいかげんなこと言うなよ」

さんざんフいていた中山は、顔を真っ赤にしてうつむいてしまう。

「だから、被害者に逆襲される可能性だってあったんだよ。たまたま、襲った相手が弱かったっていうだけだったんだ。犯人は一人だぜ、逆襲されたら、捕まるよ。『愚蓮』の連中が、そんなヘタ打つと思うわけ？　ちょっとは考えてもの言えよな」

キツい言い方だけど、筋道は通っている。みんなで感心してうなずいていたら、ふとツカちゃんの姿が目に入った。通学カバンを肩にかつぐように持って、おしゃべりの輪のいっとう外側に、ぼうっとした顔でたたずんでいる。ぼくの視線に気づくと、おう、と口を小さく動かして、タモツくんをちらりと見た。ふうん、あいつがしゃべってるんだ、というように。

「よお、ツカちゃん、いま来たのか」

海老沢が声をかけると、「来ちゃ悪いのかよ」とぶっきらぼうに言って、空いた机の上に腰かける。

大谷が「よおよお、タモっちゃん、犯人がわかってるんだってよ」と、スーパーマーケットの特売みたいに声を張り上げたせいで、タモツくんのまわりには女子も含めてクラスの半分以上が集まった。相沢志穂もいる。ぼくは相沢と目の合わない位置に移る。

「いいかげんなこと言うなよ、オレそんなこと言ってないじゃん」

タモツくんは唇をとがらせて、でも悪い気はしないんだろう、ちょっと声を高めてつづけた。

「つまりさ、遊びで襲ったわけじゃないと思うんだ。もっと、せっぱつまって……たとえば、通り魔じゃなくて被害者の大学生に個人的な恨みがあったのかもしれないし、通り魔だとしたら自分でもどうしようもないような暴力衝動っていうか、狂気っていうか、そういうのを持った奴だと思うんだよ」

胸がドキンとした。首の後ろで、「その気」が、寝返りを打つみたいに動く。

「だから、もし個人的な怨恨だったらオッケーだけど、そうじゃなかったら、同じようなこと繰り返す可能性あるよ。人食い虎じゃないけど、人を襲うことを覚えちゃったわけだから」

「すっげえーっ、プロファイリングみたいじゃん」と海老沢がおどけて言ったけど、そこでにこりともしないのが、タモツくんだ。

「襲うだけだったらまだいいけど、ケガさせるだけじゃ気がすまなくなって、犯行がエスカレートする可能性だってあるよな」

女子の何人かが「やだぁ」と顔を見合わせた。

「まあ、警察もそこらへんは考えてると思うんだ。タカやんのときはめちゃくちゃ批判されたしさ、気合い入れるよ。警察と犯人の闘いだよ。なんだっけ、映画であったじゃん、ロバート・デ＝ニーロが……」

そのときだった。

「いいかげんにしろよ、てめえ！」

怒鳴り声と、カバンを机に叩きつける音——ツカちゃんだ。

ツカちゃんは「ちょっとどけよ、そこ」と前にいた連中をかき分けて、タモツくんに迫る。タモツくんは一瞬ビクッとしたけど、「なにアツくなってんの？」と笑った。

その声のしっぽを押さえるように、ツカちゃんはタモツくんの胸倉をつかんだ。机や椅子が音をたてて倒れ、女子の悲鳴があがる。

でも、次の瞬間、タモツくんはツカちゃんの右手をとり、手首をひねりあげた。短い気合いとともに腰を沈め、右手を離すと、ツカちゃんはあっけなく床に尻もちをつく。文武両道のタモツくんだ。合気道もそうとう強いという噂が、これで証明された。

ツカちゃんはのろのろと立ち上がり、「なめんなよ……」と、うめくように言った。

「なにが？」

タモツくんはうっとうしそうに聞き返す。

「てめえなあ、調子くれてっけどなあ、マジふざけんなよ」

「だから、なにがって訊いてるわけ」

「えらそーにしゃべんなっつってんだよ、犯人がどうしたこうしたっつってよお」

「はあ？」

「タモツ、てめえなあ、理屈こねるのもいいかげんにしろよ。ゲームじゃねえんだぞバカ野郎。人が、大ケガして、死ぬかもしんねえんだぞ、わかってんのかよ」

ざわついていた教室が静まり返るなか、タモツくんもさすがに気まずそうに頰を引き締め、ツカちゃんから目をそらして言った。

「そんなの、オレだってわかってるよ」

「わかってねえよ！」

怒鳴り声が、裏返った。

「なんなんだよ、なにキレてんだよ」

タモツくんの声も負けずにとがってきたけど、ツカちゃんは一気につづけた。

「ふつうに歩いててなあ、なんにも悪いことなんかしてなくて、恨み買ったりしてるわけじゃないのに、いきなり後ろから殴られるんだぞ。へたすりゃ、頭かち割られるんだぞ、死ぬぞ、マジ死ぬぞ。怖えよ、オレ、マジ怖えよ。ウチ、母ちゃん仕事してんだよ、帰り遅くなるときもあるんだよ、こないだから、それ、死ぬほど怖くてよ、母ちゃん平気な顔してんだけど、オレがさ、ビビってんの、母ちゃん帰ってくるまで心配でさ、なんかよお、えらい親孝行になっちゃってんの……」

言葉の後半は笑いに紛れた。でも、ぼくたちは誰も笑わない。母と姉の顔が、浮かぶ。もしも母や姉が通り魔に襲われたら――。いままでだって考えなかったわけじゃない。でも、初めてだ、首筋に鳥肌がたっているのがわかる。

タモツくんは「うん……」と低く答えたきり黙り込んでしまい、ツカちゃんもそれ以上はなにも言わず、自分の席に戻りかけた。

その背中、というより足元に目を落として、タモツくんはやっと口を開いた。

「言ってることはよくわかるけどさ、そんなの言いだしたらきりがないじゃん」

ツカちゃんが足を止め、舌打ち交じりに振り返ると、タモツくんはうつむいたまま「だってそうだろ？」とつづけた。

「交通事故と同じなんだ。確率から言えば、通り魔にあうより車にはねられるほうを心配したほうが意味があるんだよ」

「意味なんていらねえよ」とツカちゃんは即座に返し、ぼくも半ば無意識のうちにうなずいていた。ほかの連中がタモツくんを見るまなざしにも、それはちょっと屁理屈なんじゃないか、という思いが溶けているみたいだった。

でも、タモツくんは逆にぼくたちの単純さにうんざりしたように首を横に振る。

そして、さっきのツカちゃんと同じように、一息に言った。

「あのさ、なんでみんな人間の悪意を認めないわけ？　善意は求めるくせに悪意は認めないのって、身勝手じゃない？　通りすがりの人に優しくしてもらうこともあるし、ひどい目にあわされることもある、それがあたりまえの理屈なのに、みんな、知らん顔してるだけなんだよ。ツカちゃんが母ちゃんのこと心配するのは自由だけど、怖いとかいやだとか言う前に、それもあるんだってこと認めなきゃしょうがないじゃん。母ちゃんがバスに乗ってるときに具合悪くなって、知らない人に席を譲ってもらうことだってあるわけで、誰も譲ってくれなかったら、ツカちゃん怒るだろ？　だったら、歩いてて通り魔に襲われる可能性だって認めろよ。困ってるときに他人の善意に期待するんだったら、いきなり他人に悪意をぶつけられることも覚悟してなきゃおかしいじゃん」

タモツくんはそこで言葉を切り、ツカちゃんやぼくたちがどこまで理解したか確認するみたいに、視線をぐるりとめぐらせた。最初から最後まで冷静な口調だった。売り言葉に買い言葉じゃない。これはタモツくんの信条で、だからぼくたち——少なくともぼくは、どこかが、なにかが、ほんのちょっと違うんじゃないかと思いながら、なにも言い返せない。

「だから、ようするにさ……」

「うっせえ！　もういいよバカ野郎！」

ツカちゃんは怒鳴り声でさえぎり、手に持ったカバンで机を一回叩いて、自分の席に戻っていった。

タモツくんが言いかけた言葉は宙ぶらりんになったままで、始業のチャイムにもまだ間があった。でも、タモツくんは「予習するから」とカバンから教科書を取り出し、話のつづきをうながす奴もいなかったので、おしゃべりの輪はぎごちなくほどけた。

違う――一人だけ、タモツくんの前に残った奴がいる。

相沢志穂だ。

「藤田くんの言ってること、あたし、違うと思う」

タモツくんは顔を上げて、「どこが?」と訊いた。

相沢はうつむいて、首を横に振る。

「なんだよ、それ」とタモツくんはあきれて笑い、使い込んだ英和辞典をぱらぱらめくった。

「わかんないけど……やっぱり違うと思う」

相沢はうつむいたまま言って、タモツくんから離れた。涙交じりの声のようにも聞こえた。

自分の席についてからも顔を上げず、なにかじっと考え込んでいるみたいだった。オレも違うと思う、相沢の言ってること合ってると思う……なんて、言いたくて、言えない。

タモツくんはしばらく決まり悪そうにしていたけど、「ま、いいけど」と息をつき、ノートを広げた。

始業五分前の予鈴が鳴る。

廊下が、不意に騒がしくなった。オトコの怒鳴り声が響き渡り、オンナの悲鳴も聞こえた。トイレに行っていた橋本とコウジが教室に駆け戻って、岡野が階段の踊り場でテツに殴りかかった、と言った。

8

どこかに行きたい。

なにか、ぽかんと抜けたような広いところに行ってみたい。

サラリーマンには有給休暇があるんだから、中学生にだってそういう休みがあったっていいのに。先生が休んだときには、自習なんてケチなことを言わずに生徒も休ませてくれればいいのに。生徒が休んで先生が無人の教室で授業をする、「自教」なんていうのがあってもいい。

休みたいときに遠慮なく休めるような校則があれば、みんなすごく楽になると思う。べつに三年間で卒業しなくてもいい、というのが世の中の常識になれば、「中学生」が背負っているいろんなものが軽くなって、「中学生」にたいした意味なんてなくなって、ぼくたちは毎日平和に楽しく幸せに……。

甘いよな。

鼻息で笑った。海老沢が、なに？　と振り向いた。なんでもねえよ前向いてろよ、とぼくは顎を前にしゃくり、シャーペンをとって、教科書に載っている織田信長の顔にムカデみたいな傷跡を何本も書いた。髪をリーゼントにして、四十五度のサングラスで目を隠し、煙草をくわえさせた。「喧嘩上等」と吹き出しで台詞もつけた。

社会科の久保先生はいつも出席番号順に生徒をあてていく。さっき園部美由紀が短い質問に答えたので、次にあたるのはぼく。でも、先生がいまなにを話しているのかぜんぜんわからない。授業に追いつこうという気はあるけど、それが目や耳に伝わらない。

昼休み、岡野の母親が学校に来た。五時限めのいまも、校長室か職員室か知らないけど、先生と話しているんだろう。

たいしたケンカじゃない。テツは一発殴られただけで、鼻血も出なかった。でも、あいつ、頭を打ったとか吐き気がするとかおおげさなことを言いだして、午前中のうちに担任の工藤先生に付き添われて病院に向かい、そのまま早退した。テツと小学校が同じだった橋本によれば、あいつの母親はめちゃくちゃな過保護で、ヒステリックで、だから岡野の母親が呼び出されたのも、きっとテツの母親がわめき散らしたせいだろう。「治療費とか慰謝料とか後遺症とか平気で言いだす母ちゃんだからさ、岡野んちも大変だと思うぜ」とも橋本は言っていた。

階段の踊り場に駆けつけたのは、クラスではぼくが一番乗りだった。膝のことも忘れて、廊下を全力疾走した。でも、カッコつけたって、けっきょくはヤジ馬の一人だ。三年生たちに羽交い締めにされて泣きながら叫ぶ岡野を人垣の最前列で見た、それだけのこと。まだケンカがつづいていたら、オレもテツを殴ってやる——なんて走りながら思ったのも、いままでは、ほんとうにそうだったのかどうか自信がない。

ため息をついて、窓を細めに開けた。雨は昼前にあがった。給食の時間に、ヘリコプターの音が聞こえた。スタンガンの通り魔は、まだ逮捕されていないんだろうか。

机に突っ伏して、額を軽くぶつけ、また体を起こす。

教室のおしゃべりの話題は、どんどん変わっていく。岡野の逆ギレで、ツカちゃんとタモツくんの言い合いはすっかり影が薄くなってしまった。スタンガンの通り魔事件も遠くなった。岡野の話だって、明日には「そういえば」という感じになってしまうんだろう。

だって、ひとごとじゃん。

口だけ動かして、なんか懐かしいな、このフレーズ、と思った。

「はい、じゃあ、高橋」

先生に名前を呼ばれ、「考え中です」と答えたら、教室がどっと湧いた。

「高橋、おまえ、考えなきゃ教科書読めないのか？」

「え？」

「顔洗ってくるか？」

「いえ……いいです」

「だったら、立ってろ。そうすれば目も覚めるだろ」

「……はい」

海老沢に読むところを教えてもらい、参勤交代の仕組みについて説明した箇所を棒読みした。

読み終わると、先生は「ビッとしろよ、もう金曜から期末だぞ」と舌打ち交じりに言って、出席簿にメモをした。指名済みのチェックと、平常点マイナス五点。

立ったまま、教室を眺め渡した。いままでそんなこと一度も思わなかったけど、みんな変わっちゃったよなあ、と気づく。

夏休みを境に、急に雰囲気がケバくなったオンナが何人もいる。眉を細くしたり、ブラウスのボタンを上から二つはずしたり、スカートのウエストをたぐって丈を短くしたり、唇がテカってる奴や髪の色を少し抜いた奴もいる。そういうオンナはたいがい三年生や高校生と仲が良くて、クラスのオトコを見ると、意味もなくにやにや笑う。

オトコだって、坊ちゃん刈りの奴はもう誰もいない。渡りを太くしたズボンの裾をひきずったり、ブレザーの裏地を二重にしてタランチュラや風神・雷神の刺繍を入れたり、いろんなことをしている。ぼくだって、そうだ。短い髪を毎朝ジェルでツンツンに立てて、たまにコンビニで顔の脂取りのウエットシートを買う。まじめなガシチュウでこれだから、ナンチュウなんてもっとすごいんだろう。

みんなカッコばかりつけて、ワルぶって、一年半前までは半ズボン姿の小学生だったってことを忘れたみたいに。でも、あと一年半たてば、高校生になる。中卒で働く奴だっているかもしれない。ぼくたちは、まだコドモなのか、もうコドモじゃないのか、どっちなんだろう……なんて、パターン、ちょー定番。なにをやっても、なにを考えても、どこかで見たり聞いたりしたようなことばかりだ。歴史が、じつはもうだいぶ前に終わっていて、いまはリプレイしてるだけなんじゃないか……って、これもパターン、ちょー定番なんだけど。

教室が、またどっと湧いた。

「もういい、おまえも立ってろ」久保先生は、今度はかなり怒っていた。「このクラス、たるんでるぞ、まったく」

ぼくの次の出席番号――ツカちゃん。

椅子を引くのも面倒くさそうに、のろのろと立ち上がる。

ぼくと目が合っても笑わなかった。代わりに、机の上の缶ペンを手にとって、なにかの実験をするみたいに勢いをつけずにまっすぐ床に落とした。ガチャン、とスチールの音が響く。大きくはないけど、とがって、耳ざわりで、いやな気分にさせる音だった。

「こら、塚本、なにやってる！」

「落としちゃいました、すみませーん」

ツカちゃんはかがみこんで缶ペンを拾い、先生は「なんなんだよ、まったくなあ……」と出席簿にまたメモをした。

先生にはわからないんだろうか。ぼくにはわかる。いやな音を聞きたいことって、ある。ぜったいにある。だからぼくも、自分の缶ペンを指ではじき落とした。床に落ちて蓋が開いてしまったぶん、ツカちゃんのより派手な音が響いた。平常点、これでマイナス十点。でも、ツカちゃんは、なにやってんだよバーカ、と嬉しそうじゃなかったけど笑ってくれた。

一日の授業が終わると、どこかに行きたい気持ちは嘘のように消えてしまった。さっさと帰りたい、寄り道もやめて、遊びにも出かけず、ベッドに寝ころがってうだうだしていたい——そんな日に福祉委員会があるというのは、ぼくと小松の相性の悪さの証明みたいだ。それとも、ほんとうに相性が悪いのは、ぼくと相沢志穂なんだろうか。

相沢と顔を合わせたくなくて、ホームルームが終わると同時にダッシュで教室を出た。おかげで生徒会室に一番乗りになってしまい、すぐにやってきた小松に、「こないだのバザーのことだけどさあ、ほんとになんで途中で逃げちゃったんだよ。みんな迷惑したんだぞ」と邪魔者抜きでねちねちと文句を言われた。

これで何度めになるだろう、小松の奴、意外としつこい。「オレの立場なくなっちゃったよ」なんてことも言う。バザーの翌日に文句を言われたときには「中学二年生に立場なんてあんのかよ」と返して黙らせてやったけど、今日は素直に「わかったわかった、悪かったって」と謝った。こんな奴ともめる元気は、今日はない。

相沢が生徒会室に入ってきたのは、ほかのクラスの委員がほとんど揃った頃だった。ドアを開けてから、二年C組の席――ぼくの隣に座るまで、ずっとうつむいていた。相沢もぼくの顔を見たくないのかもしれない。

委員会の議題は、歳末助け合い運動の共同募金だった。小松は手際よく話を進めていく。あまりにも手際がよすぎて、予定外だった廃品回収が活動に組み入れられたことにも、小松に「じゃあ、全員一致で決定しました」と言われるまで気づかなかったほどだ。

さすがにみんなざわついたけど、小松は「意見や質問のある人は挙手をしてください」と、先生でもつかわないような言葉で封じた。廃品回収は、学園祭でいっしょにバザーをやった大学生のボランティアサークルが仕切る。ぼくたちはテントのスペースを分けてもらったお礼に手伝うわけだ。ボランティアのボランティア。よくわからない。受験の追い込みに入った三年生の委員が粘って、全員参加から有志参加に切り替えさせたのが、せめてもの救いだった。

そんなふうにして進んだ会議の終わり間近、相沢が小松の隙を見て、少女マンガのキャラクターがついた小さな紙を裏返しにしてぼくの席に置いた。顔はうつむいたまま。ぼくも相沢を振り向かず、掌で覆いをつくって紙をめくった。

『見殺し』

真ん中に、それだけ書いてあった。黙って紙を丸めると、すぐに二枚めが来た。

『弱虫』

前もってメッセージを書いておいたのか、三枚め、四枚め、五枚めとたてつづけに来た。

『ひきょう者』『あんたのやったことシカトと同じ』『最低』

うっせーよ。横目で相沢をにらみ、息だけで言った。

だってほんとじゃん、と相沢もまなざしだけぼくに向けて、紙をこするような声で言う。

なに勝手なこと言ってんだよバーカ。

そっちが身勝手なんでしょう?

なんでだよ。

あたりまえじゃない。

「二年C組、私語やめてください」と小松が言った。

帰り道、本条めぐみの背中や脇腹やうなじを、何度も幻のナイフで刺した。

本条は英語が苦手で、「先輩、単語とかどんなふうに暗記しましたぁ?」なんて訊いてくる。ぼくはていねいに説明してやった。カバンから英語のノートを出して見せてやった。

「先輩って、意外、字うまいんですねぇ」とノートをめくりながら歩く本条の背中に、深々とナイフを突き立てる。血まみれの本条を思い描く。最初はなにが起こったかわからずにきょとんとして、それから恐怖と痛みに顔をゆがめる本条が、リアルに想像できる。

頭が痛い。もうやめろよ、もういいじゃんよ、と自分に言い聞かせているのに、「その気」が暴れる。

本条の背中を見たくなくて、目をつぶった。歩道を半分ふさいだ電柱に肩をぶつけ、カバンを落とした。

「先輩、どうしたんですかぁ？　だいじょうぶですかぁ？」

こんなときにも本条の声は間延びする。

相沢志穂に会いたい、と思った。会えないから、会いたい。悪意って、やっぱ、「あり」だわ、と言ってやりたい。「あり」だけどさあ……そのあとにつづく言葉が、わからない。

家に帰ると、母が「さっきエイジに電話あったわよ」と言った。「名前、なんてったっけ……そこにメモ置いといたから。よかったら電話してください、だって。オトナの人だったわよ」

「オトナ？」

「そう。なにかの勧誘だったら、すぐに断りなさいよ」

ダイニングテーブルにメモがある。走り書きした携帯電話の番号と、『サギヌマ』。

鷺沼さん――？

鷺沼さんは、スタンガンの通り魔の取材で桜ヶ丘に来ていた。中央広場の『デンデン虫』を待ち合わせ場所にした。決めたのは鷺沼さんだ。「喫茶店とかファミレスでもいいけど、外のほうがきみもしゃべりやすいんじゃない？」とノイズ交じりの声で言っていた。

母には、鷺沼さんのことも出かける理由も話さなかった。「バスケ部のＯＢの大学生」という説明を母がどこまで信じたかは知らない。

エントランスホールの郵便受けには、もう夕刊が届いていた。社会面だけ、その場で読んだ。スタンガンの通り魔も、露出魔のオヤジも、オヤジ狩りのグループも、エアガンの狙撃犯も、レーザーポインターの犯人も、まだ捕まっていなかった。それとも、逮捕はされたけど新聞に載っていないだけなんだろうか。たしかに、たいしたことはない話だ。社会面のトップ記事は、どこかの銀行がつぶれそうだと伝えていた。

「少年」の事故や事件は、今日は出ていない。ああ今日は一日無事に終わってくれた、とホッとする人もいるんだろうな、と思った。そんなことでホッとするような世の中って、やっぱりめちゃくちゃなんだろうな、とも。

自転車をとばす。道ばたには午前中の雨の水たまりがいくつも残っていた。ときどき、わざと水たまりをつっきった。ペダルから足を浮かせてしぶきをかわす。

水たまりができる場所は、いつも決まっている。晴れている日には気づかないほどの浅いくぼみでも、水はそこに向かって流れていく。ぼくたちもみんな、どこかがくぼんでいるんだろう。それとも、ぼくたちがいるところが、地平線も見えないようなはてしもなく広いくぼみなんだろうか——なんて。

中央広場に着いたときには、もう陽はだいぶ暮れていた。西のほうを見ると、富士山がくっきりしたシルエットになっていた。遊歩道に自転車を停め、芝生の丘を歩いて上る。丘のふもとには犬を散歩させている人が何人かいたけど、てっぺんを目指すのはぼくだけだった。まなざしを丘の上に向ける。『デンデン虫』のツノの先っぽが、夕陽のかけらをはじいてにぶく光っていた。

鷺沼さんは、『デンデン虫』のしっぽ——でいいんだっけ、ツノの反対側にあるベンチに座っていた。ぼくに気づくと立ち上がって、軽く手を振った。

「ひさしぶり」

夕陽に目を細めて、笑った。

ベンチに並んで座ると、鷺沼さんは革ジャンから煙草を取り出しながらあらためてぼくを見て、「痩せた？」と訊いた。

「体重とか計ってないから」とぼくは首をひねる。

「中学二年生なんて、毎日毎日顔が変わるようなものだけど、でも、うん、十月のときよりちょっと雰囲気変わった気がするけどな」

わからない。鷺沼さんも「まあいいや」と言って、煙草に火を点けた。

「こないだ、悪かったね、せっかく電話くれたのに。もう一度電話しようと思ってたんだけど、なんだかんだと忙しくて」

「……いえ」

「もう、よかったの？『A子さん』のこと。あの記事でなにか問題あったのかな、それ訊きたくてさ」

問題なんて、なにもない。相沢志穂が疑われた。相沢も、納得しきらないまま、それを受け入れた。落ち込んだ。そこから、フェイントでパスが来るみたいに、ぼくに「ゆーじょう」を見せろと言った。見せなかったから、いま、怒っている。たぶん、また落ち込んでもいるだろう。それだけだ。そして、それは鷺沼さんにしゃべってもどうしようもないことだ。

「そういえば、同級生の彼、保護観察ってことに決まったよ。もう家に帰ってるんじゃないのかな。学校には来てない？」

黙ってうなずくと、鷺沼さんも、だろうな、というふうに息をついた。

「犯罪としてはかなり重いんだけど、初犯だし、中学生だし、家庭もしっかりしてるし、それに彼、最初のうちは精神的にそうとう不安定だったらしいけど、落ち着いてからは事件のこともちゃんと反省して、だいじょうぶだ、更正できるよ」

なんか、いやだな——と思った。「反省」とか「更正」とかの言葉が、嘘っぽく響く。ドラマのワンシーンみたいだ。母が「エイジも恵子も、こういうの観なきゃダメよ、たまには」と言いそうなやつ。

煙草の煙が目の前に流れてきて、追いかけて鷺沼さんが言った。

「ひとつ訊いていい？」

「……はい」

「彼の気持ち、こないだは『わからない』って言ってたよね、きみ」

微妙に違う。ぼくは「理解できない？」と訊かれて、黙ってうなずいただけなのだ。

「いまは、どう？」

なんとなく、と口を小さく動かして、つづく言葉を探していたら、鷺沼さんは勝手に先回りして、「でも、きみは彼にはならなかった。そこの違いって、どんなところなんだろうな」と訊いた。

「さあ……」

「彼みたいなことやっちゃう可能性、ある？」

海老沢の背中が浮かぶ。本条めぐみの背中も浮かぶ。幻のナイフ。首の後ろのむずがゆさを紛らすように、縦とも横ともつかず顎を動かした。

「でも、やらない？」

「さあ……」

「やりそう？」

「……ちょっと、よくわかんないです」

鷺沼さんは、やれやれ、と笑って煙草を捨てた。無責任ぽくていやなガキだな、と自分でも思う。だけど、筋道をたてて説明すると、逆にほんとうに言いたいことからどんどん遠ざかってしまいそうな気がする。

「きみは人を殴ったことある？」

「……いいえ」

岡野の顔が浮かぶ。

「もし、一人だけ殴ってもいいぞって言われたら、誰を殴りたい？」

テツ――じゃない。あいつを「一人だけ」になんかしたくない。誰だろう。「一人だけ」。誰を殴りたいだろう、ぼくは。家族じゃない。同級生でも先生でもない。知っている奴のなかにはいない。ましてや、見ず知らずの人なんて。

「じゃあ、誰も殴らなくていい？　かまわない？」

小さく、ほんとうに小さく、でも迷いながらじゃなくて、首を横に振った。

鷺沼さんは前かがみになってぼくの顔を覗き込み、目が合う前に姿勢を戻して言った。

「やっぱり、きみ、変わったよ」

そんなこと言われても、知らない。

「べつに悪い意味じゃないんだけどな」

だから、知らないって言ってるじゃん……。

鷺沼さんは立ち上がって『デンデン虫』に近づき、落書きで埋め尽くされた『デンデン虫』の表面を掌で軽く叩いて、「しかし、すごいよなあ」と言った。「街じゅうの怨念を背負い込んだっていう感じだもんな」

「はあ……」

「二百人ぐらい名前書いてあるんじゃないかな。これ、ようするに、誰かに恨まれたり憎まれたりしてる人の名前なわけだもんな。すごいよな、ほんと、怨念っていうか悪意っていうか、このへんにモワーッとたちこめてたりして」

両手を広げて示した「このへん」は、『デンデン虫』のまわりじゃなくて、街ぜんたいだった。今朝タモツくんが言っていたことが、少しわかったような気がした。

「きみなんかも、書いたことあるの？」

笑いながら訊かれたので、ぼくも、笑いながら首を横に振った。

「書かれたことは？」

知らない。たしかめたこともない。

「でも、怖いよな、そういうのへたに探して、自分の名前があると」

鷺沼さんはぼくの言いたいことを代わりに口にして、「遠くから見るときれいなのになあ」とため息交じりに言った。返事はしなかったけど、ぼくもそう思う。晴れた日の『デンデン虫』は、ステンレスがきらきら光って、とてもきれいだ。

鷺沼さんは『デンデン虫』の落書きを、昼間のうちに写真に撮ったりメモに書き写したりしたのだという。タカやんの通り魔事件のときは「中学生」をキーワードに取材を進めたけど、今度は「ニュータウン」が記事の切り口になるらしい。

「ニュータウンの中学生なんて、麻雀ならリャンハンついてるよな」

ぼくを振り向いて笑う。麻雀のことはぜんぜん知らないけど、意味はなんとなくわかった。

「でも、じっさい、きみらも大変だよなあ。なにが悪いとか誰のせいだとかじゃないけど、疲れるだろ、こんな時代に中学生やってるのって」

母みたいなことを言う。そういう質問をされるのがいちばん疲れるから、「ほかの時代とか、知らないし」と返した。

「そうだな……うん、そりゃそうだ」

「オジサン」オトナを名前で呼ぶのって難しい。「ぼくらの話とか聞いて、なんか意味あるんですか?」

鷺沼さんはベンチに戻って、新しい煙草を口にくわえ、もごもごとした声で「半分は、仕事だな」と言った。

「あと半分は?」

「父親として、かな」

ライターの小さな火が鷺沼さんの顔を照らす。空はだいぶ暗くなり、犬を散歩させていた人もいなくなった。

ぼくは、ぼくと同じ名前の少年のことを思う。ここことは別の街で、ぼくとは違う毎日を過ごしている「エイジ」に、急に悔しさを感じた。

「じゃあ」意地悪な口調で、いい。「自分の息子に訊けばいいじゃないですか。他人に訊くのって、ひきょうだと思うけど」

一瞬きょとんとした顔になった鷺沼さんは、プッと吹き出した。

「無理だよ、それは」

「はあ?」

鷺沼さんは「ちょっと待って」とくわえ煙草で言って、革ジャンの内ポケットから携帯電話を取り出した。

「これ、ウチのエイジ」

フリップの内側に、プリクラの写真が一枚貼ってあった。丸々太った赤ちゃんの笑顔が、フレームからはみ出している。

「若いんだぜ、オレ、こう見えても」

短くなった煙草の煙に目をしょぼつかせながら、おどけて言う。革ジャンのシルエットを崩すおなかの出っぱりぐあいと、髪の毛の乏しさに、ぼくもつい笑ってしまう。笑うことで、少し、楽になれた。

「こいつが中学生になる頃って、どんな世の中なんだろうなあ」

「あんまり変わんないと思うけど……」

「でも、その頃は、きみなんかも結婚して、オヤジになってるかもしれないんだぜ」

そんなの、いままで想像したことがなかった。想像してみたとしても、きっとなにも浮かばない。

「どんな世の中になってるんだろうな、ほんとに」

鷺沼さんはもう一度、つぶやくように言って、携帯電話のフリップを閉じた。

9

翌朝、ふだんより三十分も早く家を出た。

福祉委員会の仕事がある、と母には言った。朝食は、トーストしていない食パンにマヨネーズを塗って牛乳といっしょに食べた。「すぐに目玉焼きつくるから」と母が言ったけど、時間がないから、と断った。プチトマトとレタスを食べずに学校に行くのは何カ月ぶりだろう。

外廊下に出て、よく晴れた、そのぶん冷え込んだ朝の空気に小さく身震いして、エレベータホールに向かう。吐き出す息が白い。煙草の煙みたいに顔にまとわりつく。

エレベータは、ちょうど八階から下りていくところだった。階数表示のランプの動きぐあいからすると、七階、六階、五階とフロアごとに停まっているんだろう。肩すかしをくった気分で、いらだちと寒さしのぎに足踏みしているうちに、少し遅れて家を出た父もホールに来た。

「この時間はダメなんだよ、今日ゴミの日だし」

「うん……」

「階段使ったほうが早いぞ。いっしょに行こう」

いやだったけど、「急いでるんだろ？」と言われると断ることもできず、父のあとについて階段を下りていった。

「エイジ」

歩きだしてすぐ、父が、振り向かずに言った。

「なに？」

声が壁に響きすぎないよう気をつけて返した。こんな角度で父を見るのは初めてだ。頭のてっぺんの地肌がはっきりと透けて見える。養毛剤や育毛マッサージでいくらフォローしても、もう手遅れなのかもしれない。

「最近どうだ、ギター。少しはうまくなったか」

「うん……まあ……」

「そろそろ弦を張り替えたほうがいいから、今度買ってきてやるよ。チューニングは、もう自分でできるんだろ？」

「……だいたい」

嘘だ。十一月に入ってからギターをさわったことは一度もない。邪魔だよなあ、といつも思っている。部屋が狭くなるだけじゃなくて、無理して筋道をたてた「好き」が、うっとうしい。ぼくはギターなんて欲しくなかったんだ——いまなら言える。

「お父さん、ぼく時間ないから、先行っていい？」

「うん？　ああ、そうか、じゃあ行っちゃえ」

父は階段の端によけて、道を空けてくれた。ぼくは父の前を、うつむいて通り過ぎる。

「気をつけてな」と父が言った。行ってきます、と返そうとしたけど、頬や顎がうまく動かなかった。父はいつもぼくより先に家を出る。ぼくが「行ってきます」を言うことはめったにない。

階段を小走りに下りて、踊り場をいくつか過ぎて、父とじゅうぶん遠ざかってから、エレベータホールに出た。四階だった。エレベータの階数表示ランプは、するすると滑るように九階に向かっていた。

深呼吸して胸の空気を入れ換えた。陽の射さない階段には、湿った埃とワックスと壁の塗料と生ゴミのにおいが、重くよどんでいた。父が毎朝こんなにおいのなかを通っているなんて知らなかった。臭くないんだろうか。もう慣れてしまって感じなくなってるんだろうか。

九階まで上ったエレベータが、さっきと同じように各フロアで停まりながら、四階に来た。十人近い先客のなかに、姉もいた。あんたなにやってんの？ という顔でぼくを見た。サラリーマンのオヤジたちに囲まれた姉は、カバンを防具かなにかのように胸に抱いて、ずいぶん居心地悪そうだった。

エレベータがエントランスフロアに着く。ドアが開く。ぼくはダッシュで外に出た。


バス通りの歩道橋を渡ると、朝からの胸のつかえがやっととれた。でも、代わりに苦いものが、みぞおちから胸、胸から喉へとせりあがってくる。

本条めぐみは、今朝も八時十五分に、ここに来るだろう。ぼくを待って歩道橋の下にたたずむだろう。友だちに冷やかされて、「やめてよぉ」なんて言いながら。何分くらい待つだろうか。不安な顔になって、ぼくの来る方角をつま先立って眺め渡して、すっぽかされたことに気づくのは、いつ頃だろう。遅刻するかもしれない。怒るだろうか。かなしむだろうか。どっちでもいいや、もう。

本条は悪くない。でも、ぼくはもう、本条といっしょに歩きたくない。

学校の近くまで来ても、登校する生徒の姿はほとんど見かけなかった。こんな時間にも、校門の脇には当番の先生が立っている。土谷先生がいた。バスケ部の吉田先生も。元気いっぱいの「おはよう！」の声は聞こえない。どの先生も眠たそうに、寒そうに、退屈そうに、ぼおっとした顔で立っていて、生徒が校門をくぐると「よお、おはよう」とか「おっす」とか気のない声をかけてくる。あくび交じりの声もある。よっぽど暇なのか、生徒を呼び止めて話しかける先生もいる。

それがなんとなく嬉しくて、『おはよう運動』が始まって以来こんな朝ってなかったと思う、プレッシャーを感じずに校門をくぐった。

「高橋？　おまえどうしたんだ、えらい早いじゃないか」と土谷先生が言った。

「はあ、ちょっと」とてきとうに答えていたら、今度は吉田先生が横からぼくを呼んだ。校舎のほうに歩きだしながら、こっちに来い、と手招く。怒ったそぶりじゃなかったけど、顔は笑っていなかった。

校門と校舎の真ん中あたりで吉田先生は足を止め、ぼくを振り向いた。まなざしより先に、「昨日のことだけど」と声が来た。

校門の脇に吉田先生がいるのを見たときから覚悟はしていた。朝のホームルームの前や昼休みに、校内放送で職員室に呼び出される可能性だってあると思っていた。

「岡野はなにも言わないんだけど、なにかあったのか、あいつら」

テツ——と言いかけて、「鈴木くん」に直した。

「鈴木くんは、なにか言ってたんですか？」

「いや、とにかく、いきなり岡野に後ろから殴られたっていうことしか……」

だったら、ぼくもなにも言わない。カッコ悪いことは、しない。正しいとか間違ってるとかじゃなくて、そういうルールがあって、誰が決めたっていうわけじゃなくてもたしかにあって、ぼくたちはそれを破ったとたん、またコドモに戻ってしまうんじゃないかと思う。

吉田先生は黙りこくるぼくの答えをしばらく待って、少しあきれたように「あのな、高橋」と言った。「学校の先生の質問ってな、わかんないから訊いてるものだけじゃないんだぞ」

「はい……」

「まあいいや。膝、どうなんだ？」

「痛いです」

「こないだの新人戦、おまえの名前も選手登録しといたんだけどなあ。知ってるか、背番号4も空けて」

聞いてない。

「岡野が、そうしてくれって。膝の調子がよかったら試合に出るって言ってたんだろ？」

言ってない。

「市民体育館で、ぎりぎりまで待ってたんだけどなあ」

そんなの言われたって、知らない。

「岡野、部活はやめないから。鈴木のお母さんはいろいろ言ってたけど、それは先生のほうでなんとかするってことで、あいつ、あれだけバスケが好きなんだから」

やっと、しっかりうなずけた。そうなんだ、あたりまえすぎて、いままでは考えたことなかったけど、岡野はバスケが好きなんだ。ぼくよりも、ずっと。

吉田先生は、もういいぞ、というふうに校舎に顎をしゃくったけど、ぼくの足は動かなかった。背中に、土谷先生たちの「おはよう！」の声が聞こえる。登校する生徒の数が増えてきたせいで、眠そうだった声は、もうふだんどおりの「おはよう！」に変わっていた。

吉田先生は、たたずんだままのぼくに苦笑いを送って言った。

「先生なあ、トレーニングとか作戦なんかはよくわかんないけど、そいつがバスケのことをどれくらい好きかは、わかるんだぞ」

もじゃもじゃの白髪を指ですいて、じっとぼくを見つめる。ぼくは小さく頭を下げて、歩きだした。

ツカちゃんの口の横のニキビは、昨日よりさらに増えていた。膿んで、ただれてしまったニキビもある。

「エイジ、オレ、もう死にそう……」

教室に入ってくると、カバンを置く間もなくぼくの席に来て、床にしゃがみこむ。つぶやくような声は低くかすれ、息が臭い。酸っぱいような苦いような生ぐさいような、いやなにおいだ。

「ゆうべ、母ちゃんの帰り、遅かったんだよ。遅いっつったって一時間ぐらいなんだけど、なんか胸騒ぎがしちゃってよ、バス停まで迎えに行ったんだよ。三十分ぐらい待ったんだけど、ぜんぜん帰ってこねえの。で、ヤベえよおって思いながらとりあえず家に帰ったら、いるのよ、母ちゃん、いるの」

肩を揺すって笑い、「パートいっしょにやってる中西さんの車に乗っけてもらったんだって」と早口でオチをつけて、でもほんとうのオチは、その先だった。言葉じゃなくて身振りで、ツカちゃんはそれを伝えた。

右ストレート。

まっすぐに伸ばした右腕を縮めるのと同時に、肩の力を抜いた。

「殴ったたっつーか、押したんだよ。したら、まともにすっ転んで、食器棚、激突。母ちゃんデブだから、運動神経ねえのよ。でも、バカみてえだよなあ、オレ、母ちゃんのこと心配してんだぜ？　死ぬほど心配してんだぜ？　なーんでキレなきゃいけねーのよ、バカだよ、マジ、オレ、バカ」

ツカちゃんは優しい。だから、キレたんじゃない。こないだのぼくと同じで、つながったまま、じたばたしてるだけだ。

「極端なんだよ、ツカちゃん」

「うん……なんか、なにやらせてもブレーキ利かなくなるんだよ、オレって」

エンジンが利かないオレよりいいじゃん、と心の中で返した。

「ゆうべもよ、ウチに放火とかするバカいたらどうしようかって考えてたら、眠れなくなっちゃってさ、昨日遊んでて帰るときも、後ろから高校生が原チャリで追い越したのよオレのこと、けっこう歩道側を走ってるわけそいつ、そのとき一瞬、ビクッてなっちゃって、通り魔じゃねーかっつーて……もうビョーキだよなあ、ビョーキだからさあ……」

ツカちゃんは最後はおどけたふうに言って、ズボンのポケットに入れていた手を、ゆっくりと出した。

サバイバルナイフが、あった。

「こーゆーの持ってると、ちょっと気分が落ち着くわけ」

ポケットにナイフを戻して、「お守りだよな、使うわけねーよ」と自分に言い聞かせるようにつぶやく。

「……ツカちゃん、それ、やめろよ」

「だーいじょうぶだっつーの、お守りなんだから」

「ヤバいよ、マジ」

「昨日、タモツのバカが言ってたろ、悪意も『あり』なんだっつーて生意気なこと。だったらよ、負けてらんねえじゃんかよ。黙って殺されるほど安くねえぞ、こっちも」

へへッと笑って立ち上がる。初めてだ、こんなに薄っぺらに笑うツカちゃんなんて。ぼくを見る。まなざしが弱い。その場から、なかなか立ち去らない。ぼくを——わからない、なにを見ているのか、いま。

「ナイフなんかに頼るなって」とぼくは言った。

ツカちゃんの顔から、笑みが消えた。

「『なんか』って、今度言ったら、ぶっ殺すぞ」

濁った声で言った。

一時限めの始まる少し前、ドアのそばにいたコウジに呼ばれた。振り向くと、「カノジョ」

とからかう口調で言って、廊下のほうを親指で差す。

ぼくは迷いながら、でも立ち上がり、廊下に出た。

本条めぐみが頰を赤くして立っていた。

「風邪とかひいて、学校休んじゃったのかなあって」

細い声がまとわりつく。ぼくは目をそらし、悪い、と口だけ動かした。

「帰り、いっしょに帰れますかぁ？」

いやだよ。もうやめようぜ。オレ、やっぱりおまえのこと好きじゃないから。がんばってみたけど、好きになれなかったから。頭の中に言葉をいくつかめぐらせていたら、本条の肩越しに、相沢志穂が廊下を歩いてくるのが見えた。トイレに行っていたのか、女子の何人かと連れだっておしゃべりしている。

「あと、もしよかったら、図書館とかで先輩といっしょに勉強したいんですけど、それ、いいですかぁ？」

相沢もぼくに気づいた――と同時に、ぷい、と横を向いた。

「……ダメですかぁ？」

本条の声が沈む。

ぼくはまなざしを本条に戻して、「いいよ」と言った。軽く笑ってもみた。スゴロクでいうなら、「ふりだしにもどる」。本条は「うわあっ」と嬉しそうに声をあげる。一年生の頃、ぼくはこんなに無邪気だったっけ。もう、思いだせない。

ぼくはいつも思う。「キレる」っていう言葉、オトナが考えている意味は違うんじゃないか。我慢とか辛抱とか感情を抑えるとか、そういうものがプツンとキレるんじゃない。自分と相手とのつながりがわずらわしくなって断ち切ってしまうことが、「キレる」なんじゃないか。

体じゅうあちこちをチューブでつながれた重病人みたいなものだ。チューブをはずせばヤバいのはわかっているけど、うっとうしくてたまらない。細くてどうでもいいチューブなら、あっさり――オトナが「なんで？」と驚くほどかんたんにはずせる。でも、太いチューブは、暴れても暴れてもはずれない。逆に体にからみついてくる。

キレたい。

あとで結び直してもいいから、いまは、ぼくにつながれたものぜんぶ切ってしまいたい。ぼくは「中学生」で、父と母の「息子」で、姉の「弟」で、岡野やツカちゃんやタモツくんの「友だち」で、本条めぐみの「カレシ」で、相沢志穂に「ひきょう者」と言われ、タカやんの「同級生」で、バスケ部の三年生の「後輩」で、一年生の「先輩」で、「十四歳」で、「オトコ」で、「ぼく」で……。どれから断ち切っていこう。どれを、断ち切れるだろう。

先生の声も黒板の文字も、ぜんぜん頭の中に入っていかない。海老沢の癖がうつったみたいに、膝が勝手に小刻みに動く。無理に抑えると、大声で叫びたくなる。椅子を後ろに倒して立ち上がり、机を両手でつかんで、窓ガラスに叩きつけて、何度も何度も叩きつけて、それから……遠くに、たとえばベランダから遠くに……。

胸がむかつく。こんなときにかぎって、塾の冬期講習の申し込みがまだだったとか、蛍光マーカーがかすれてきたので買わなくちゃとか、渡辺先生は冬休みにも読書感想文の宿題を出すんだろうかとか、次から次へと、どうでもいいことばかり頭に浮かんでしまう。

あせる。膝を貧乏揺すりさせ、シャーペンの先を机に押しつけては芯をポキポキ折って、椅子に何度も座り直す。あせっても、なにをするのか、わからない。でも、あせる。こんなところにこうして座ってる場合じゃない、とあせる。小学生の頃、よく先生に「集中力に欠ける」と言われていた。算数のテストで計算ミスをするたびに、『落ち着いて何度もたしかめなさい』と赤ペンを入れられた。落ち着け。落ち着かなくちゃダメだ。わかってる。ほんとうに、自分でもいやになるくらい。だから、あせるなあせるな、とあせる。

ふと思いついてコンパスをケースから取り出して、針の先を消しゴムに突き刺した。最初にグッと押し返してくる感触が伝わったけど、あとはすんなりと奥まで入っていく。針の根元まで沈めると、いったん抜き取って、もう一度。さらにもう一度、もう一度……。

何度か繰り返すうちに、気持ちが少しだけ落ち着いてきた。引き替えに、胸の別のところがざらつきはじめる。

傷だらけになった消しゴムをぼんやり見つめ、ぼくはタカやんのことを思う。タカやんもあせっていたんだろうか。相沢に言われたことや、やられた仕打ちを思いだしては、胸がむかむかしていたんだろうか。コンパスの針を消しゴムに刺してもダメだったんだろうか。タカやんもキレたかったんだろうか。だから、あんなことをしちゃったんだろうか。首の後ろで、「その気」が爆ぜる。いいじゃんいいじゃん、もういいじゃん、どーだっていいじゃん――なんてリズムで、爆ぜる。

「先生」ぼくは立ち上がる。「あの、ちょっと頭痛いんで、保健室行ってきていいですか」

とりあえず、「授業を受ける中学生」というつながりから、キレた。

一階の廊下を保健室に向かう途中で、曲がった。昇降口で靴を履き替えて、外に出た。いい天気だ。校門までダッシュして、その勢いのままフェンスをよじのぼって、越えた。

「学校」から、キレた。

10

駐輪場に母の自転車がないのをたしかめて、家に入った。時計を見ると十一時を少し回ったところだった。母は、みのもんたの番組には間に合うように帰ってくるはずだ。時間は、あまりない。

自分の部屋に入り、制服を脱ぎ捨てて、ワークパンツとスウェットとスカジャンに着替えた。スウェットは、いっとうお気に入りの、といってもロゴがそれっぽいだけのステューシーのバッタ物。靴は、エアジョーダンにしよう。去年のバースディプレゼント。欲しくて欲しくてたまらなかったエアジョーダン。ぼろぼろになるまで履きつぶしたあとも捨てるのがもったいなくて、たしか、この部屋の、本棚の、てっぺんに積み重ねたブリキのコンテナボックスのどれか……椅子と机に片足ずつかけた不安定な姿勢でボックスを下ろそうとしたら、椅子の座面が動いて、腰がよじれ、ヤバい、ボックスが手にひっかかって、頭上になだれ落ちた。

頭をかばった腕にあたる、肘にあたる、肩にあたる、いくつかは壁に立てかけてあったギターにもあたった。バチン、という音をたてて弦が切れ、ギターが床に倒れると、濁った音がたわむように響き渡った。

「なんなんだよ、ったく……邪魔だっつってんだろ、だからよお」

わざと声に出して、悪者をギターにした。ネックを乱暴につかんで持ち上げ、元の場所に戻した瞬間――こめかみが、すうっと冷たくなった。

ボディーに傷がついていた。かまえたら右下になる、いちばん目立つところに、ノミを打ち込んだような、小さいけど深い傷。ペイントの下まで届いていて、白っぽい木の色がはっきりと見える。ボックスの角がぶつかったようだ。ホールのすぐ横にも、車のひっかき傷みたいな細い筋があった。

父の顔が浮かんだ。誕生日の夜、父の歌うサザンオールスターズやユーミンをじっと聴いていた母の背中も。

ギターの前にしゃがみこんだ。ボディーに映る泣きだしそうな自分の顔としばらく向き合って、でも、立ち上がるときには笑みを浮かべた。なにかがキレたんだ、キレてくれたんだ、そう思うことにした。

足元に、蓋のとれたコンテナボックスがある。白×黒のエアジョーダンが入っていた。ひさしぶりだ。このシューズで数え切れないほどのシュートを決めた。ジャンプのときも、ドリブルのときも、ターンのときも、いつだってエアジョーダンはぼくのプレイを支えてくれていた。

でも、ぼくはもうこれを履いていた頃のぼくともキレているんだと、思う。

キッチンに入り、電子レンジの下の隙間から茶封筒を取り出す。クリーニングの集金用のお金が、うまいぐあいにまだ三千円残っていた。

十一時半。家を出た。自転車にまたがって、大きく深呼吸をした。どこに行こう。どこでもいい。ハンドルを握り、バイクにエンジンをかけるときみたいに手首をこねて、ペダルを強く踏み込んだ。

ブチブチブチブチブチッと、チューブがちぎれていく。

ぼくは、どんどん身軽になる。

中央広場の脇を通ると、近くの幼稚園の子供たちが揃いのスモックを着て遊んでいた。男の子は丘のてっぺんから段ボールのソリで芝生の斜面を滑りおりて、女の子は『デンデン虫』の近くで追いかけっこに夢中だ。あの子たちは『デンデン虫』に落書きされた『殺』や『怨』の文字の意味に、いつ気づくんだろう。あの子たちが中学生になっても、『デンデン虫』は街じゅうの悪意や怨念を背負いつづけるんだろうか。それとも、その頃にはまた別の噂が生まれているんだろうか。「『デンデン虫』に片思いの相手の名前を書けば両思いになる」——なんて。無理かな、やっぱり。

ショッピングセンターの駐輪場に自転車を置き、遊歩道を駅まで歩いた。学校から家まで帰ったときと同じように、いまも、誰にも呼び止められない。私服だから高校生に見えるんだろうか。中学生だとわかっていても知らん顔しているんだろうか。足どりは軽い。ふわふわと浮かぶみたいに軽い。

首の後ろで、「その気」がうごめく。スカジャンのポケットに入れた右手が、勝手に幻のナイフを探す。ツカちゃんのことを思う。ツカちゃんに言ってやりたい。ナイフ持つのってマジにヤバいよ、「その気」になったときシャレじゃすまなくなる、「その気」がないなんて思うな、あるんだ、みんな、あるんだ、タカやんにも、オレにも、おまえにも。

塾の先生がいつか教えてくれた。レモンを本屋に置いて立ち去って、それが爆弾だったらいいのに、と考える男を主人公にした小説があるらしい。今度読んでみたい。主人公は、けっきょく「その気」を心のどこに隠したんだろう。

駅に着いた。自動券売機で切符を買った。乗り継ぎ二回。快速電車を使えば、一時間たらずで、渋谷。自動改札を抜けた。精算所の窓口にいた駅員がちらりとぼくを見たけど、なにも言われなかった。

ぼくは「桜ヶ丘」からキレた。

一人で渋谷に行くのは初めてだったけど、電車の中でぼくと似たような年格好の連中を見つけ、電車を降りてからも奴らのあとを追っていったら、かんたんにセンター街まで行けた。平日——火曜日の午後イチなのに、センター街は制服姿の高校生であふれ返っていた。中学生もいる。いや、高校か中学かなんて、わからない。ちょっとガキっぽい奴らを見て、中学生なんだろうな、と見当をつけただけだ。ひょっとしたら小学生かもしれないし、意外とハタチを過ぎている可能性だってないわけじゃない。友だちどうしで群れている奴らもいるし、一人でぶらぶら歩いている奴もいる。ソリマチみたいなオトコもいるし、ヒロスエみたいなオンナもいるし、巨乳もいるし、デブもいるし、殺したいほどのブスもいるし、目が合うといきなり刺してきそうなヤバい雰囲気の奴もいる。

少し歩いただけで、頭がくらくらしてきた。すれ違う奴、追い越す奴、追い越される奴、横切る奴、座り込んだ奴、とにかく数が多すぎる。髪型や服装も、店のディスプレイや看板も、桜ヶ丘の駅前なんて比べものにならないくらい派手だ。目が疲れ、耳が疲れ、緊張のせいだろう、背中がつっぱったように痛くなる。

歩道に大きくせりだしてワゴンセールをやっていたジーンズショップで、黒いキャップを買った。ノーブランドで、千五百円。目深にかぶると視界の上半分が消えて、それだけでもだいぶ楽になる。

早足で歩けば数分で端から端まで行ってしまうセンター街を、何往復もした。なぜ渋谷なのか、なぜセンター街なのか、自分でもよくわからない。なんかパターンじゃん、とツッコミを入れられたら、なにも返せない。

でも、キレていそうな奴はたくさんいた。逆ギレみたいな突発性じゃなくて、持続性……慢性でもいいや、そういうキレ方をしてるような奴が、この街のこの一角には、たくさんいる。一人で歩いている奴は、たいがいキレている。グループの中でも、一人や二人、キレていそうな奴はいる。十人近いグループなのに、全員ばらばらにキレている連中もいた。

うざい――母が、いっとう嫌う言葉。姉やぼくが「うざいよお」とか「うぜーっ」なんて言うたびに、本気で怒る。「うざったい」はそうでもないのに、短縮形になっただけで急に神経を逆撫でする響きになるらしい。でも、「うっとうしい」でも「うざったい」でもなくて、いま、感じているのは、やっぱり「うざい」。

　こいつら、うざい。

　死ぬほど、うざい。

「その気」が首の後ろで爆ぜる。ぼくは、心おきなく「その気」をまなざしに載せる。前を歩くオンナの背中を、すれ違うオトコの脇腹を、幻のナイフで次々に刺していく。でも、ぼくの背中や脇腹も、きっといろんな奴らの手にした幻のナイフで血まみれになっているだろう。おあいこだ。

　今日センター街ですれ違った人の数は何百人にもなるはずだけど、ぼくはそのうちの誰とも再会しないだろう。誰の顔も思いだせないだろうし、誰もぼくの顔を記憶にとどめはしないだろう。

　何往復めか、もう数えるのが面倒になって、それでも歩きつづけ、幻の通り魔になったり被害者になったりをえんえん繰り返したすえ、右足の踵にいやな感触が伝わった。

　誰かが捨てたガムを踏んでしまったのだ。

　ニチャッ、ニチャッと音がするような粘っこさが、足の裏からふくらはぎ、膝の後ろ、腿、腰、背中、首の後ろの「その気」にまで這いのぼってくる。

　センター街を抜ける。駅前のスクランブル交差点を斜めにつっきる。ニチャッ、ニチャッ、ニチャッ……いやな感触はまだ残っている。ガムのこびりついたエアジョーダンなんて、それこそジョーダンみたいだ、なんちゃって。

歩きながらヘヘッと笑うと、向こうから来た若いサラリーマンが薄気味悪そうな顔をして、大回りしてぼくをよけた。

笑う代わりに泣いていたら、どうだっただろう。小学生の頃は道で泣いていると必ずおせっかいなオトナが声をかけてくれたものだけど、中学生ならどうなんだろう。

ぼくはキャップのツバを少し下げた。

渋谷なんかに来なけりゃよかった、と帰る段になって悔やんだ。


帰りの電車の中で、ぼくはずっと眠っていた。キャップで顔をほとんど隠し、腕組みをして、途中で停まった駅をどこも覚えていない。穴ぼこに落っこちるような深い眠りだった。

終点の桜ヶ丘の駅に着き、折り返し運転の案内をするアナウンスで目が覚めた。電車から降りると、ホームを吹き渡る強い風がキャップのツバを少し持ち上げた。額の生え際にたまっていた汗に風が触れて、冷やっこい。

けっこー楽になれたじゃん、と思った。

ホームを歩いていたら、いま乗ってきた電車にタモツくんが駆け込むのが見えた。最初はびっくりして、ああもう学校終わってる時間なんだと気づき、タモツくんの顔がすごく懐かしく思えてきた。

浮き立つ気持ちを抑えながらタモツくんの乗った車両に近づいていき、ホームからひょいと覗き込んだ。「タモっちゃーん」とおどけた声もかけてみた。

タモツくんは気づかなかった。ホームに背を向ける側のシートに座っていたせいだけじゃない。メロンパンを、むさぼるように食べていた。童話の挿し絵でよくあるチーズをかじるネズミみたいに、パンを両手に持ち、顔ごとパンに沈めてしまうほどの勢いで食べていた。飲み物はない。息をつく間もなく、ひたすらメロンパンを食べつづける。

声をかけられず、でも立ち去ることもできず、まいっちゃったなあと思いながら見ていたら、タモツくんがふと顔を上げて後ろを振り向いた。目が合った。タモツくんはメロンパンと顔をくっつけたまま、きょとんとしてぼくを見る。

ぼくは、たったいま通りかかったようなお芝居をして、「よお、タモっちゃん」と無理に笑いながら、がら空きの車内に入った。タモツくんはそれでやっと我に返ったのか、食べかけのメロンパンをあわててベーカリーの袋にしまい、膝にこぼれた砂糖やパンくずを手で払った。でも、口のまわり、というより頬ぜんたいに砂糖がついて、テカっている。クールなタモツくんにはいちばん似合わない姿だ。

「これから塾?」

隣に座って訊くと、タモツくんは質問を先回りして「ここでなにか腹に入れとかないと、十時過ぎまで飲まず食わずだから」と答えた。

「メロンパン、好きなの？」

軽い気持ちで訊いたのに、タモツくんは顔をカッと赤くして、むきになって言った。

「そんなんじゃないよ、砂糖はさ、すぐにブドウ糖に変わるからエネルギー効率がいいんだ、今日数学だから、頭使うから、そういうの考えないとダメなんだ、エイジ知らないだろ、マラソンの選手とか、みんな計算してるんだぜ、だから、そういうの、考えてるわけ、オレも」

だったらジャムパンでもいいじゃん——なんて意地悪なことは言わない。クールなタモツくんの、ぜんぜんクールじゃない姿を見て、びっくりしたけど嬉しかった。昨日までだとどうだかわからないけど、いまは、そう思う。

「それよりエイジ、おまえどうしちゃったの、今日。カバン置いたまま行方不明になっちゃったって、大騒ぎだったんだぜ」

「うん……」

「土谷ちゃんなんて、自殺したんじゃないかってマジで顔面蒼白になって探しまわってたもん」

「なんで自殺しなきゃいけねーんだよオレが」と口では笑ったけど、明日土谷先生に叱られる前に謝ろう、と決めた。

「タモっちゃん」

「なに？」

「昨日、タモっちゃん、善意が『あり』なら悪意も『あり』だって言ってたじゃん」

「うん、まあ、そこまで単純に言ったつもりはないけど」

「悪意って、善意より強いんだと思う？」

「はあ？」

「だって、なんか、善意負けっぱなしじゃん。もう連戦連敗って気がしない？」

タモツくんはあきれたように首をかしげ、「勝ち負けの問題じゃないと思うけどさ」と、もういつものタモツくんに戻っていた。

ホームの反対側に、また都心からの電車が入ってきた。タモツくんの電車はその電車と入れ替わりに出発する。

「でもさ、タモっちゃん、パン食うんなら外で食えばいいのに。ベンチもあるんだし」

「やだよ」そっけなく言う。「もう電車、出るぜ」

言葉どおり、ベルが鳴る。ぼくは「じゃあ、また明日」と電車から降りた。こっちを振り向いて挨拶を返してくれるだろうかと思ったけど、タモツくんはホームに背を向けて、膝に載せたカバンから参考書を取り出していた。

いま着いたばかりの電車から、乗客がたくさん降りてくる。制服姿の中学生や高校生も多い。中学生は、みんな私立の生徒だ。

その人込みに呑み込まれて改札に向かいながら、タモツくんはこいつらの顔を見たくないのかもしれないな、と思った。顔じゃなくて、私立の制服を見たくないのかもしれない。わからない。訊いてもどうせ教えてくれないだろうし、いま気づいたこと、ぼくは「わからない」をそんなに重荷に感じなくなっていた。あきらめるとか放っておくとか、そういうんじゃなくて、付き合い方がうまくなったというか、「わからない」のも「あり」じゃん、なんて思えるようになったというか……。

わかんねえっ。

キャップのツバを鼻にあたるぐらい下げて、笑った。

一日を、まだ終わらせたくない。姉が言うように、ぼくはキレてもすぐに結び直すタイプの奴で、じっさい、もういくつかのチューブはぼくの体につなぎ直されているような気がする。それでも、あと少しだけ、このままでいたい。

ショッピングセンターの駐輪場から自転車を出して、ゆっくりとスピードを上げていく。今日は西の空の夕焼けがきれいだ。ショッピングセンターの裏口には、工務店のトラックが停まっていた。荷台に金銀のモールや大きな鈴が載っていた。それを見て、今日から十二月なんだ、と気づいた。今夜中に飾り付けをして、明日の朝には、桜ヶ丘でいっとう最初にジングルベルが鳴り響くんだろう。

バス通りの交差点を曲がる。ペダルを動かさず、でもブレーキはかけず、ハンドルさばきだけでカーブをなぞる。体を内側に倒して外にふくらむのを抑え、ぶぃいん、ぐぉうぉん、なんてバイクの真似をして喉の奥を鳴らした。

今日は火曜日、塾のある日だけど、もうそんなのどうでもいい。無断で欠席すると、すぐに家に電話がかかってくる。それでいい。父や母に叱られてみたい。どうせなら、すごく理不尽な、めちゃくちゃなことを言われたほうがいい。いやな両親にむかつくほうが、意外と子供は楽になるんだってこと、父や母にはどうしてわからないんだろう。

自転車を走らせる。スピードをぐんぐん上げる。四つ角に出るたびに、思いつくまま右折したり左折したり、まっすぐ突っ切ったりする。陽は暮れ落ちた。もうちょっと遠回りをしたい。向かい風にあおられないよう、キャップを何度も目深にかぶり直し、いまいる場所も向かっている方角もわからないまま、あえぐ息でペダルを踏み込んでいく。

「その気」をどこに隠そう。静かに眠ってくれる場所がいい。首の後ろなんかじゃ近すぎる。もっと体の、心の、奥深く。

タカやんもオレみたいに「その気」の隠し場所に苦労して、けっきょく隠しきれなかったのかな――なんて思って、なに言ってんだよ違う違うと打ち消した。「みたいに」の使い方が逆だ。オレもタカやんみたいに。でも、それも同じことなのかな。どうなんだろう。

タカやん、早く帰ってくればいい。許すとか同情するとか関係なく、ぼくたちは同級生で、同じ教室にいて、あいつはあっち側に行って、ぼくはこっちにとどまって、でも根っこのところはつながっている、それをたしかめたい。ぼくはタカやんじゃないし、タカやんもぼくじゃないけど、ぼくは、タカやんとの違いじゃなくて、あいつと同じなんだと噛みしめることで、タカやんにはならないんじゃないか、そんな気がする。

急な上り坂に出た。ライトのモーターをタイヤから離してペダルを軽くして、蛇行しながら、ゆっくり上っていく。坂の途中で左に曲がった。平らな道だった。そろそろ帰らなくちゃと思い、電柱の住居表示を確認しようと道の端に寄った、そのとき――。

暗がりに紛れて気づかなかった。すぐ前を歩いていたオバサンが、「きゃあっ!」と悲鳴をあげて身をひるがえし、買い物袋で顔をかばった。

ぼくは急ブレーキをかける。最初はなにがなんだかわからなかった。通り魔と間違えられたんだ、と知ると同時に顔から血の気がひいた。

オバサンは買い物袋に体ぜんぶを隠そうとするみたいにその場にしゃがみこみ、「誰か来てえ!」と金切り声を張り上げた。

違いますよ、ぼく、違いますよ、なに言ってるんですか、ちょっと、やめてくださいよ、人が来ちゃうじゃないですか、ぼく、違うんですよ……。声が出ない。通りの先から、誰か駆けてくる。何人もいる。背中からも、男の怒鳴り声が聞こえる。

逃げろ、早く逃げろ。でも、ブレーキを握り込む両手はこわばってしまって動かない。

オバサンは地面に尻もちをつき、ぼくから逃げようと尻と足だけであとずさる。胸元をかきむしるように手が動く。

「違うってば！」

やっと声が出た。

その直後、オバサンの胸元で、けたたましいブザーの音が響き渡った。


派出所の警官が教えてくれた。

ぼくは自転車のサドルから地面にずり落ちて、倒れた自転車の下敷きになったまま、パトカーが駆けつけるまで「違います違います」と繰り返していたらしい。

誤解が解けても立ち上がれなかった。腰が抜けるという感覚を初めて知った。

泣いていた。自分では覚えていない。派出所に連れていかれ、熱い缶コーヒーを飲ませてもらって、やっと涙が止まったと気づき、それで初めていままで泣いていたんだとわかった。

キャップが、ない。倒れたはずみに脱げ落ちてしまったんだろう。それでいい。探しに行く気はない。警官は「落とし物で届け出があるかもしれないから、来たらすぐに連絡してあげるよ」と言ってくれたけど、ぼくはうつむいて首を横に振り、そばにいた別の警官に「ダメだよ、物は大切にしないと」とちょっと叱られた。

父が派出所まで迎えに来た。学校に着ていく背広だったから、警察から電話が入ったのは帰宅してすぐだったのかもしれない。

「そのまま家に帰ってもらってもよかったんですが、やっぱりショックもあるでしょうから」

警官はそう言って部屋の隅に座ったぼくを振り向き、「もうだいじょうぶだよ」と声をかけた。

ぼくは黙って顔を上げる。目が合うと、父は笑いながら「災難だったな」と言った。

「まあ、おとつい事件があったばかりで、いまは皆さん神経質になってますからね。息子さんには申し訳なかったんですけど、自転車が無灯火だったってこともありますし……」

あのババア、ぶっ殺してやる。嘘だ。そんな力、どこにも残っていないし、ぼくを見たときのオバサンの、目を大きく見開いて、頰をゆがめ、口をわななかせた顔は、いまもはっきりと覚えている。

タカやん、オレはもう、ここまでおまえと同じになった。だから、だいじょうぶ、オレはおまえじゃない。

父は先に派出所を出て、自転車をステーションワゴンの荷台に積み込んだ。パトカーに乗せられたぼくに代わって自転車を派出所まで持ってきてくれたのは、あのオバサンの、大学一年生の息子だった。母親の早とちりをぼくと警官に謝ってくれた。あんな母親なら息子は楽でいいかもしれないな、と少しうらやましかった。

助手席に座って、シートベルトを締めると、すぐに車は走りだした。二人きりの気まずさを感じる暇もなく、窓の外の風景は見慣れたものに変わる。

「朝からいろいろあったんだってな」

父は、ふと思いだしたように言った。怒った声じゃなかった。「お母さん、なにやってるんだって、ぷんぷんしてたぞ」と伝える母の様子も、そんなに怒っていないように思える。だから、ぼくはなにも答えない。答えない代わりに、目がうるんでくる。

「夕方、友だちがカバン持ってきてくれたって。中山くんと、あと海老沢くんだったかな、海老原くんかな、二人で来たんだ。エイジのこと心配してたってさ、すごく」

あいつら、家、遠いのに。

「塚本くんにB棟とD棟を間違えて教えられたんで、別の家のチャイム鳴らしたりして、大変だったみたいだぞ」

わざとだな、ツカちゃん。でも、そういうことできるんだったら、もうだいぶ立ち直ったのかな。クスッと笑って、目にたまった涙をまばたきで押し流した。

「お父さん、さっき電話で『警察ですが』って聞いたとき、一瞬思っちゃったよ、エイジがなにかやっちゃったのか、って……目の前が真っ暗になっちゃったな」

笑いながら言って、「でも」とつづける。

「お母さんなら、ぜったいに『エイジじゃない！　あの子はそんなことしない！』って言うよ。どんなに証拠があっても、お母さんはずうっとおまえを信じるだろうなあ」

ぼくはうなずかなかった。父も母も、ぼくを信じているんじゃなくて、ぼくが「少年」にならないことを信じているだけだ。でも、ぼくは両親に「少年」になったぼくのことも信じてもらいたい。嫌いになっても、かまわないから。

「お父さん……」サイドウィンドウに頭をつけ、まなざしを横に流して言った。「ギター、傷がついちゃったけど、ごめん」

「見た見た、まともに落ちちゃったんだな。それよりおまえ、ぜんぜん弾いてなかったんだってな。お母さんやお姉ちゃんも言ってたし、埃たまってたじゃないか」

「うん……」

「あのギター、じゃあ、お父さんにくれよ」

「お父さん、ギター、好き？」

「ああ、大好きだ」

「仕事とどっちが好き？」

父は少し間をおいて、「どっちも大好きだ」と言った。

交差点に差しかかる。信号は赤。父はウインカーを右に出しながら車を停めた。この交差点を曲がれば、もう団地に入る。家から遠ざかっていたつもりの長い寄り道は、けっきょくは帰り道になるんだ、と知った。どこかで、知らないうちに近道もしていたのかもしれない。

「エイジにも、大好きなものがあるといいな。バスケットもそうだけど、好きなものがたくさんできるといいなって、お父さん思うよ」

「そんなの……かんたんにできないってば」

「うん、できないよな、でも、だから、いいんだよ」

信号が変わる。父はゆっくりと車を発進させて、横断歩道を渡るサラリーマンを先に行かせてから右折した。

「ちょっと車、停めて」とぼくは言った。

「うん？　どうした？」

「電話してくる」通りの先にある電話ボックスを指さした。「すぐだから」

「なんだよ、電話だったら……」

父は言いかけて、そうだな、とうなずき、電話ボックスの少し手前で車を停めてくれた。

相沢志穂の電話番号を尋ねると、ツカちゃんは「はあ？」とびっくりした声をあげた。

「なんなんだよ、おまえ、急に」

だよな。誰だってびっくりするよな。

ぼくは大きく息を吸い込み、受話器を握り直して、言った。

「オレさ、相沢のこと、好きなんだよ」

「マジ？」

「マジ、大好きなの。なんかしらないけど、いいんだよな、あいつ。で、いま、電話したいわけ、声聞きたいわけ、あいつの」

さらりと言えた。逆にツカちゃんのほうが泡を食って、「ちょ、ちょっと待ってろよ、すぐ、すぐ名簿持ってくっからな」と保留メロディーも忘れて、電話口から離れた。バタバタとした足音。ガラスの引き戸を開ける音。かーちゃん、名簿あったろ、どこだっけ、だからオレのクラス名簿だよ、早くしてよ、電話待たせてんだからさあ、違うって、それ町内会の名簿じゃんよ、なにやってんだよババア……。

ぼくはツカちゃんが好きだ。

呼び出し音三回で電話がつながった。相沢志穂本人が出た。

長い話になるかと思っていたけど、じっさい話してみると、すぐに用件を伝え終えてしまった。

「そんなこと、わざわざ電話してこなくてもいいじゃん」

相沢はあきれたように言った。でも、声は笑っていた。

「やっぱ、ゆーじょうって、中学生の基本だからさ」とぼくも笑いながら言った。

「岡野くん、喜ぶね、きっと」

「べつにあいつのためってわけじゃないんだけど」

「まーた、カッコつけて」

うっせえ。電話ボックスのガラスに映り込むぼくが、照れくさそうに口をもごもごさせる。

「おまえだって、アレじゃねーの？　岡野が元気になればさ、嬉しいだろ？」

「……あのさ、高橋くん、あたしこないだから言おう言おうと思ってたんだけど、あんた、なんか勘違い……」

電話を切った。攻略寸前まで来たゲームを、明日のお楽しみにあえてセーブするみたいに。

そういうゲームにかぎって、最後の最後に強敵が待ちかまえていたり、トラップが仕掛けられたりしているものだけど、かまわない、相沢が好きなオトコが誰であろうと、ぼくはいま、相沢が好きだ。

11

予感はあった。朝七時二十分にベッドから起き上がった、そのときに、すでに。

廊下に出ると、玄関で靴を履いていた父が、見送りの母より先にぼくに気づいて、「おう、おはよう」と声をかけてきた。「今日からだな」

「うん……」

「無理しちゃダメよ」と母のいつもの心配性を、ぼくは苦笑いで受け流す。

「まあ、部活だけがすべてじゃないけど、好きなことはどんどんやれ。な？」

父は顔の前で親指を立てた。いかにも「若い奴らの流儀を真似てみたおとーさん」っていうぎごちないポーズだったけど、ぼくは小さく同じポーズを返した。「父親と心の通い合った息子」なんて。

父はこの数日、帰りが遅い。ゆうべも終電で帰ってきた。クラスの生徒がまた一人、学校をやめると言いだしているらしい。

テツがいつか言っていた話がほんとうかどうかは、知らない。これからも父に訊くことはないだろう。たとえそれがほんとうのことでも、ぼくは父を嫌いになんかならない。

「でも、好きなことばっかりやられてもねえ」母がおおげさなため息をついて言った。「もう来年のいまごろは受験の追い込みよ？　今度の期末、ほんとにだいじょうぶだったの？」

ぜんぜんだいじょうぶじゃない。昨日、最後の科目の試験が終わったときには、ドツボにはまった気分だった。でも、とにかく試験は終わったんだし、あとは冬休みを待つだけだ。

「楽勝だよ、そんなの」

軽く笑って答え、父に「行ってらっしゃい」を言ってリビングに向かった。

予感がある。消えていない。

ダイニングテーブルには姉がいた。トーストを頬ばったまま「おあよう」と言う。色気もなにもない。ありすぎても困るけど。

姉は、キレたぼくのことを「日帰り家出少年」と呼んだ。弟から見る姉って、不思議な存在だ。両親よりも近いのに遠く、なにを考えているのか同級生の女子よりも謎に満ちているのに、不意にびっくりするほど近くに来ることがある。姉もときどき、こっそりキレているのかもしれない。そんなことも、なんとなく思う。

テーブルにはおかずの皿が置いてあった。スクランブルエッグとプチトマトとレタス。日帰り家出以来、レタスのかさは一気に増えた。付け合わせというより、これはもうレタスサラダだ。母はわかりやすい。でも、「お母さんの発想って、なんでそんなにわかりやすいわけ?」なんて訊いたら、きっと母は「わかりやすくしないとあんたにわかんないからでしょ」と返すだろう。それも、わかりやすい。

朝刊をめくった。「少年」の事件が、ひとつ。暴走族に入っている十七歳の「少年」三人が、族を抜けようとした同じ十七歳のなんとかさんをリンチして死なせた。「少年」は被害者になると、実名報道に変わる。「さん」まで付く。

囲み記事は海外のニュースだった。高校を一年で中退してアメリカに渡った、これも十七歳のなんとかさんが、スケボーの大きな大会で三位入賞した。写真付き。もみあげの長い坊主頭のなんとかさんは、ボードを楯のように立てて、Vサインで笑っていた。「夢はまだ始まったばかりです」というコメントもあった。でも、写真撮影の次の瞬間、キレた奴の握りしめたナイフが背中に突き刺さることだって、「あり」だ。それはもう、どうしようもなく「あり」で、でも、だからって、ぼくはぼくの生きる世の中から逃げだすわけにはいかない。地方版に、スタンガンの通り魔事件のことが載っていた。ゆうべ、桜ヶ丘に住む二十代の無職の男が任意同行を求められ、警察で事情を訊かれているという。

もし、そいつが犯人だったら——。

鷺沼さんに会いたいな、と思う。もう一度、「犯人ときみとの違いはどこにあるんだと思う？」と訊いてくれればいいのに。ぼくはすぐに「だって、ぼく、あいつじゃないもん」と答えるだろう。鷺沼さんも今度はあきれたりしないはずだ。なぜって、二十代の無職の男は十四歳の中学生よりもはるかにたくさんいるのに、その人たちに「あなたは今回の事件をどう思いますか？」なんてインタビューする記者は誰もいないんだから。

予感がある。まだ消えない。少しずつ、輪郭がくっきりとしてくる。いつもと同じ時刻に家を出て、八時十五分にバス通りの歩道橋を渡る。本条めぐみは、もういない。日帰り家出の翌朝、いっしょに歩きながら「悪いけど」と切りだした、それだけで本条はわかってくれた。許してくれた——とは、言わない。最後の日だからツーショットのまま校舎まで行くつもりだったのに、本条はいつもの場所よりずっと手前で、黙って駆けだしていった。先を歩いていた友だちのグループに合流して、なにか二言三言しゃべり、友だちの何人かは驚いたり怒ったりした顔でぼくを振り向いたけど、本条はまっすぐ前を見つめたままだった。

予感がある。学校に近づくにつれて、高まっていく。

途中でツカちゃんと行き会った。ツカちゃんは、ぼくがカバンとスポーツバッグを提げているのを見て、「ヤベっ、今日、体育あったっけ？」と訊いてきた。

「違うよ、部活」ブカッという響きが、いい。「靴があるから、でかいバッグじゃないと入んないんだ」

「だっておまえ、膝、もういいわけ？　治ったのか？」

「まだだけど……最初、見学でもいいし」

ツカちゃんにはピンと来なかったようで、予想していたほど驚かなかったし、喜んでもくれなかった。もっと早いうちに話しておけばよかったかもしれない。でも、誰にもないしょにしておきたかった。岡野にもまだ話していない。今日の放課後、いきなり部室に行ってやる。テツのバカに存在を消されて小さくなっている岡野に、「おっす！」と声をかけてやる。テツの奴、岡野につづいてぼくも消しにかかるだろうか。やれるものならやってみろ、オレはおまえよりずーっとバスケが好きで、それがあるかぎり、おまえには負けない。

校門をくぐった。「おはよう！」の声を左右から浴びて歩いていたら、すぐ後ろを歩いていた三年生の女子が、大野先生に呼び止められた。「えーっ？　違いますよお、リップクリームですよお、寒いと唇すぐに切れちゃうんですよお」なんて声が聞こえた。

期末試験中の職員会議で、試験明けから『おはよう運動』のときに服装検査をすることが決まった。今日——十二月八日は、その初日だ。『さようなら運動』はすでに、放課後までに叱りそこねていた生徒をつかまえて「おまえ、三限めの態度はなんだ、いいかげんにしろ」とか「居眠りしてただろ、先生ちゃんとわかってるんだぞ」とかお説教をする時間に変わりつつある。学校ってそんなもんだよな——なんて。

いつものように校門を抜けてから、詰めていた息を吐き出した。

予感がある。朝起きたときには胸の隅に兆していただけだったのが、いまはもう、胸を内側から押し上げているみたいで、息苦しささえ感じてしまう。

「ツカちゃん」

「うん？」

「今日、タカやん学校に来るかもな。勘だけど、なんか、そんな気がする」

ツカちゃんは、今度もあまり驚かなかった。「試験も終わったしな」とオヤジみたいな言い方でつぶやいて、「可能性はあるよな」とうなずいた。

「ツカちゃん……どう？」

「どう、って？」

「タカやんのこと許せないって言ってたじゃん」

返事はなかった。昇降口で靴を履き替えている間も、階段を上るときも、ツカちゃんはじっと黙りこくり、ときどき喉を、長く尾をひいて鳴らした。

先を歩くツカちゃんの背中に、ぼくはそっと苦笑いを送る。ツカちゃんは変わった。悪い意味じゃない。「エイジが学校フけちゃったとき、なんか、やられちゃったよっつーか……すげえヘンな気分になったの」と言って、それしかぼくには話さないけど、口の横のニキビはもうだいぶ減った。試験中も休憩時間になると中山たち相手にボケまくった。みんな「やめろよお」とか「ツカちゃん、頼むよマジ」なんて言いながら、ほっとした様子だった。でも、ツカちゃんは変わった。いつか鷺沼さんに言われたことの意味が、なんとなくわかる。

ツカちゃんはズボンのポケットに手をつっこんでいる。ポケットの中になにが入っているのか、ぼくは知らない。日帰り家出の翌日、「その気」の話をした。ツカちゃんは「ふうん」と、わかったようなわからないような顔でうなずくだけだった。それ以上はなにも言わない。訊かない。信じてる――なんて照れくさくてカッコ悪いから、ぜったいに言わない。

廊下を進み、二年C組の教室のすぐそばまで来て、やっとツカちゃんは口を開いた。

「タカの顔見てからだよな、わかんねーよ、そんなの、いま訊かれたって」

顔だけぼくを振り向いて、「だろ？」と怒った声で言いながら、教室のドアを開けた。

先に気づいたのは、ぼく。教室の中に入りかけたツカちゃんの足も、すくむ。

予感は当たった。タカやんは、十二月の席替えでも一人だけ変わらなかった窓際の最前列の席に座って、机の上の缶ペンをじっと見つめていた。

まだ誰とも話をしていない、と中山が言った。

声をかけた奴もいない、と海老沢がつづける。

教室の重心が後ろにかたよってしまったみたいに、タカやんのまわりだけ、机や椅子のくすんだ黄色とパイプの灰色がやけに目立つ。男子はベランダと教室の後ろにかたまり、女子もいくつかのグループに分かれて、ささやき声が揺れる。

タカやんは静かに教室に入ってきたのだという。うつむいてドアを開け、前もって土谷先生に聞いていたのか、まっすぐに自分の席に向かい、うつむいたまま座った。

「なにやってんだよ」ツカちゃんは中山たちをにらみつけた。「おめーら、それボケーッと見てたんだろ？　声ぐらいかけてやれよ、タコだなてめえ」

「だってさあ……」と中山は口ごもりながら返し、海老沢と二人で「そんなの言われたってなあ」とうなずき合う。

でも、ツカちゃんはそんな言い訳じゃおさまらない。

「こーゆーのってタイミングがいちばんだいじなんだよ、わかんねーのかよ、こうやってよ、あいつ入ってくるだろ、そのタイミングで、よお、とか、おはようーっす、とか、パッと入ってパッと言う、それしかねーんだよ」

「だったらツカちゃん、いまから言ってよ、それ」と海老沢。

「……だからよ、タイミングずれちゃったからよ、いまさらヘンだろ、そんなの」

「オレらはそうだけど、ツカちゃんはいま来たばかりだから、いいんじゃねーの？」と中山。

「……教室に来た順に決まってんだろ、バカ」

ツカちゃんが中山の頭をはたくのをよそに、ぼくはタカやんの背中を見つめる。

やっと会えた。うんと遠くにいて、でも誰よりもぼくのそばにいたあいつが、もうぼくはあいつじゃないし、あいつはぼくじゃない、それがはっきりとわかる位置に、いま、いる。

痩せたかな、少し。でも、ぼくは逮捕前のタカやんの背中を覚えているわけじゃないから、太ったかな、ちょっと——と言い換えても間違いじゃない。ただ、どこかが、なにかが、九月の頃とは違っている。事件のことを反省して人間がひとまわり大きくなった？　邪魔なものが抜け落ちてさっぱりした？　違う、そういうんじゃない。もっとシンプルで、もっとわかりやすくて、タカやんという人間の根っこが、だから「人間」なんて言葉をつかうからわかりにくくなるんだ、タカやんの体の根っこが……。

「あ、そっか」

思わず声が出た。「なになになに、どした、どした」と勢い込むツカちゃんをはじめ、まわりの奴らがいっせいにぼくを振り向いた。

「いや、あのさ、タカやん、背が伸びたんじゃないか？」

みんなの視線は、今度はタカやんの背中に向く。「そう言われてみればそうかなあ」とコウジが言い、「うん、伸びてるわ」と大谷がうなずいた。ほかの奴らも、あいまいな感じではあったけど、それを認めた。

「なんだよあいつ、クサい飯食って背が伸びたって？　しょーがねえなあ、マジ、家でなに食ってたんだよ」

ツカちゃんの言葉に、みんな吹き出して笑った。空気がいっぺんになごんだ。タモツくんがうんざりした顔で「背筋伸ばして座ってるから、そう見えるだけなんじゃないの？　たった二カ月で、後ろから見てわかるほど背が伸びるわけないだろ」と言ったけど、それも、ぼくたちのなごんだ空気にもうひとつオチをつけてくれただけだった。

「じゃあ、一発め、オレいくわ」とぼくが言った、そのとき――教室の真ん中に集まっていた女子のグループがざわめいた。

みんなが止めるのを振り切って、一人でタカやんの席に向かうオンナがいる。

相沢志穂だ。

タカやんの前にまわった。タカやんも顔を上げる。ビクッとしたように肩が揺れた。教室から、声や音が消えた。

相沢は息を肩で吸って、ちょっとうわずった早口になって、でもはっきりと通る声で言った。

「ずーっと考えてたんだけど、心当たりなかったんだけど、もし、あたしがなにかいやなこと石川くんにしちゃったんだったら、ごめん、謝ります、ごめんなさい」

頭をぴょこんと下げて、「以上っ」と号令口調で言って、タカやんの席から離れた。胸を張って、少し頬が赤かったけど、女子の誰かと目が合うと、気持ちよさそうに笑った。

タカやんはなにも答えない。ただ、いままでより、うつむく角度が浅くなった。

「エイジ、すげえな、体育会系女子って」とツカちゃんが耳打ちする。「おまえ、尻に敷かれちゃうんじゃねーの？」と、もっと小さな声で付け加えて、脇腹を肘で何度も小突く。

「うっせーよ、ヘンなこと言うなよ」

「顔、赤いっすよ、エイジさん」

「いーかげんにしろっつーの」

一発、脇腹を小突き返してやった。

ツカちゃんは笑いながらぼくから離れ、海老沢が持っていた写真週刊誌を「ちょっと貸せよ」と取って、丸めて筒にした。それを手に、口の前で人差し指を立ててぼくたちを見回し、男子の他のグループや女子にも同じように、黙ってろよ、と伝えた。

ツカちゃんは、ゆっくりとタカやんの後ろに近づいていく。抜き足差し足の泥棒の歩き方をおげさに真似て、そんなことをするからみんな笑い声をこらえるのに苦労してしまうんだけど、タカやんは気づいていない。隙だらけの背中だ。寂しそうにも見える。ツカちゃんは、その背中に、写真週刊誌の筒を一発——。

パーン！　と大きな音がした。

タカやんは、体を半身にして、椅子からほとんど転げ落ちそうな感じで手足をばたつかせた。顔が見える。よっぽど驚いたんだろう、目を見開き、口をわななかせ、頬がひきつっていた。

そんなタカやんの、耳というより顔に声をねじ込むように、ツカちゃんは言った。

「タカ、てめえ、びっくりしたろ。ビビったろ。びっくりするんだよ、人間、後ろからいきなりやられたらよお。痛えんだよ、殴られたらよ、殴られる理由がなかったら、もっと痛えんだよ。わかってんのか、このバカ野郎、わかれよ、ぜってーわかれよ、それ、わかんねえんだったら、てめえ、殺すぞマジ、死ぬまでぶっ殺してやっからな、そこんとこ、よろしくっ」

最後の最後で、ずっこけた。ぼくたち、みんな。

そして。

タカやんも、笑った。何度も何度も大きくうなずいて、笑いながら、手の甲を目にあてた。

始業五分前のチャイムが鳴る。

午後、二コマつづきの美術の授業で中庭に出た。先週から校内の写生をしている。みんなは先週のうちに下書きを終えて、今日の色づけで仕上げることになっていたけど、先週日帰り家出をしたぼくは、一日で下書きから色づけまでこなさないといけない。

吹きさらしになった一階の渡り廊下に座り込み、柱にもたれて、画板を膝に載せた。植え込みと日時計と風見鶏と池が窮屈にレイアウトされた中庭を見渡すと、あーあ、とため息とつぶやきが同時に漏れる。ツカちゃんに付き合ったりせず、もっとかんたんに描ける場所を選べばよかった。「学校の中ならどこでもいいんだろ?」と画用紙の八割をグラウンド、残りを青空にした中山みたいに。

ツカちゃんの絵を覗き込んだ。色はまだ空の薄い青しかついていないけど、下書きを見るだけで、うまいよなあ、と思う。ツカちゃんは絵が得意だ。ほかのクラスの奴らに話しても信じてもらえないけど、ほんとうだ。幼稚園の頃から小学四年生まで絵画教室に通っていたらしい。いつだったか、「その頃はまだ親から期待されてたんだよ」と冗談なのか本音なのかわからないことを言っていた。

顔は画用紙に向いていたけど、ぼくの視線に気づいたのか、ツカちゃんはぽつりと言った。

「許してるわけじゃねえからな、あいつのこと」

「さっきも聞いたよ」とぼくは苦笑いで聞き流す。何度も聞いた。朝からずっと、そのことばかり言っている。

「タカってさあ……」

ツカちゃんは白の絵の具を水で溶きながら言った。でも、つづく言葉はなかなか出てこない。パレットの上で、白に青が少しだけ交じる。黒も入った。「タカやんが、なに？」と一度うながしたけど、ツカちゃんは黙って絵筆を細いのに持ち替えただけだった。

画用紙の空に、うっすらと雲が流れる。最初は細く途切れがちの雲が、筆を走らせるにつれて空の青を覆い隠していく。

ツカちゃんは、やっと話を先に進めた。

「タカって、オトナになってからも、自分のやったこと思いだしたりするのかな」

絵筆の動きが速くなる。

「結婚してさ、カミさんが妊娠して、おなか大きくなって、そういうときに思いだしたりするのかなあ。自分のやったこと、どんなふうに思うんだろうな」

空を雲が埋めていく。雲に雲が重なる。パレットに黒を絞り出す。雲に交ぜる。ほんものの空は薄曇りだけど、画用紙の空は、いまはもう雨が降りだしそうに暗くなってしまった。

「どう思う？」と訊かれたけど、ぼくはなにも答えなかった。ツカちゃんも重ねては訊かず、そのままぼくたちはしばらく黙りこんで、それぞれの絵を描いていった。

中山がワル雑誌で仕入れた話によると、鑑別所では心理テストの他に貼り絵もやらされるらしい。ちぎった紙のサイズが小さいほうがいいとか、母親の顔をつくったら少年院に行かずにすむとか、赤い色をたくさん使うと情緒不安定だと思われるから損だとか、いろんな噂がある。タカやんはどんな絵をつくったんだろう。ぼくなら、どんな絵をつくるだろう……。

ふと見ると、ツカちゃんの絵の空に晴れ間がのぞいていた。雲の上に青をまた塗り重ねたのだ。

「もっと景気よくしてやろうか」

ツカちゃんは空の隅に太陽を描き入れた。ぐるぐる渦を巻く、幼稚園の子がクレヨンで描くような、「太陽」というより「お日さま」だ。

「……あーあ、めちゃくちゃじゃん」

「いーのいーの、やっぱ、人間、クラくなっちゃダメよ。セーシュンなんだもん、オレら」

歌うように言って「お日さま」をあらためて見つめ、へへッと笑う。ツカちゃんはいつも、途中で絵を放り出してしまう。最後までちゃんと描けば美術の湯川先生はぜったいにびっくりするのに、「お日さま」なんて描かなきゃいいのに、ツカちゃんはこの絵もいつものように最後の最後でグチャグチャに塗りつぶして台無しにしてしまうんだろう。

六時限めの始まるチャイムが鳴ると、ツカちゃんは座ったまま、両手を広げて伸びをした。あくびのような、うめくような、喉から濁った声が漏れる。

「エイジ、ちょっと散歩行こうぜ」

「ダメだよ、オレ、時間ないもん」

「なに言ってんだよ、そんなの最後にパパパパッて塗ったらいいんだし、おまえ、どうせへたなんだからよ」

「うっせーっ」

「ま、いいじゃん、行こうぜ」

ツカちゃんは立ち上がり、ぼくの腕をとって、「相沢ちゃんの絵、おまえも見たいだろ？」と、ちくしょう、また冷やかして言う。

「コクっちゃえよ、早く」

コクる――告白する。ツカちゃんがナンパ系の言葉をつかうなんて思わなかった。

「うっせえなあ、ほっとけよ、オレの勝手だろ」

「物陰からじーっと見るだけでアタシは幸せ、ってか？」

「バーカ」

ぼくはツカちゃんの手を払いのけて、膝を痛くしないよう気をつけて腰を浮かせた。

「じゃあ、いいよ、トイレ行くついでにちょっとだけな。ほんとに、すぐだぞ、オレすぐ帰るから、あとは勝手にまわれよな」

「相沢ちゃん、水島とかと体育館で描いてたから」

しつこい奴。

「カいてたっつっても、マスじゃねーからな」

バカな奴。

「タカ、誰といっしょに描いてるんだろうな。ひとりぼっちだったりしたら、やだよなあ」

やっぱり、優しい奴なんだ、こいつは。


たっぷり三十分かけて、学校じゅうまわった。

タカやんはひとりぼっちじゃなかった。ワタルっちと永田と三人で、マイナー系らしく校舎の裏のウサギ小屋を描いていた。九月の頃と、なにも変わらない。

　ぼくはたぶん、これからもタカやんとは同級生以上の付き合いはしないだろう。タカやんはいつも遠くにいて、お互いの記憶に残るようなできごとは、なにも増えないだろう。ひょっとしたら、オトナになったぼくが思いだすのは、「同級生にタカやんという奴がいた」じゃなくて、「同級生が通り魔になった」かもしれない。でも、中学二年生の秋から冬にかけての日々を、ぼくはこれからもずっと忘れない。

中山と海老沢は、グラウンドの水飲み場で描いていた。二人を見つけると、ツカちゃんは小躍りしながら近づいていき、いきなり中山の手から絵筆をひったくって、二人の画用紙に「お日さま」を描いた。

グラウンドでは、一年生の女子が体育の授業で走り高跳びをしていた。順番待ちの列の真ん中で、女のコが一人、体をよじったりつま先立ったりして、こっちを見ていた。ぼくと目が合いそうになると、ぷい、と顔をそむける。

やがてホイッスルの短い音が聞こえ、本条めぐみは助走に入る。バーの手前で少し右にふくらんで、踏み切りと同時に左脚を上げ、体を伏せて、ベリーロールがきれいに決まった。

拍手をしてやりたかったけど、ほかのコにヘンタイだと思われたら困るのでやめた。代わりに、心の中で謝った。あんなに細い背中に、何度も何度も幻のナイフを突き刺したこと、ごめん。

「その気」は、いまは静かに眠っている。どこにいるのかは知らない。消えてなくなったわけじゃない。「好き」がたくさんあればあるほど、「その気」は奥にひっこんでくれるような気もするけど、勝手にそう思い込んでいるだけかもしれない。

ただ、「好き」で結ばれたつながりは気持ちいいな、と思う。人間はつながりを切れないんだったら、チューブはすべて「好き」がいい——なんて、思うそばから照れて、うひゃあっ、と頭をかきむしりたくなるけど。

タモツくんはプールのスタート台に座り、水を抜いて落ち葉が降り積もったプールを描いていた。「あんな場所、ふつう選ばねえだろ。やっぱ、タモツって変わってるよなあ」とツカちゃんは首をひねり、どこか嬉しそうに耳打ちした。メロンパンのことも教えてやったら、もっと嬉しそうな顔になるだろう。でも、ぼくは言わない。タモツくんとの、ゆーじょう、だ。

最後に、体育館。

「オレ、邪魔だったらどこか行ってようか？」

ツカちゃんは、さっき山野からせびり取ったミントタブレットを嚙みながら言った。

「あのなあ、ツカちゃん、マジいいかげんにしろよ」

「なに怒ってんだよ、めでたい話じゃんよ」

「……どこがだよ」

相沢志穂は、体育館の二階の観客席にいた。仲良しの水島康子とおしゃべりしながら絵筆を動かしていた。

「相沢ちゃーん」

ツカちゃんがおどけて声をかけると、「やだぁ、ちょっと見ないでよお！」とあわてて画板を裏返しにして、ツカちゃんの後ろのぼくに気づいて、「今日から？」と訊いてきた。

「そう、今日から」

「膝、ほんとにだいじょうぶなの？」

母みたいなことを言う。オンナだから、なのかな。

「なんとかなるよ、痛くなったら休めばいいんだし」

「春の大会、出られるといいね」

「うん……」

鳴らせもしない指笛のポーズをとったツカちゃんが、視界の隅でしゃがんだりのけぞったりする。それがうっとうしくて、水島の視線も気になって、といって相沢と正面から向き合うのも恥ずかしく、まなざしをバスケットのゴールに据えた。

「エイジ」ツカちゃんが、ほんの少しだけまじめな声になって言った。「テツのバカがつっかかってきたら、いつでもオレに言えよ」

「だいじょうぶだよ」とぼくはゴールを見つめたまま答える。

「負けてらんねーよ、あんなのに」と、相沢も巻き舌の声をつくって、笑う。

「あのさあ……」ゴールから相沢に目を移した。「タカやんのアレ、よかったのか？」

「なにが？」

「心当たりないわけだろ。ちゃんとタカやんに訊いたら教えてくれるんじゃないか？　それに、ひょっとしたら『A子さん』って相沢じゃないかもしれないし」

水島が隣で、そうそう、あたしもそう思う、というふうに何度もうなずいた。ツカちゃんも「だよなあ、納得してないのにとりあえず謝るっての、日本人の悪い癖だよ」と、わけのわからないことを言う。

相沢はちょっと困った顔になって少し考え、それを振り払うように大きくうなずいて、言った。

「いいの、これでオッケー。自分でも知らないうちに誰かを傷つけちゃう可能性があるってことで、いいじゃん、いい勉強っての？　そういうの、できたもん」

ツカちゃんも水島も、そういうものなのかなあ、という表情を浮かべた。

「でもさあ、フツーだと傷つかないのに、勝手に傷ついて、逆恨みとかする奴いるじゃん。そういうの、怖くない？」とぼくは言った。

相沢は、今度はすぐに答えた。

「怖いけど……」そこから少し間が空いて。「負けてらんねーよ」

ガッツポーズをつくった。

グッと力んで、笑った。

ぼくがいままで見たなかで、それが、相沢の最高の笑顔だった。

体育館からひきあげる途中、ツカちゃんが言った。

「さっき相沢、すぐに絵を隠したろ。でも、直前、一瞬だけ見たんだよオレ。なんの絵だったと思う？」

「さあ……」

「バスケのゴール。あいつ、オンナのくせにけっこう絵がへたなのな。ぐにゃぐにゃのボロボロだったんだけど、バスケだよ、描いてたのバスケ、よかったねえエイジくん、ひょうひょう」

ぼくの片思いがクラスじゅうに知れ渡るのは、時間の問題だろう。

でも、いいや。ぼくは相沢志穂が好きで、大好きで、善意は悪意に負けっぱなしだけど、「好き」は善意とも悪意とも違って、正しいも間違ってるもカッコいいも悪いも関係なくて、ただこんなに気持ちがいい。

渡り廊下に戻って、描きかけの二枚の絵を見比べた。

ツカちゃんの「お日さま」、意外と悪くない。いつかテレビで観たニューヨークの地下鉄の落書きに、こんな感じのがあったような、なかったような。

今年の秋は雨が多かった。急に暑くなったり寒くなったりした。エルニーニョがどうしたとか、地球温暖化がどうしたとか、オゾンホールがどうしたとか、難しいことはよくわからないけど、地球はいろいろ大変なことになっているらしい。それに比べれば、日本の、東京の、桜ヶ丘ニュータウンの、ガシチュウの、二年C組の、ぼくなんて、死ぬほどちっぽけで、だけど、ちっぽけはちっぽけなりに、いろいろ大変なんだ。

でも、相沢志穂みたいに言おう、何度でも言ってやろう。

負けてらんねーよ。

ぼくはいっとう太い絵筆をとった。筆に直接、赤の絵の具を絞り出した。ちょっとだけ水につけて、コンクリートの床に大きな——ぼくの顔ぐらいある「お日さま」を描いた。

「あ、エイジ、おまえなにやってんのよ、ヤバいよ、オレらがやったって一発でわかっちゃうじゃん」

「いーのいーの」

サインも入れよう。

ふと思いついて、『Eiji』じゃない、『Age』と描いた。

ツカちゃんはサインを覗き込んで、不思議そうに首をひねる。

「なに、この『アゲ』っての」

ボケてるわけじゃなさそうだ。

「ツカちゃん、おまえ、英語勉強しないとマジに受験ヤバいぜ」

「はあ？」

「来年だもんなあ、もう、受験」

「うん……だよなあ、早えよなあ、チューガクって」

「コーコーなんて、もっと早えってよ、姉ちゃん言ってた」

ぼくたちは、タイミングを合わせたみたいにため息をついた。空を見上げた。薄曇りの空に浮かぶ幻の「お日さま」が、まぶしい。空の、ずっと高いところに、飛行機雲が見えた。ところどころ途切れながら、まっすぐに、遠くまで。

文庫版のためのあとがき

テレビのニュースを観ていた。顔にモザイクがかかり、声も性別がわからないほどひらべったく処理された少年が何人も映っていた。チャンネルを変えると、別の局のニュース番組でも同じように顔を隠された少年たちが、こちらは登校風景を映されていた。

事件が起きたのだった。いじめ自殺か、校内暴力か、傷害か、強盗か、あるいはもっと大きな――。テレビに映る少年たちは、事件の当事者と同じ学校に通っていたり、同じ街に住んでいたり、あるいは同じ年齢だったりという縁で取材を受けたりカメラに収められたりしているのだ。

少年がらみの事件は、とりわけ容疑者として逮捕されたのが少年だった場合は、いつもおとなたちの胸にもどかしさを生み出してしまう。容疑者とされた少年は、顔も声も、名前も、建前としてはいっさい報道されない。だからこそ、彼（でも彼女でもいいんだけどね）個人のプロフィールよりも、たとえば中学生だとか、十四歳だとかニュータウンに暮らしているとか、そういった属性をより強調されてしまうことになる。個人の犯罪や事件が、少年ぜんたいの問題にまで一気に敷衍されるわけだ。

それは必ずしも悪いことだとは思わない。社会や時代のレベルにまで視野を広げなければとらえきれないことは確かにある。

だが、その代償として、ぼくたちは少年をひとくくりにしてしまう。モザイク少年の一人一人が見分けられなくなってしまう。モザイク少年は、いわば、〝少年問題〟の壁紙やBGMのようなものかもしれない。

モザイクの奥の顔を見たい、と思った。

一線を越えて〝向こう側〟に行ってしまった少年の後ろ姿を見つめる、〝こちら側〟にとどまった少年たちの困惑やせつなさを探ってみたかった。彼らのごくあたりまえの日常と、そこに投げ込まれた事件の波紋をたどってみたかった。

報道では「同級生のAくん」や「(事件を起こした)少年と同じ学校に通う生徒」としか紹介されないモザイク少年の一人を、ぼくはエイジと名付けた。別の一人をツカちゃんと名付け、さらに別の一人をタモツくんと名付けた。

このお話には、たくさんの少年が登場する。

たくさんの少年を登場させたくて、このお話を書いた。

「かったりーよなあ」とぶつくさ言いながら合唱大会に臨む、ちょっと不真面目なクラスの歌声のように、みんなばらばらの声で、ときどき音やリズムをはずしながら、でも同じ曲を歌ってるんだなとなんとなく聴きとれる——そんなふうに読んでいただけたなら、書き手としてなにより嬉しい。

このお話の原型は、朝日新聞夕刊に連載された。分量としては本書の四分の一ほどの、少し長めの短編である。連載時にコンビを組んでいただいた長谷川集平さんの挿し絵が全点収録された『newspaper version エイジ 1998 6.29〜8.15』（朝日新聞社・刊）も、よろしければ……って宣伝してごめんなさい。

新聞連載時に担当していただいた朝日新聞学芸部・加藤修さんと、単行本化にあたっての大幅な加筆・再構成に辛抱強く付き合ってくださった書籍編集部・宇佐美貴子さん、そして文庫版の編集の労をとってくださった文庫編集部・阿部英明さん、ならびに原田圭さんに深く感謝する。

二〇〇一年五月

重松清

現実を生きる中学生のための物語

斎藤美奈子

◆時と場所が特定された物語

重松清の小説の特徴のひとつは「実用的である」ということです。フィクションが実用的というのはヘンですけれど、実用的価値の高い小説ってのはあるんですね。

重松清の小説を読んでいて、いつも感心するのは会話の本当らしさです。『エイジ』に出てくるいきいきとした会話を読んで、ここに出てくる中学生はまるで本物のようだ、とあなたも思ったのではないでしょうか。裏返していうと、小説（テレビドラマなんかもですが）に出てくる会話は、意外にウソっぽいのが多いのです。「ぼくは前からそう思っていたんだ」「そうね、わたしもそう思っていたわ」とか（これは私がいま適当につくったせりふですが）、こんないいかたをする人は現実にはいません。いたら「バカじゃねえの？　テレビドラマじゃあるまいし」と私たちは感じるはずです。小説やドラマに出てくるせりふは「一般化されたせりふ」、べつのいいかたをすると「架空のせりふ」なんですね。

重松清は、そういうおざなりなことはしません。彼はけっして「一般化されたせりふ」は書きません。会話はかならず特定の時代と地域と世代に根ざしています。広島を舞台にした小説（たとえば『ビフォア・ラン』）なら広島のことばを、岡山を舞台にした小説（たとえば『半パン・デイズ』）なら岡山のことばを、登場人物はちゃんとしゃべっています。『エイジ』はどうでしょう。「マジすげえの」「うっさいよマジ」といった『エイジ』の会話は、一九九〇年代後半の、東京近郊の、中学生のしゃべりことばです。特定の時代の特定の世代にきちんと焦点があっている。このことは、作品にリアリティを与えると同時に、もうひとつ重要な意味があります。それは『エイジ』が同時代の中学生が読んでもまったく違和感のない作品に仕上がっているということです。

つまり『エイジ』は、大人がつくった包囲網のなかでクサクサしている同時代の中学生に向けて発信された、一種のメッセージでもあったのです。

意味がわからん？　では『エイジ』が書かれた背景を若干おさらいしておきましょう。

◆「少年犯罪」の時代

『エイジ』が最初に書かれたのは、一九九八年です。最初は朝日新聞の夕刊に連載され、大幅に加筆されたものが翌一九九九年に単行本として出版されました。

一九九八年、九九年という年は、中学生がそれまでになく注目を集め、議論の的になった年です。不登校、いじめ、自殺といったテーマで中学生が話題にされることはそれ以前にもありましたが、この時期の「中学生フィーバー」は異様でした。

きっかけは、一九九七年、神戸のニュータウンで起きた児童連続殺傷事件です。そうです。中学校の正門前に切断された小学六年生の頭部がおかれ、「酒鬼薔薇聖斗」の名前で犯行声明が出された、あの事件です。さまざまな憶測がとびかい、報道合戦が加熱するなかで、やがて逮捕されたのは十四歳の少年だった。メディアが騒然となったのはいうまでもありません。これに輪をかけるように、九八年には中学生がバタフライナイフで人を傷つける事件がつづき、週刊誌やテレビのワイドショーは、少年犯罪が急増している、凶悪化している、低年齢化している、と連日のように伝えたのでした。

統計を調べてみると、この時期に、特に少年犯罪がふえたわけでも、凶悪化したわけでもありません。少年犯罪のピークは、一九六〇年代のはじめと一九八〇年代のはじめであって、多少の増減はあるものの、少年犯罪はむしろ減っていたのです。しかし、そういう指摘が出てきたのはもっと後になってからのこと。

メディアの暴走はとどまるところを知らず、「中学生」あるいは「十四歳」全体に世間の目が集まり、精神科医、犯罪心理学者、作家、評論家、ジャーナリストなど、おおぜいの大人が好き勝手なことをしゃべりはじめたのでした。中学生は豊かな時代の犠牲者だと語る人、アニメやゲームの暴力シーンが影響を与えているという人、はては環境ホルモンが子どもたちの脳に異変を起こしているのだという人。「キレる」というのは、このときのキーワードです。カッとなって自分のコントロールが効かなくなり、突発的に暴力をふるう、といった

変えさせてしまったわけです。

ちなみに、少年を厳罰に処すべきだという世論が高まり、この本にも出てくる「少年法」も、二〇〇〇年十一月に改正され、二〇〇一年四月から改正案が施行されました。この改正案はけっして前進とばかりいえない問題点を含んでいます。「キレる中学生」は、法律まで変えさせてしまったわけです。

◆二つの物語がもつ意味

こんな雰囲気のまっただなかで『エイジ』は発表されたのです。と考えると、この物語の意図と構造が、いっそうよくみえてこないでしょうか。

物語の主人公は「ぼく」ことエイジ。ガシチュウ（桜ヶ丘東中学）に通う現役の中学二年生、十四歳になったばかりです。住んでいるのは東京近郊の桜ヶ丘ニュータウン。十四歳といいニュータウンといい、まさにこのころ注目を集めていた年齢と地域性です（余談ですが、〇〇ヶ丘という地名は、あなたの家の近くにもありませんか。一九六〇年代以降、日本中につくられた新興住宅地はなべて「〇〇ヶ丘」と名づけられました）。

その桜ヶ丘ニュータウンで、連続通り魔事件が起こった。エイジたちはふだん通りの生活をつづけながらも、気が気ではありません。なにせ桜ヶ丘ニュータウンは全国に知られた場所となり、付近には警察官がうろうろしているのですから。やがて、通り魔事件の犯人として、逮捕されたのは、エイジのクラスメートだった。さて、エイジたちは……。

と、この先はまだ読んでいない読者のために伏せておきますが、『エイジ』には二つの物語が同時進行で語られていることに注意すべきでしょう。

ひとつは、彼らのごくありふれた（しかし、それなりに悩み多き）中学校生活です。膝を痛めてバスケット部を休部しているエイジ。バスケ部でシカトされている岡野。その岡野を気づかう相沢志穂。これはエイジたちの日常です。もうひとつは、事件にともなう非日常的な部分です。ニュースで報道されたり、週刊誌の記者に出会ったり、塾で質問攻めにあったりと、エイジの近辺も騒がしくなります。

ありふれた日常と、降ってわいたような非日常。内側からみた中学生像と、メディア（大人の目）を通して外から見た中学生像。そのギャップに注目してください。

エイジはときどきこんな感覚を味わいます。

〈ぼくはニュースや新聞記事に通り魔のことが出るたびに、嘘くさいなあと感じてしまう。詳しく報じられれば報じられるほど、そうなる。じつはこの街はひそかにサスペンスドラマのロケ地に選ばれていて、ぼくたちは知らないうちにエキストラ出演しているんじゃないか、なんて〉（19ページ）

あるいは、事件報道に接したエイジは、こんなため息をもらします。

〈どの新聞も、通り魔が十四歳の少年だったことに驚き、その驚きを読者と分かち合おうとしていた。タカやんは、顔も名前も出ていない。どんな奴だったかについても「公立中学に通うごくふつうの生徒」程度しか書いていない。呼び方は「少年」か「A」。それをすべて「石川貴史」に置き換えてみても、ぜんぜんタカやんにつながらない〉(136ページ)

このときエイジが感じているのは、「事件の一般化」「中学生の一般化」「少年の一般化」に対する強烈な違和感です。なにもかも「一般論」で語ってしまう大人たちへの嫌悪あるいは抗議といってもいいかもしれません。

この小説に厚みを与えているのは、偽悪家ぶってる親友ツカちゃんの存在です。テレビのインタビューに〈通り魔だからっつって、べつにいいんじゃないスかあ?〉云々とサービス精神たっぷりに答えてしまうツカちゃん。中学生を一般論でしか見ていない大人たちには〈あんなのシャレに決まってるじゃん、ウケ狙いだって、なんでわかんねーのかなあ〉というエイジの気分を共有することができません。また、小説の終盤で、エイジは年下のガールフレンドにイラッとし、ツカちゃんは母に小さな暴力をふるってしまいます。彼らが自分のなかに発見した暴発の芽。「キレる」という一般論にはないリアリティがここにはあります。これこそが「お話の力」というものです。

◆『エイジ』の実用的な価値

重松清の小説は実用的だといった意味が、少しわかってもらえたでしょうか。

読者が生きている時代を意識しながら、物語を書こうとしたら、方法は二つあります。ひとつは時代性や現実とがっぷりよつに組んで「事件」そのものを書くことです。じじつ、この時期には少年犯罪をテーマにした小説やノンフィクションがいくつも発表されました。もうひとつは、こんな時代だからこそ、あえて現実には背をむけて心あたたまるお話を書くことです。こういうお話も、つねに製造されています。

重松清が選んだ方法は、どちらでもありませんでした。現実とがっぷりよつに組みながらも、マスコミがけっして報じない周辺の部分、『エイジ』の場合でいうならば「声なき中学生」を代弁する立場を、彼は選んだのです。ここから、『エイジ』には二つの実用的な価値が生まれました。ひとつは中学生の目線に立った大人批判、あるいはメディア批判。もうひとつは、そんななかで生きていかなければいけない中学生への応援歌という意味あいです。

大人である私は「大人批判」のほうに、むしろ身のちぢむ思いがします。しかし、若い読者は「世の中にはわかってくれる大人もいる」ということを『エイジ』から感じるのではないでしょうか。『エイジ』のような小説があるということは、具体的に彼らを勇気づけ、励ますことになる。それが「実用的」ということです。

したがって、重松清の作品はかならずハッピーエンド、べつのいいかたをすると問題解決の方法を示して終わります。『エイジ』は世間の「一般論」との闘いの物語であり、同時に勝利の物語でもあるのです。〈「少年」になってからのタカやんは、ぼくたちの知るタカやんじゃなかった〉が、〈いまは違う。ぼくたちは「少年」じゃなくて、たしかにタカやんの話をしている〉というところまで、エイジたちは最後に成長します。これが勝利でなくてなんでしょう。闘いってのは剣で闘うことだけじゃないんですね。

〈ぼくはいつも思う。「キレる」っていう言葉、オトナが考えている意味は違うんじゃないか。我慢とか辛抱とか感情を抑えるとか、そういうものがプツンとキレるんじゃない。自分と相手とのつながりがわずらわしくなって断ち切ってしまうことが、「キレる」なんじゃないか〉（354ページ）

大人が「くる」から、ぼくたちは「キレる」のだ。これは「キレる」という嫌なことばの、いままでもっとも美しい定義であると思います。

『エイジ』はその後、山本周五郎賞という「大人の賞」を受賞し、幅広い層に読まれることになりました。が、この小説の価値をもっともよく理解できるのは、やっぱりローティーンという世代《エイジ》の人たちにちがいありません。架空の世界を舞台にしたファンタジーならではの魅力があります。けれども、いまを生きる道具としての小説を書きつづけるところに重松清の真骨頂がある、と私はそんな気がしてなりません。

（さいとう・みなこ　文芸評論家）

エイジ
朝日文庫

2001年8月1日　第1刷発行
2016年5月20日　第8刷発行

著　者　重《しげ》松《まつ》　清《きよし》

発行者　首藤由之
発行所　朝日新聞出版
〒104-8011　東京都中央区築地5-3-2
電話　03-5541-8832（編集）
03-5540-7793（販売）
印刷製本　凸版印刷株式会社

Published in Japan by Asahi Shimbun Publications Inc.
定価はカバーに表示してあります

ISBN978-4-02-264274-5

今野　敏
38口径の告発
「犯人は、警官だ」歌舞伎町で撃たれた男が残した言葉に、動揺する刑事たち。疑惑は新たな事件を生んでゆく。傑作警察ハードボイルド。

今野　敏
聖拳伝説1
覇王降臨
探偵の松永は、政界の黒幕である服部家から奇妙な身辺調査の依頼を受ける。その対象者は、超絶の武術を操る男だった……。〔解説・細谷正充〕

今野　敏
聖拳伝説2
叛徒襲来
首都圏で連続爆破事件が発生した。姿無きテロリストに怯える東京で、超絶の拳法を操る「荒服部の王」片瀬が再び立ち上がる。〔解説・山前　讓〕

今野　敏
聖拳伝説3
荒神激突
日本各地に異変が起こり、テロリストが首相誘拐を宣言。連続する危機に「荒服部の王」は三度立ち上がる。真・格闘冒険活劇三部作、完結編。

今野　敏
TOKAGE《トカゲ》
特殊遊撃捜査隊
大手銀行の行員が誘拐され、身代金一〇億円が要求された。警視庁捜査一課の覆面バイク部隊「トカゲ」が事件に挑む。〔解説・香山二三郎〕

今野　敏
天網《てんもう》
TOKAGE《トカゲ》2　特殊遊撃捜査隊
首都圏の高速バスが次々と強奪される前代未聞の事態が発生。警視庁の特殊捜査部隊が再び招集され、深夜の追跡が始まる。シリーズ第二弾。

渡辺　淳一
死化粧
「私だけが母の死を信じていた」。母の危篤にうろたえる親族から孤立する医師の心理を描いた表題作他四編。自選短編集第一弾。〔解説・小畑祐三郎〕

高橋　源一郎
13日間で「名文」を書けるようになる方法
サザエさんになったり詩人になったり幽霊になったりしながら、生徒たちは文章を提出した。タカハシ先生の伝説の名講義。〔解説・加藤典洋〕

荻原　浩
愛しの座敷わらし（上）（下）
家族が一番の宝もの。バラバラだった一家が座敷わらしとの出会いを機に、その絆を取り戻していく、心温まる希望と再生の物語。〔解説・水谷　豊〕

横山　秀夫
震度0《ゼロ》
阪神大震災の朝、県警幹部の一人が姿を消した。失踪を巡り人々の思惑が複雑に交錯する。組織の本質を鋭くえぐる長編警察小説。〔解説・香山二三郎〕

貫井　徳郎
乱反射
《日本推理作家協会賞受賞作》
幼い命の死。報われぬ悲しみ。決して法では裁けない「殺人」に、残された家族は沈黙するしかないのか？　社会派エンターテインメントの傑作。

山本　幸久
シングルベル
気がついたら、結婚しないまま三六歳になっていた進藤陽一は父親に仕組まれて、三人の女性と出会うのだが……。果たして恋に落ちるのか。

海堂　尊
極北ラプソディ

財政破綻した極北市民病院。救命救急センターへ出向した非常勤医の今中は、崩壊寸前の地域医療をドクターヘリで救えるか？〔解説・佐野元彦〕

海堂　尊
新装版　極北クレイマー

財政難の極北市民病院。非常勤外科医・今中は閉鎖の危機に瀕した病院を再生できるか？　地方医療崩壊の現実を描いた会心作！〔解説・村上智彦〕

矢月　秀作
闇狩人

米国の賞金稼ぎを参考に導入されたプライベートポリス制度。通称「P2」の腕利きであり、元傭兵の城島恭介が活躍する痛快ハードアクション!!

三崎　亜記／写真・白石　ちえこ
バウンティ・ドッグ
海に沈んだ町

数千人を乗せて海を漂う〝団地船〟、永遠に朝が訪れない街、海に沈んでしまった故郷――。不思議な運命にとらわれた人々をめぐる、九つの物語。

山田　太一
空也上人がいた

車椅子の老人と、四六歳の女性ケアマネ、そして二七歳のヘルパーの僕……。秘密を抱えた大人たちの間で、風変わりな恋が始まる。〔解説・角田光代〕

山本　兼一
銀の島

ポルトガル国王の密命を帯びて来日した司令官バラッタは、ザビエルに帯同し日本に潜入するが……。時代活劇巨編！　〔解説・高橋敏夫〕